Liebe ist nichts für Feiglinge

Das Buch

Jedes Mal wenn Kristine von ihrer Familie gefragt wird, warum sie immer noch nicht den Richtigen gefunden habe, seufzt sie. Seit Jahren schlägt sie sich durch den Dating-Dschungel, doch kein Mann scheint mehr zu wollen als möglichst schnellen Sex oder höchstens eine unverbindliche Affäre. Wie findet man bloß einen Ehemann, der seine Frau liebt und ehrt – und das für den Rest seines Lebens? Als ihr geliebter Großvater stirbt, kehrt sie in ihren Heimatort zurück, um ihrer Großmutter beizustehen. Kristine beschließt, sie um Rat zu fragen, und erhält überraschende Antworten: Um Mr Right zu finden, soll sie alle Tipps vergessen, die sie je in Ratgebern, Frauenzeitschriften oder Internetforen gelesen hat. Stattdessen rät ihr die Großmutter, sich in Geduld und Hingabe zu üben und auch einmal Kompromisse einzugehen. Vor allem aber müsse eine Frau stark sein und ihren Platz im Leben gefunden haben. Erst dann könne sie auch Schwäche zeigen und sich anlehnen – in dem Bewusstsein, so geliebt zu werden, wie sie ist. Tatsächlich schafft es Kristine, die wahre Liebe zu finden. Und festzuhalten.

Die Autorin

Kristine Gasbarre hat in Cleveland und New York Psychologie und Medienwissenschaft studiert. Als Journalistin lebt sie in Brooklyn, New York, und arbeitet derzeit an ihrem zweiten Buch.

Weitere Informationen finden Sie unter:
www.kristinegasbarre.com

Kristine Gasbarre

Liebe ist nichts für Feiglinge

Aus dem Amerikanischen
von Theda Krohm-Linke

List Taschenbuch

Besuchen Sie uns im Internet:
www.list-taschenbuch.de

FSC
www.fsc.org
MIX
Papier aus verantwortungsvollen Quellen
FSC® C083411

Deutsche Erstausgabe im List Taschenbuch
List ist ein Verlag der Ullstein Buchverlage GmbH, Berlin.
1. Auflage Januar 2013

Titel der amerikanischen Originalausgabe: *How to Love an American Man* (HarperCollins Publishers, New York)
Umschlaggestaltung: bürosüd° GmbH, München
Titelabbildung: Teekessel und Fensterrahmen: © getty images/Glow Decor, getty images/MIXA; Park und See: bürosüd°, München
Satz: LVD GmbH, Berlin
Gesetzt aus der Janson Text
Digitaler Farbschnitt: Kösel GmbH & Co. KG
www.koeselbuch.de
Papier: Munkenprint von Arctic Paper Munkendals AB, Schweden
Druck und Bindearbeiten: CPI – Clausen & Bosse, Leck
Printed in Germany
ISBN 978-3-548-61118-1

Für Mom und Dad

Danke, dass ihr mich mit so viel Liebe und Familiensinn erzogen und mich ermutigt habt, Grandpas Worten nachzueifern: Ein Mädchen kann alles tun, was es will.

Familienbande sind unendlich kostbar, und vor allem Frauen müssen zusammenhalten. Tausend Dank an meine Grandma, die mir so viele Geschichten erzählt hat, als ich an diesem Buch gearbeitet habe. Ich glaube, dass Großeltern ihrer Familie nichts Wichtigeres hinterlassen können als einen starken Sinn für die eigene Identität, und ich werde dir immer dankbar dafür sein, dass du mir mit so viel Freude beigebracht hast, woher wir kommen und wer ich bin. Ich liebe dich, Glo.

Inhalt

Einleitung

Ich habe so gut wie gar nichts mit meiner Großmutter gemeinsam.

Als ich ungefähr zwölf war, platzte ich eines Sonntags zur Haustür herein, um jubelnd zu verkünden, dass meine Cousine gerade ihre erste Periode bekommen hatte. Während meine drei Tanten sofort zu meiner Cousine stürzten, um sie zu umsorgen wie die drei Feen Schneewittchen, fasste sich Großmutter mit beiden Händen an die Brust und zog sich in die Küche zurück. Ich folgte ihr und naschte am Krabbencocktail. »Was ist los, Grandma?«, fragte ich. »Das ist doch toll.« Statt einer Antwort trat Grandma an den Herd und rührte in Grandpas Spaghettisoße, von der sie normalerweise die Finger ließ. Sie hätte vermutlich in diesem Moment alles getan, nur um mir zu zeigen, wie verlegen sie meine Offenheit gemacht hatte.

Unsere Ansichten über Weiblichkeit waren immer schon unterschiedlich. Ich diskutiere mit großem Eifer über Themen, die Grandma erröten lassen, und obwohl sie es wegen meiner Jugend und modernen Erziehung stillschweigend toleriert, sind wir so unterschiedlich wie Tag und Nacht. Sie hat ihren Vater nie kennengelernt; mein Vater ist ihr geliebter, freundlicher dritter Sohn. Sie hat das College nie beendet; ich habe meinen

Master gemacht. Sie ist nie allein gereist und hat nie alleine gelebt; ich bin trotz meiner jungen Jahre schon viel herumgekommen. Sie hat mit neunzehn meinen Großvater geheiratet; ich bin letztes Jahr mit achtundzwanzig wieder bei meinen Eltern eingezogen, um mir zu überlegen, ob ich zur Abwechslung nicht mal in Europa statt in New York leben sollte.

Grandma Gloria steht für das Traditionelle und repräsentiert die züchtige, damenhafte Seite, während ich vielmehr Modernität verkörpere. Wir lieben uns – aber zu behaupten, wir *verstünden* einander, wäre, wie Grandma sagen würde, geflunkert.

In einem Thema jedoch sind wir uns einig: bei meinem Großvater. In den anderthalb Jahren seit seinem Tod habe ich gelernt, dass meine Großmutter und ich eine gleichermaßen starke Zuneigung für den Mann empfinden, den unsere gesamte Familie geliebt hat. Sie war seine Frau, ich war sein erstgeborenes Enkelkind, und natürlich hatte Grandma eine völlig andere Beziehung zu Grandpa als ich. Aber wir beide hatten ein gemeinsames Ziel: Bei allem, was wir taten, hofften wir, ihm zu gefallen.

Für mich war Grandpa der perfekte Mann. Er war ein »Selfmademan«, der Gründer unseres heute internationalen Familienunternehmens, das Autoteile und Autozubehör fertigt. Er war Soldat im Zweiten Weltkrieg. Sonntags ging er meistens in die Kirche, spendete Geld für unsere Schulen und gab so legendäre Partys, dass wir im vorigen Jahr bei unserem zehnten jährlichen Boccia-Turnier zur Erinnerung an ihn seine berühmten Martinis getrunken haben. Und er hat meine Großmutter abgöttisch geliebt.

Er war immer für sie da und erfüllte ihr jeden Wunsch. Mit harter Arbeit, Dynamik und Stetigkeit baute er für sie beide ein großartiges Leben auf – fünf gutgeratene Kinder, zwölf glückliche Enkelkinder, drei Häuser, am Wochenende Golf und einen Bootssteg an unserem See in Pennsylvania. Grandpa hatte eine Vision von seinem Leben und seiner Familie, und er *machte sie wahr*. Er war ein wundervoller Mann. Vor etwa zwei Jahren – sein Lungenkrebs war noch nicht diagnostiziert worden, und es ging ihm noch gut – sagte ich zu ihm, wenn ich jemals einen so tüchtigen Mann wie ihn finden würde, sei ich das glücklichste Mädchen der Welt.

Seit ich ein Kind war, hatte Grandpa meine Leistungen immer lauthals bejubelt, aber kurz bevor er krank wurde, gestand er meinen Eltern etwas, das er mir immer verschwiegen hatte: Er begann sich langsam Sorgen zu machen, dass ich nie einen Mann finden und eine Familie gründen würde. »Ich lebe in New York, Grandpa«, sagte ich zu ihm bei einem meiner regelmäßigen sonntäglichen Anrufe. Ich spazierte gerade durch die Straßen, beobachtete die Paare in den Cafés und versuchte, laut genug zu sprechen, um den Verkehrslärm zu übertönen, aber nicht so laut, dass die anderen Leute mich verstehen konnten. »Hier sind die Männer heutzutage unmöglich. Sie wollen nur Sex und Geld, und wenn ich mit einem zusammen bin, komme ich mir unsichtbar vor.« In diesem Moment erblickte ich den dünnen Freund einer schlanken Blondine in einem Schlauchkleid. Er warf ein Stückchen Toast auf den Bürgersteig und ermunterte ihr süßes Hündchen, es aufzufressen. *Nun*, dachte ich, *fast alle Männer hier sind unmöglich*. Aber mir fiel es schwer, die … sagen wir mal … *möglichen* Männer herauszufiltern.

Um mein Vertrauen in die Männer wiederherzustellen (und wohl auch, um mir endlich einmal verführerisch vorzukommen), plante ich einen Urlaub in dem kleinen Dorf in der Nähe von Rom, in dem Grandpas Eltern geboren waren und geheiratet hatten, bevor sie ins ländliche Pennsylvania, meine Heimat, ausgewandert sind.

Diese Reise nach Italien war ein Wendepunkt in meinem Leben. Zwei Wochen lang scharten sich gebräunte Männer in dünnen Leinenhosen um meine Freundin Elena und mich, als seien wir Filmstars aus Hollywood. »Amerikanerinnen?«, sagten sie lächelnd, falteten die Hände und verdrehten lustvoll die Augen. »*Mamma mia!*« Elena und ich ließen uns bereitwillig von ihnen bewundern und konnten unser Glück kaum fassen.

Die italienischen Männer verwöhnten uns mit Limoncello und Eis. Sie packten uns hinten auf ihre Motorroller und fuhren mit uns zu reizenden Lokalen. Wir machten Fahrradausflüge durch die Toskana und gingen zu Partys voller eleganter Europäer, die uns an den Lippen hingen. Ich kam mir wie eine gänzlich andere Frau vor. Es war, als ob ich durchs Leben liefe wie eine unwiderstehliche Theaterfigur, deren Züge ich angenommen hatte. Und je mehr Spaß ich mit dieser Göttin hatte, desto mehr wurde ich von den europäischen Männern mit Aufmerksamkeit überschüttet. Ich genoss diese lebhafte Version meiner selbst viel mehr als die Speed-Datings, denen ich mich in New York unterzogen hatte, oder als die zugeknöpften Geschäftsessen. *In Italien fühlte ich mich wesentlich schöner als zu Hause!*

Ich bekam eine Panikattacke, als Rocco, der Cousin meines Großvaters, Elena und mich in seinem Fiat zum Flughafen fuhr, damit wir von dort wieder zurück nach New York fliegen konnten. Ich hatte mich in mein europäisches Ich verliebt – diese sorglose, strahlende Manifestation meines wahren Naturells – und wollte es nicht aufgeben. Das war die Krissy, die Romantik und Schönheit nicht nur wollte, sondern sie verkörperte.

Das Letzte, was Elena und ich vor unserer Abreise besichtigt hatten, war der bezaubernde Boboli-Garten in Florenz. Dort hatte mich besonders eine Renaissance-Statue von Adam und Eva fasziniert, die auf einem Sockel aus Marmor und Muschelkalk stand.

Als ich sie sah, blieb ich wie angewurzelt stehen. Ich konnte mich nicht mehr bewegen.

Der Mittelfinger von Adams Hand war abgebrochen, aber er streichelte die Locken seiner geliebten Eva, die auf seiner Schulter lagen. Sie schauten mich beide aus leeren, wehmütigen Augen an. Hier standen sie, in Ewigkeit vereint, der erste Mann und seine Frau, das unverwüstliche Zeugnis ihrer Liebe. So eine Liebe wollte ich auch. Ich fotografierte die Statue, damit ich diese Liebe wenigstens jederzeit anschauen konnte.

Auch nach der Landung strahlte ich noch immer über das ganze Gesicht wegen all der männlichen Aufmerksamkeit, die ich in Italien erfahren hatte … aber, ehrlich, zu Hause würde dieses Strahlen sicherlich bald erlöschen. Und als würde ich diesen Prozess noch beschleunigen wollen, war ich am nächsten Abend bei einer Verabredung mit Chuck, einem jungen Manager, schon bald unglaublich betrunken. Ich versuchte allerdings, es auf den Jetlag zu schieben. In der Woche darauf nahm mich die vornehme Freundin, die mich Chuck vorgestellt hatte, ins Gebet, um mir zu erklären, wie man sich bei Verabredungen mit Männern zu benehmen habe. Zwar ekelte mich mein Benehmen selbst an, aber mein Wunsch, jemanden kennenzulernen, der mich so akzeptierte, wie ich war, wurde nur noch größer. Es musste doch irgendwo auf der Welt einen Mann geben, der *alles an mir liebte.*

Mein Grandpa ist klug, attraktiv und erfolgreich, und er liebt mich, ihr Idioten!, hätte ich den Männern auf der Straße am liebsten ins Gesicht geschrien. *Ihr Trottel wisst gar nicht, was ihr verpasst!*

Zwei Wochen später lernte ich an einem Augustabend Adam Hunt auf einer Junggesellinnen-Party kennen. Es war so stickig, dass wir das Gefühl hatten, unser Parfüm hinge in der Luft, während wir über die Terrasse der Bar an der Lower East Side schlenderten.

Adam und ich erblickten einander zufällig. Ich hatte meine Haare angehoben und drückte mir gerade die eisgekühlte Flasche Miller Lite auf den Nacken. Er lächelte mich nachdenklich an, und ich blickte rasch weg. Dass er Engländer war, sah ich an seinem eleganten Button-down-Hemd und seiner blonden Beckham-Welle. Er hatte schöne blaue Augen. Mein Herz klopfte heftig, und ich tat so, als sei ich in ein Gespräch vertieft, als er sich gemeinsam mit seinen Freunden näherte. Er wartete geduldig, bis ich mich ihm zuwandte, und als ich endlich all meinen Mut zusammengenommen hatte und mich zu ihm umdrehte, fragte er mich nach meinem Namen.

»Ich bin Krissy.«

»Krissy.« Er musterte mich von oben bis unten. »Das ist ein schöner Name.«

Sein Akzent und seine Augen waren hinreißend, aber ich versuchte, cool zu bleiben. »Und wie heißt du?«

»Adam.«

Ich zog gespielt ungläubig die Augenbrauen hoch und trank einen Schluck aus meiner Flasche. Die Statue in Florenz fiel mir ein. *Adam.* Der Name des ersten Mannes; ein Name, der Herz, Treue und Stärke bedeutete. Endlich.

Ich tat mein Bestes, um so gleichgültig wie möglich zu wirken, als seine und meine Freunde sich in den nächsten Club aufmachten. An der Theke reichte Adam mir ein kaltes Bier. Der Schaum quoll über, als er seine Bierflasche kurz auf meine stellte. Ich musste schnell abtrinken, damit die Flüssigkeit nicht über mein Oberteil lief. Als ich das Gleiche bei ihm versuchte, zersplitterte der Flaschenhals. Achselzuckend wollte er die Flasche trotzdem an die Lippen setzen. »Nein«, bat ich und hielt seine Hand fest. »Bitte nicht, im Bier könnten Glasscherben sein.« Ich bestellte eine neue Flasche Corona für ihn und reichte sie ihm. Er strahlte mich an.

»So etwas Nettes hat noch kein Mädchen für mich gemacht.« Das Kompliment ging runter wie Butter.

Ich lehnte mich an die Theke und blickte über die Menge. »Das war nicht nett, sondern einfach nur notwendig.« Er forderte mich zum Tanzen auf und legte seine Hand auf meinen Rücken.

»Darf ich dich küssen?« Er roch nach Hugo Boss, nach Zigaretten und Sommer.

Ich hob mein Kinn wie ein altmodischer Filmstar. »*Adam*«, sagte ich. »Wenn du mich küssen willst, dann küss mich. Du brauchst nicht zu fragen.«

Er presste seine Lippen auf meine, und ich öffnete den Mund und nahm den Geschmack von Zigaretten und Zitronen wahr. Mein Urteilsvermögen und die Kraft in meinen Beinen schwanden angesichts der Wärme seines Atems, aber ich spürte trotzdem, dass seine Freunde wie die Schuljungen um uns herumstanden. Ich wich einen Schritt zurück.

»Ich bin nur noch eine Woche hier, aber ich rufe dich an, damit wir essen gehen können!«, rief er mir nach.

Ich lächelte und verschwand in der Menge.

Als meine Freundinnen und ich im Taxi saßen, kreischten

wir. Die Romanze, die auf diese zufällige Begegnung folgte, ist heute, wie man so schön sagt, Geschichte.

Grandpa unterstützte mich als Einziger in meinen Entschluss, nach Italien zu ziehen. »Das wolltest du doch schon immer tun, dann musst du es auch ausprobieren«, sagte er. »Du kannst doch nicht das tun, was deine Eltern sich für dein Leben vorstellen. Ich habe dir doch immer schon gesagt: Du kannst alles tun, was du willst.«

Am Valentinstag war ich zu Besuch bei meinen Großeltern in ihrem Winterquartier in Florida und hatte ihnen von den Schwierigkeiten der Fernbeziehung zu Adam vorgejammert. »Wenn ich den Job als Kindermädchen in Italien annehme, und er ist in London, dann sind wir nur ein paar Flugstunden voneinander entfernt. Grandma ...« Ich schwieg und fragte dann vorsichtig: »... glaubst du, er meint es wirklich ernst mit mir?«

Sie stellte eine Schüssel Spaghetti auf den Tisch. »Willst du die Wahrheit wissen?«

Nein, wollte ich nicht. »Ja natürlich.«

»Ich finde, es hört sich eher nach einer Liebelei an.«

Autsch. Woraus schloss sie das denn? Grandpa schenkte noch Wein ein – zuerst in Grandmas Glas, dann in meins und erst zum Schluss in seins. Großmutter setzte sich, legte sich die Serviette auf den Schoß und sagte zu mir: »Zieh bloß nicht wegen dieser Beziehung um. Du solltest nach Italien gehen, weil du dort leben und mehr über unsere Familie erfahren willst.«

»Ja, ich würde natürlich nicht nur wegen der Beziehung dorthin gehen, ich will selbstverständlich mehr über unsere Familie erfahren.« Dabei sah ich mich selbst vor meinem geistigen Auge, den Familienstammbaum, den Großvater gezeichnet hatte, aus dem Cabrio werfen, in dem Adam und ich ausgelassen durch die hügelige englische Landschaft fuhren. »Meine Prioritäten stehen fest«, log ich.

Großvater hob sein Glas. »Auf unser erstes Enkelkind«, sagte er. »Du machst uns glücklich, wenn du uns besuchst.« Ich lächelte, und wir stießen an. Nach dem Essen küsste Grandma uns beide und ging zu Bett. Grandpa machte das Licht in der Diele aus, damit sie schlafen konnte. Dann kam er wieder zu mir an den Tisch. Wir blieben die ganze Nacht wach und unterhielten uns.

Am Tag darauf hatte er einen Herzinfarkt. Er, Grandma und ich saßen vor dem Fernseher. Oprah Winfrey interviewte gerade einen Autor, für den ich in New York das Marketing machte. Grandpa zeigte überhaupt kein Interesse für Oprah – was ungewöhnlich für ihn war, da das Interview doch etwas mit mir zu tun hatte –, sondern legte sich auf die Couch – was er sonst nie tat. Als ich nicht mehr im Zimmer war, sagte er zu Grandma, seine Brust und sein Bauch täten weh. An jenem Abend fuhren wir ihn ins Krankenhaus.

Fröhlich und gesprächig wie immer verbrachte er die nächsten fünf Tage im Krankenhaus. Ich leistete ihm Gesellschaft, half Großmutter, die Entscheidungen der Ärzte zu verstehen, und verschob meinen Rückflug nach New York so lange, bis meine Eltern aus Pennsylvania angereist waren, um mich abzulösen. Eigentlich liebten meine Großeltern ihre Unabhängigkeit, aber jetzt beschlossen sie sofort, ihr Haus in Florida zu verkaufen, um das ganze Jahr über in der Nähe der Familie zu sein. Die Ärzte hatten festgestellt, dass Grandpas rote Blutkörperchen rasant weniger wurden, konnten die Ursache aber nicht benennen.

Dennoch zog ich drei Monate später, Anfang Juni, nach Italien. Ich wollte unbedingt dorthin, da meine Beziehung zu Adam vor sich hin dümpelte. Außerdem wollte ich meine Familienforschungen betreiben, solange Großvater noch lebte. Er sollte stolz auf mich sein, weil ich so entschlossen war, seine Wurzeln zu verstehen. Sein Leben war wirklich bedeutsam, und da ich von ihm abstammte, musste doch irgendetwas auch auf mich abgefärbt haben.

Ich fand einen Job als Kindermädchen bei einer Familie in Mailand; der ideale Ausgangspunkt für meine Zwecke – freitags konnte ich mich nach der Arbeit ins Flugzeug setzen und zum Abendessen in London sein; an Feiertagen war ich mit dem Zug in drei Stunden in Rom, um dort die Verwandten meines Großvaters zu besuchen. In Mailand war ich den beiden Männern, die mir wichtig waren, am nächsten.

Das, was ich in meinem Auslandsjahr erlebt hatte, veränderte meine Wahrnehmung von Beziehungen für immer ... aber die größte Veränderung fand hier zu Hause statt, während ich in meinem Jugendzimmer saß und an diesem Buch schrieb. Als ich die beiden Männer verlor, die mir das Gefühl gaben, schön und wichtig zu sein, entsagte ich der Welt und kehrte zu meiner Familie zurück. Und danach lernte ich zum ersten Mal in meinem Leben von einer *Frau*, mich und meine Beziehungen mit anderen Augen zu sehen. Als ich wieder in den kleinen Ort in Pennsylvania kam, lernte ich mit Hilfe meiner Großmutter die Liebe kennen.

Grandma verstand unter Liebe etwas anderes als die Bücher, die bei *Oprah* angepriesen wurden, und etwas ganz anderes als alles, was ich je in der *Cosmopolitan* gelesen hatte. Vergessen Sie »Sechsundachtzig Methoden, um ihn heute Abend verrückt zu machen« oder »Wenn er dich nicht anruft, ist er einfach nicht an dir interessiert«. Monatelang saß ich mit

Grandma zusammen und redete mit ihr über ihre sechzigjährige Beziehung zu meinem Großvater, um zu lernen, was ich falsch gemacht hatte, wenn es darum ging, Männer – und mich selbst – zu verstehen.

Grandmas Ansichten veränderten mein Denken über Beziehungen für immer. Sie brachte mir bei, damit aufzuhören, einer Romanze hinterherzujagen und auf Selbsthilfe-Ratgeber zu vertrauen (weil es durchaus möglich ist, dass er an dir interessiert ist, nur im Moment vielleicht noch nicht in der Lage dazu ist, eine Beziehung einzugehen – du solltest dankbar dafür sein, dass er die Charakterstärke hat, dich nicht in eine möglicherweise schmerzhafte Geschichte hineinzuziehen). Was Frauen und Männer wirklich brauchen, ist gegenseitiger Respekt und Verständnis, sagte Grandma, und die ganzen Spielchen sollte man vergessen.

Meine Großmutter wurde ein unerwarteter, aber idealer Beziehungsguru, und letztendlich brachte sie mir bei, was wahre Liebe ist. Ihrer Meinung nach hat eine Frau in einer Beziehung vor allem eine Verantwortung: mit ihrer einzigartigen, inneren Schönheit zu lieben. Mehr nicht. Es ist genauso einfach, wie es sich anhört. Großmutter nahm mich mit auf ein großes Abenteuer des Herzens. Ihr Vermächtnis war eine jahrelange, gemeinsame Reise, in der sie mir alles über Liebe erklärte, was ich vorher nicht gewusst hatte. Sie lehrte mich das Wichtigste: Um einen Mann zu lieben, muss eine Frau erst sich selbst kennen.

1

Du musst wissen, *wann* du sagst, *ich liebe dich*

»Warum fliegen Sie heute?« Ich sitze angeschnallt auf dem linken Fenstersitz eines Alitalia-Flugs und belege ein Brötchen mit Weichkäse. Kurz halte ich inne, als wollte ich den Mann, der neben mir sitzt, darauf vorbereiten, dass meine Antwort nicht erfreulich sein wird. »Mein Großvater liegt im Sterben«, sage ich zu ihm.

»Ah.« Der Mann lächelt höflich. Ich warte darauf, dass er seinem Mitgefühl Ausdruck verleiht oder mir zumindest seinen Kaffeelöffel anbietet. Ich habe nämlich keinen, und die italienischen Stewardessen sind hinten im Gang entschwunden. Stattdessen leckt er seinen Plastiklöffel ab, rückt seine Brille zurecht und widmet sich wieder der aktuellen Ausgabe von *La Repubblica*.

Mister, haben Sie überhaupt gehört, was ich gesagt habe? Diese Gefühllosigkeit schockiert mich, obwohl ich eigentlich daran gewöhnt sein könnte. Ich muss an Adam denken. Es ist jetzt Ende Januar, und die Zahl der Pilze auf einem Stück Pizza ist größer als die Male, die ich von ihm seit meiner Ankunft in Mailand im Juni gehört habe.

Den Sommer verbrachte ich als Kindermädchen an der Riviera und in den Alpen an so entlegenen Orten, dass Internet dort völlig unbekannt war, ganz zu schweigen von der digitalen Nabelschnur, an die ich mich im Laufe meines Berufslebens gewöhnt habe. Bei den seltenen Gelegenheiten, bei denen ich ein Internetcafé erblickte, wurde mir sofort wieder schwer ums Herz, weil der Name »Adam Hunt« sich so gut wie nie in meinem Posteingang befand. Wenn er überhaupt auf Mails oder SMS reagierte, dann nur, um damit zu prahlen, dass er auf teuren Weinverkostungen war (*Ziemlich betrunken! xx*) und seine Sommerabende in exklusiven Clubs in London verbrachte. Ich blickte mich in dem grauen, heruntergekommenen italienischen Ferienhaus um, in dem ich einen ganzen Monat lang gefangen war, beobachtete die Kleinkinder, die sich zu meinen Füßen gegenseitig massakrierten, und formulierte eine bissige Antwort wie: *Schon wieder? Wow, deine arme englische Leber. Bin jetzt an der Riviera, ganz wundervoll, gestern Abend bin ich in einem Porsche gefahren – so schnell!* Dann fügte ich ein *xo* hinzu, ein jämmerlicher Versuch, die Zuneigung, die wir einmal füreinander empfunden hatten, wiederzubeleben. Aber ich bemerkte, dass es keinen Zweck hatte. Je mehr Adam mich zu vergessen schien, desto mehr bemühte ich mich zu beweisen, wie mühelos auch ich Anschluss fand … und wie ich mich aufführte, stieß mich fast noch mehr ab als sein Verhalten. Ich hasste es, wie ich um seine Aufmerksamkeit bettelte. Die *xx* und *xo* waren eigentlich nur sinnentleerte Formalitäten. Wir waren schnell ein Liebespaar geworden, hatten die Beziehung fast ein Jahr lang künstlich am Leben gehalten und waren uns jetzt wieder völlig fremd. Die geographische Nähe brachte uns einander nicht näher – sie entfernte uns eher voneinander.

Als ich nach drei Wochen am Meer immer noch nichts von Adam gehört hatte, rief ich ihn schließlich an meinem freien

Tag über Skype von einem Café aus an. Ich erwischte ihn, als er gerade von der Arbeit kam.

»Oh, mein Gott, hi. Alles in Ordnung, Häschen? Geht es dir gut?«

»Ja«, erwiderte ich reserviert. »Adam, ich habe seit fast einem Monat nichts von dir gehört. Ich habe mir Sorgen gemacht.«

»Ah, Baby. Es tut mir leid, ich hätte es dir sagen sollen.« Er schwieg. »Ich habe einen Job in Bahrain angenommen.«

Ich fühlte mich, als hätte ich einen Schlag in den Magen bekommen. Am liebsten hätte ich mich übergeben.

»Bist du noch da?« Sein süßer Akzent machte mich fertig, und ich sagte mit erstickter Stimme: »Ja, ich bin noch da.«

»Bist du noch da, Liebling?«

»Ja!«, fuhr ich ihn an. »Wo ist Bahrain?«

»Im Mittleren Osten, in der Nähe von Saudi-Arabien.«

»Du gehst nach *Saudi-Arabien*?«

»In die *Nähe* von Saudi-Arabien.« Er verlor die Geduld. »Am 25.«

»Am 25. September?« Er konnte unmöglich diesen Monat, August, meinen, dann wäre er ja schon in zwei Wochen fort.

»Nein, am 25. August. Übernächste Woche.«

»Viel Glück, Adam. Dann will ich dich nicht aufhalten.«

»Warte, Häschen, ist alles in Ordnung?«

»Ja, alles in Ordnung. Ich lasse dich gehen.«

Aber ich konnte ihn nicht gehen lassen. Überall, wo ich hinging, war er bei mir. Ich weiß noch, dass ich ein paar Wochen nach diesem Gespräch auf einer Wanderung in den Alpen war. Mit den fünf Kindern, auf die ich aufpasste, ging ich kilometerweit – zumindest kam es mir so vor – an einem Bach entlang. Ich lief hinter ihnen und betrachtete lächelnd ihre

Kopftücher und ihre strammen Beinchen in den Kniestrümpfen und Wanderschuhen. Als wir Hunger bekamen, suchten wir uns einen schönen Platz für unser Picknick, in der Nähe einer eingezäunten Weide mit drei mageren Kühen. »*Guardate le mucche*!«, schrie Alfonso, und alle Kinder rannten zum Holzzaun, um die Kühe zu bestaunen. Als ich unsere Picknickdecke auf dem Gras ausbreitete, ging mir plötzlich durch den Kopf: *Jetzt habe ich seit zwei Stunden nicht an Adam gedacht!* Aber dann hätte ich mich am liebsten getreten, weil ich natürlich genau in diesem Moment wieder an ihn dachte. Das war der längste Zeitraum, den er mich in meinen Gedanken in Ruhe gelassen hatte. Danach kehrte er wieder zurück, und ich wurde ihn monatelang nicht mehr los.

Als wir acht Stunden später in Pittsburgh landen, schaut der Idiot neben mir auf seine Armbanduhr. Er lehnt sich so dicht zu mir herüber, dass ich seinen Kaffeeatem riechen kann, und fragt mich, ob ich gehört hätte, was der Kapitän über das Wetter gesagt hat. »Schnee«, antworte ich. Er sagt, er sei froh, dass er geschäftlich hier ist und nicht privat, dann faltet er seine Zeitung. Ich blicke aus dem Fenster und studiere den Himmel über Pennsylvania, der um diese Jahreszeit dunkelgrau ist. Schon am Nachmittag wird es dunkel, und in der Stadt hat sich der Schnee wahrscheinlich schon in grauen Matsch verwandelt. *Und bei diesem Wetter muss Grandma trauern*, denke ich. Ich überlege, ob man vielleicht besser mit der Einsamkeit zurechtkommt, wenn das Wetter schön ist. Aber wahrscheinlich spielt es gar keine Rolle. So oder so wird sich meine Großmutter von Grandpas Tod bestimmt nicht mehr erholen.

Nach sechzig Jahren Ehe ist er ihr Leben. Er ist ihr Ein und Alles. Sie reisten zusammen. Wenn er ein Hörgerät brauchte, bekommt sie auch eines. Jeden Tag weiß sie, dass es vier Uhr ist, wenn er sagt: »Hey, Glo, wie wäre es, wenn du mir einen Martini mixt?« Ihn zu verlieren, tut mir für Grandma genauso weh wie für mich.

Ich stöhne leise, als ich unter meinen Sitz greife, um die Reisetasche herauszuziehen, in die ich für meinen einwöchigen Aufenthalt nur schwarze Kleidung gepackt habe. Mein Chef hat mir eine große Flasche teuren *Aceto Balsamico* für meine Familie mitgegeben. Rasch trage ich noch Lipgloss auf, da ertönt auch schon das Signal zum Öffnen der Sicherheitsgurte. Der Mann neben mir steht auf und geht, ohne sich zu verabschieden.

In den letzten zwei Wochen sind die Anrufe meiner Eltern so häufig und dringlich geworden, dass es nicht mehr nur Panik sein konnte. Es war offiziell an der Zeit, einen Flug nach Hause zu buchen: Großvater lag im Sterben. Als ich das Haus meiner Großmutter betrete und meine Reisetasche im Wohnraum abstelle, komme ich mir nackt vor, wie in einem Traum, in dem niemand weiß, wie er auf dich reagieren soll. Anscheinend ist meine Ankunft aus Italien das offizielle Signal für meine Tanten, die lachend und Wein trinkend am Esstisch sitzen; für meinen Dad und meine Onkel, die in Anzughemden und Pyjamahosen mit ihren Blackberrys und Smartphones durchs Haus laufen; für meine Cousins und Cousinen, die auf der Couch herumlungern und Zeitschriften lesen oder in der Küche Poker spielen: Der Letzte von uns ist gekommen, von weit her. Die Krankenwache nähert sich ihrem Ende.

Grandma taucht auf und umschlingt mich mit beiden Armen. Ich bücke mich, damit sie sich nicht auf die Zehenspitzen stellen muss, und tätschele ihren Rücken so sanft wie eine frischgebackene Mutter, die ihr Baby beruhigen möchte. Ich habe keine Ahnung, wie man eine Frau trösten soll, die ihren Ehemann verlieren wird, mit dem sie sechs Jahrzehnte verheiratet ist – mich hat es ja schon fast umgebracht, ein paar Monate lang nichts von Adam zu hören. Ich halte sie einfach im Arm. Ihre Haut riecht leicht blumig, und ihr Hörgerät summt in mein Ohr. Als wir uns voneinander lösen, legt sie mir die Hände auf die Schultern und lächelt unter Tränen. Dann räuspert sie sich. »Ich bin sehr froh, dass du es geschafft hast«, sagt sie würdevoll. »Er hat nach dir gefragt.«

»Ich gehe zu ihm, Grandma.« Ich streichle ihr mit dem Daumen über die Wange. »Bist du okay?«

Sie nickt hastig. »Ja«, sagt sie schniefend. Sie merkt nicht, dass ich nach ihrer Hand greife, also folge ich ihr einfach ins Gästezimmer, wo sie Grandpas Krankenhausbett aufgestellt haben. Dabei mustere ich ihre tadellos frisierten braunen Locken und ihren schmächtigen Körper. Noch zeigt sie keine Anzeichen von Demenz, aber ich suche doch nach Veränderungen in ihrer äußeren Erscheinung.

Grandma und Grandpa haben ihrer Familie zwei Wochen zuvor, kurz bevor Großvater gar nicht mehr aufstehen konnte, mitgeteilt, dass bei Grandma zwei Jahre zuvor das Anfangsstadium einer Demenz festgestellt wurde. Letzten Monat, als die Ärzte Grandpas Lungenkrebs für unheilbar erklärt haben, haben sie beschlossen, uns alle einzuweihen. Sie hatten einen feierlichen Pakt geschlossen, die Informationen über ihre jeweiligen Krankheiten so lange wie möglich für sich zu behalten. Leiden ist für meine Großeltern kein edler Zustand. Die Fähigkeit hingegen, ein Versprechen zu halten, das man einer anderen Person gegeben hat, ist etwas Edles. Ob ich wohl jemals jemandem so unerschütterliches Vertrauen entgegenbringen werde?

Meine Eltern, Tanten und Onkel stehen in der Tür, als Großmutter mich zu Großvater führt. »George?«, sagt sie. »Krissy ist hier.«

Er rührt sich nicht.

»Liebling«, gurrt sie, und ich höre zum ersten Mal, dass sie ihn anders anredet als mit seinem Vornamen; so habe ich sie noch nie erlebt. »Setz dich, Kris.«

Ich setze mich vorsichtig auf den Schreibtischsessel, der neben Großvaters Bett steht. Unter dem Stuhl befindet sich ein Hocker. Er ist mit einem Lilienstoff bezogen, als müsse er am Thron einer Königin stehen. Ich nehme an, er ist für Grandma, bin aber nicht vertraut genug mit der Situation, um meine Füße daraufzustellen. Ich muss diese ganze neue Realität, die die gesamte restliche Familie bereits kennt, erst noch begreifen.

»Liebling, hier steht deine Enkelin. Sie ist gerade aus Italien gekommen und möchte hallo sagen.« Sie drängt mich. »Na los.«

Ich suche krampfhaft nach Worten. »Hi, Grandpa«, stoße ich hervor. Sein gesamter Körper steckt von den Rippen abwärts unter der Decke. Ich streichele seine knochige Hand. *Mein Gott, wohin ist er verschwunden?* Er hat zwanzig Pfund abgenommen und wirkt dreißig Jahre älter, seit wir uns drei Wochen zuvor an Silvester voneinander verabschiedet haben. Tränen laufen mir über die Wangen und tropfen auf meine Hand. Am liebsten würde ich heulend zusammenbrechen.

»Wir lassen euch zwei alleine.« Grandma und die anderen, die immer noch an der Tür stehen, ziehen sich zurück.

Ich betrachte Grandpa, seine eingefallenen Wangen und seine graue Haut. Er liegt ganz still da, verletzlich. So habe ich ihn noch nie gesehen. Plötzlich macht er die Augen weit auf und stößt einen erleichterten Seufzer aus. *Da bist du ja!*, scheint er zu sagen.

»Hallo«, flüstere ich liebevoll, als sei er ein Baby. Ich rutsche auf die Stuhlkante, und er lächelt. »Ich bin hier.« Er seufzt wieder, dann lächelt er und lässt den Kopf langsam zurück in die Kissen sinken. Ich habe einen Kloß im Hals. Ich öffne die Kette mit der St.-Christopherus-Münze, die ich immer auf Reisen trage, und hänge sie an seinen Bettpfosten. Die Reise, auf die er sich begibt, ist viel anstrengender als meine.

Aus dem Wohnzimmer ertönt Lachen, aus dem Großmutters mädchenhaftes Kichern deutlich herauszuhören ist. Unsere Familie hat aus der Krankenwache eine Cocktailparty gemacht. Ich verstehe gut, warum das so ist. Grandpa möchte, dass wir uns um Grandma kümmern und ihr dabei helfen, einfach weiterzuleben. Die beiden haben alle nötigen Vorkehrungen getroffen: Sie haben ihr Testament unterschrieben, haben dieses Haus hier gekauft, einen Bungalow mit einer Sonnenveranda und Notfallklingeln, damit Grandma, sollte sie stürzen, im Altersheim gegenüber Hilfe holen kann.

Mit seinem Unternehmen hat mein Großvater unseren kleinen Ort geprägt. Wenn er einmal tot ist, wird meine Großmutter den Gedanken an ihren Mann nie mehr entkommen. Mein Großvater hat einen Flügel der Highschool gebaut, auf der der letzte meiner Cousins in ein paar Monaten seinen Abschluss machen wird. Auf ihrem Weg in den Ort kommt Grandma jeden Tag an diesem Gebäude vorbei. Für gewöhnlich ist Grandpa mit ihr in die Kirche gegangen; ich frage mich, wie sie die Messe ohne ihn ertragen wird. Unsere Fabrik steht stolz mitten in einem Industriepark. Das Schild GASBARRE PRODUCTS, INC. leuchtet mit dem grünen Logo, das Großvater selbst entworfen hat, zu jeder Tages- und Nachtzeit. Ich kann noch nicht einmal jemanden mit englischem Akzent reden hören, ohne mich nach Adam zu sehnen – wie soll meine Großmutter ohne Grandpa weiterleben?

Seit vier Tagen sitzt immer jemand aus der Familie an Großvaters Bett. Ich bin froh, dass er nur selten aufwacht, denn wir würden ihn mit unserer ständigen Anwesenheit wahrscheinlich wahnsinnig machen – er war immer auf Abstand bedacht. Frühmorgens kommen meine Mom und meine Tanten, die drei Schwiegertöchter meiner Großeltern, ausgeschlafen mit riesigen Auflaufformen voller Frühstück an. Sie kochen frischen Kaffee, und bald schon erfüllt das Aroma von Schinkenspeck und Sirup die Luft. Der Duft dringt bis in sein Zimmer. »Ich habe Hunger«, sagt Grandpa.

Ich blicke meinen Dad fragend an. »Gestern haben die Krankenschwestern doch gesagt, er darf jetzt nichts Festes mehr essen, oder?«

»Ja«, flüstert mein Vater. »Der arme Kerl.« Mein Dad hat ein butterweiches Herz. Er legt seine Hand auf die von Grandpa. »Sie haben gesagt, er kann nicht mehr schlucken. Oh Gott, er hat Hunger, und er kann nichts essen.« Dad wischt die Tränen mit einem Taschentuch fort. Aus Grandpas Augen dringt mittlerweile ein ständiger Tränenstrom. In Grandmas Broschüre »Phasen des Todes« steht, das sei ein Anzeichen dafür, dass der Patient innerhalb weniger Stunden verstirbt. »Vielleicht ein bisschen Ginger Ale.«

»Ich hole es.« Ich blicke Großvater an. »Grandpa.«

»Ja?«

»Wie wäre es mit Ginger Ale? Klingt das gut?«

»Mm-hmm«, murmelt er. »Klingt gut.«

»Okay, du bleibst hier mit meinem Dad. Ich bin gleich wieder da.«

»Bist du da, Billy?«, fragt Grandpa. (Die Schwestern haben uns erklärt, dass er nicht mehr gut sehen kann und Licht gegenüber immer empfindlicher wird.)

»Ja, Dad, ich bin hier.« Mein Vater tritt ans Bett. »Krissy holt dir etwas zu trinken, okay?«

»Ja«, sagt Großvater so leise, dass wir ihn kaum verstehen können. »Okay.« Als ich mich zum Gehen wende, fügt er hinzu: »Billy?«

»Ja, Dad?«

»Nimm mich in den Arm.«

Großmutter folgt mir, als ich ins Schlafzimmer zurückkehre. »George«, sagt sie. »Ich komme gleich wieder. Ich muss nur noch eine Runde mit den Jungs spielen.«

Schockiert blicke ich meinen Vater an, aber dann müssen wir beide lachen. Ihr Mann wird in wenigen Stunden sterben, und sie *spielt Poker*? Wird eine Frau nach sechzig Jahren Ehe so?

Später an jenem Abend, als Großmutter sich die Haare gekämmt und sich gewaschen hat, verkündet sie, sie möchte gerne vor dem Schlafengehen ein Glas warme Milch haben. »Hält sie sich für die Königin von Saba?«, fragt meine Mom. »Tun es ihre Hände und Füße nicht mehr?« Aber gehorsam wie eine Heilige bringt Mom ihrer Schwiegermutter ein Glas warme Milch ins Schlafzimmer. Großmutter probiert einen Schluck, um sich zu vergewissern, dass sie auch laktosefrei ist, dann schließt sie die Tür für die Nacht. Mom sagt: »Manchmal weiß ich nicht, ob ich sie in den Arm nehmen oder ihr einen Schlag auf den Kopf geben soll.« Dann geht sie zu ihrem Schwiegervater, um ihm die Hand zu halten.

Nachdem Großmutter zu Bett gegangen ist, nehmen wir anderen unsere Posten ein. Wer an Großvaters Bett sitzt, bekommt mit, dass sein Atem stoßweise und keuchend wird. In den Stunden, in denen wir uns alle nach etwas Schlaf sehnen, ist er am unruhigsten. Er schockiert uns, indem er versucht aufzustehen, und obwohl er so gebrechlich ist, müssen mein Vater, mein Onkel und ich all unsere Kraft aufwenden, um ihn daran zu hindern. Als er sich endlich wieder beruhigt hat, sind wir so erschöpft, dass wir nicht einmal mehr weinen können ... auch wenn es uns das Herz zerreißt, diesen Mann, den Helden unserer Familie, so daliegen zu sehen.

Drei Nächte vergehen. In der ersten Morgendämmerung spüren wir alle einen Funken Hoffnung, vermischt mit der Angst, dass Grandpa uns heute verlassen könnte. Mit dem Tageslicht kommen Grandpas Hospiz-Pflegerinnen, und wir müden Wachhunde können uns frisch machen und Kaffee kochen. Danach lösen wir uns nahtlos ab, sitzen an seinem Bett, füttern ihn, essen selbst etwas und warten. Diesen geliebten Sterbenden zu pflegen, ist weniger eine Pflicht als ein Anliegen und eine Ehre.

Montagnacht halte ich freiwillig Wache an Grandpas Bett. Ich döse in einem Sessel in der Ecke vor mich hin. »Heute muss ich sterben«, sagt er auf einmal ganz deutlich, und ich bin schlagartig hellwach. Ich trete ans Bett und streichele ihm über den Kopf. Er muss heute sterben. Im Moment sind wir die Einzigen, die diese Neuigkeit miteinander teilen. Ich möchte am liebsten zu ihm ins Bett krabbeln und heulen. Im schwachen Licht der Nachttischlampe präge ich mir seine Gesichtszüge ein – das Grübchen auf seinem Augenlid, die Poren auf seiner Nase, den präzisen Amorbogen seiner Oberlippe. Als er sich regt, flüstere ich: »Grandpa.«

»Ja?« Er ist so schwach, dass er das Wort kaum aussprechen kann.

»Ich muss dir etwas sagen. Aber leg dich zuerst hin, okay. So. Gut gemacht«, ermutige ich ihn. »So. Okay. Jetzt hör zu.«

Mein Mund befindet sich ganz nahe an seinem Ohr. »Ich liebe dich, Grandpa.«

Er öffnet die Augen. »Ich liebe dich auch.«

Ich habe einen Kloß im Hals. »Ich weiß.«

»Mann, und wie ich dich liebe.«

Er schließt die Augen wieder. Ich lege meinen Kopf auf sein Kissen, so dass sich meine Wange ganz leicht an seine drückt. Beinahe kann ich spüren, wie weh es ihm tut, mir solchen Schmerz bereiten zu müssen. Ich blicke zu den bunten Schatten an der Decke, und die Tränen strömen mir übers Gesicht. Nichts in meinem Leben, kein Kampf, kein Sieg, kein Herzschmerz, ist so bedeutungsvoll wie dieser Augenblick. Die Person, die mir am meisten auf der ganzen Welt bedeutet, erwidert meine Liebe. Weniger werde ich nie wieder von einem Mann akzeptieren.

Am Morgen kommt gemeinsam mit den Krankenschwestern der Pfarrer unserer Gemeinde in Grandpas Zimmer, und sie rufen uns zu einem Gebet. In unseren Trainingsanzügen stehen wir um das Bett herum, entschlossen, bis zum Ende durchzuhalten. Die Krankenschwestern haben Großvater gewaschen, und er duftet nach warmer Seife, Aloe und frischer Bettwäsche. Grandma und Ruth, die Oberschwester und zugleich eine alte Freundin unserer Familie, setzen sich an Grandpas Seite. Als wir alle unser Vaterunser beten, findet Großvater die Kraft, Grandmas Hände zu ergreifen und die Handflächen zu küssen. Nach dem Segen des Pfarrers gehen die Schwestern aus dem Zimmer, schütteln dabei jedem von uns die Hand und blicken uns tief in die Augen. Alle wissen, dass er heute sterben wird. Uns bleiben nur noch wenige Stunden mit Grandpa.

Es wird kein Poker mehr gespielt. Kaum jemand lacht, es herrscht keine Unruhe im Haus. Grandma scheint die Unvermeidlichkeit dieser letzten Minuten endlich verstanden zu haben, und sie weicht nicht von Grandpas Seite. Sie bittet um Musik, und ich bringe die kleine Stereoanlage herein und lege die einzige CD ein, die meine Großeltern besitzen. Es ist die Live-Aufnahme einer Jazzband, zu deren Konzert sie letztes Jahr gefahren sind, bevor sie wussten, dass Großvater krank war. »Such etwas, das er wiedererkennt, Kris«, sagt Grandma, und ein Song ertönt, der mich an Sinatra erinnert, mit schmachtenden Violinen und Bläsern. Ein Liebeslied.

Grandma steht am Bett und blickt Grandpa an, und auf einmal ist er ganz wach und schaut sie ebenfalls an. Mitten im Lied, als das Orchester zu einem Crescendo anschwillt, sagt Grandpa: »Küss mich, Gloria.« Grandma beugt sich über ihn und küsst ihn lange und zärtlich auf den Mund. Sie weinen beide. Als Grandma sich schließlich von ihm löst, bittet Grandpa: »Noch einmal.« Und sie tut es. Ich habe noch nie erlebt, wie sich meine Großeltern küssen.

Als der Song zu Ende ist, lasse ich ihn noch einmal spielen. Grandma sitzt auf der Stuhlkante und streichelt mit dem Daumen leicht über Grandpas Hand. Ich habe sie noch nie so gefasst gesehen. »Frieden, George«, sagt sie, und aus Grandpas Augenwinkeln laufen Tränen.

Nach dem Abendessen steckt Ruth den Kopf zur Tür herein. Lächelnd geht sie zu Grandma, die immer noch an Grandpas Bett sitzt. »Wir bleiben jetzt eine Zeitlang mit ihm allein, okay, Gloria?«

»Ja, okay.«

Ruth bittet uns sanft, sie eine Weile mit Grandpa allein zu lassen. Meine Mom beugt sich zu mir und flüstert: »Manchmal wollen Sterbende in Gegenwart ihrer Liebsten nicht gehen. Ich wette, Ruth weiß, dass es Zeit ist.«

Ich nicke langsam. Ja, vielleicht ist es so.

Eine halbe Stunde dringt kein Laut aus dem Zimmer, dann ruft Ruth meinen Dad und seine Geschwister herein. Wir hören ein lautes Keuchen, kurz darauf kommt Ruth in die Küche. Sie hält den Kopf gesenkt. »Ich glaube, er ist gegangen.«

Langsam stehen wir auf und gehen ins Hinterzimmer. Mein Dad, seine Brüder und Grandma schluchzen leise. Meine Mom nimmt meinen Dad in die Arme. Als er zusammenbricht, hält sie ihn fest. »Es ist besser so, Liebling«, sagt sie, aber auch ihr Gesicht ist rot und nass. Meine Tanten umarmen ihre Männer ebenfalls, und mir geht durch den Kopf, dass ich meine Onkel noch nie habe weinen sehen. Ich habe auch noch nie gesehen, wie sie ihre Frauen umarmt haben. In diesem Moment verstehe ich, dass Beziehungen nicht nur ein Geschenk, sondern eine Notwendigkeit sind. Es gibt keinen Grund, nicht zu lieben.

Jeder von uns küsst Grandpas Gesicht. Er riecht immer noch nach Seife und ist warm. Dann stellen wir uns alle um das Bett herum, und der Pfarrer betet mit uns. Grandma bleibt neben Grandpa sitzen, wie in Trance. Schließlich macht sie das Kreuzzeichen und bricht über ihm zusammen. »Ich liebe dich so sehr, George.«

Ich hoffe, auch ich werde eines Tages eine gute Frau an der Seite eines Mannes sein, stark, liebevoll und ruhig. Ich stelle mir vor, wie ich an Adam Hunts Seite sitze, über die Härchen auf seinem sommersprossigen Arm streichle, ihm durch einen

Strohhalm Ginger Ale zu trinken gebe, ihn zum letzten Mal auf den Mund küsse.

Ich kann mir alles vorstellen … nur den Kuss nicht. Vor sieben Monaten habe ich ihn zum letzten Mal gesehen, und sosehr ich mich auch bemühe, ich kann mich nicht mehr richtig an sein Gesicht erinnern.

2

Lerne zuzuhören

»Nun, es überrascht mich, dass du diesen Weg nimmst.«

Grandma und ich fahren zum Arzt, und ich habe die Brown Street statt der Arminta genommen. Als ich in der Highschool war und im Pflegeheim gearbeitet habe, bin ich diese Straße auf dem Weg zur Arbeit besonders gern gefahren. Sie ist kurvenreich, und man muss auf den Gegenverkehr achten, aber gerade diese Herausforderung fand ich gut. Und sie führt zu der Stelle, wo meine erste Liebe und ich immer geparkt haben; diese Straße steckt voller aufregender Erinnerungen. Geduldig antworte ich Großmutter: »Ich habe ja zehn Jahre nicht hier gewohnt, Grandma, deshalb kenne ich mich nicht mehr so gut aus wie früher. Aber diese Straße führt doch auch zur Arztpraxis, oder?«

»Vermutlich schon«, erwidert sie. »Grandpa ist immer hier langgefahren, nur um mich zu ärgern.« Bei ihrem gereizten Tonfall wundert mich das nicht! Schließlich hat nicht jede Frau in ihrem Alter eine erwachsene Enkelin, die ihre Großmutter zum Arzt fahren kann. Wen kümmert es da schon, welchen Weg sie nimmt!

Bevor wir zum Mittagessen gehen, möchte Grandma noch einmal nach Hause fahren, kann mir aber nicht wirklich sagen, warum. Ich gewöhne mich langsam an diese Verzögerungstaktiken – sie dienen ihr dazu, möglichst wenig Zeit alleine verbringen zu müssen. Großvater ist seit vier Monaten tot, und die Einsamkeit ist ihr schlimmster Feind geworden.

Sie war auch mein schlimmster Feind in den letzten vier Monaten in Italien. Großvaters letzte Tage und seine Beerdigung haben mir die Zusammengehörigkeit mit meiner Familie wieder in einer Weise klargemacht, die ich völlig vergessen hatte, als ich von zu Hause ausgezogen war. Wenn ich in Grandmas Esszimmer am Tisch saß, fühlte ich mich wieder wie ein Teil einer Gemeinschaft. Jahrelang hatten die Kollegen meines Großvaters Scherze darüber gemacht, dass man unsere »Familie« kaum von unserem »Familienunternehmen« unterscheiden könne, da Wein, Essen, Lachen und geschäftliche Gespräche zu beidem gehörten. Weil ich so lange weg war und erst aufgrund dieses tragischen Ereignisses wieder zurückgekehrt bin, konnte ich die Familie beinahe wie ein Außenseiter betrachten. Es ist eine einzigartige Familie, die in geschäftlichen Angelegenheiten durchaus unterschiedlicher Meinung sein kann, sich aber fast immer einig darüber ist, was für die Familie am besten ist oder wie etwas in Großvaters Sinn geregelt werden muss. In den letzten Jahren hatte ich das Gefühl, in einen Spiegel zu schauen, in dem ein großes Stück fehlte, und jetzt half mir meine Familie, es wieder einzusetzen. Erst mit ihnen hinter mir sah ich mich als Ganzes.

In der ersten Februarwoche ging ich wieder nach Italien. In jeder freien Minute, in der ich nicht damit beschäftigt war, der Familie, bei der ich lebte, Englisch beizubringen, hielt ich mich in meinem Zimmer auf, las oder schrieb Tagebuch. Fast jeden Morgen klopfte Isabella, die Mutter der Kinder, an meine Tür und fragte mich, ob ich mit ihr ins Sportstudio gehen wollte.

Manchmal fuhr sie auch mit dem Zug nach Rom, um irgendeinen Diplomaten zu treffen. (Isabellas Mann fertigte Ersatzteile für italienische Sportwagen und war einer der prominentesten Männer Italiens. Sie gehörten wohl auch zu den vermögendsten Familien des Landes.) Für gewöhnlich erfand ich eine Ausrede, weil ich endlich mit meiner Karriere als Autorin weiterkommen wollte, und erklärte Isabella, dass in Amerika eine Redakteurin ungeduldig auf meinen Text wartete.

Isabella, die gerne enge Armani-Jeans und Blusen mit weiten Ärmeln trug, lächelte geduldig und sagte leise: »Okay, ich verstehe das sehr gut.«

Das tat sie wirklich, aber ich wünschte, sie könnte mir meine selbstauferlegte Einsamkeit erklären, denn ich verstand sie keineswegs. Unter der Woche blieb ich bei geschlossenen Fensterläden in meinem Zimmer und duschte erst in letzter Minute, kurz bevor ich die Kinder unterrichten musste. An den Wochenenden fuhr ich mit der U-Bahn quer durch die Stadt, um Celeste zu besuchen, meine beste Freundin aus dem College. Sie war aus einer Laune heraus nach einer schmerzhaften Trennung mit mir nach Mailand gekommen. Mit ihren blonden Haaren und ihren blauen Augen hatte Celeste es leicht in Italien. Sie war mit einem sexy Operndirigenten namens Giuseppe zusammen und verlängerte sogar ihren Vertrag als Kindermädchen um weitere sechs Monate. Aber ich konnte mir nicht vorstellen, noch länger von meiner Familie getrennt zu sein. Ich wollte nach Hause.

Eines Nachmittags, als ich mit meiner Mutter telefonierte, sagte sie, sie würde die Stunden zählen, bis ich wieder in den Staaten sei. »Mom«, sagte ich, »ich habe viel darüber nachgedacht, was ich machen will, wenn ich wieder zurück bin.«

»Und, was hast du dir überlegt?«, fragte sie. Meine Mom ist

unter ganz anderen Verhältnissen groß geworden als mein Dad, obwohl sie nur wenige Häuserblocks voneinander entfernt gewohnt haben, auf Pollock Hill. Der Status einer Familie hing davon ab, zu welcher Gemeinde sie gehörte. Mein Dad und seine vier Geschwister wohnten um die Ecke der *St. Catherine's Cathedral*; Mom und ihre vier Geschwister sangen im Chor von *St. Mike's*. Mom sagt, es war immer eine Erleichterung für sie, dass die Leute in der Kirche sie beim Singen nicht sehen konnten und deshalb auch nicht merkten, dass sie Woche für Woche dasselbe Kleid trug.

Seit ihrem zwölften Lebensjahr arbeitete sie, um sich so kleiden zu können wie ihre Klassenkameraden, und manchmal erzählt sie von dem Moment in ihrer Jugend, als sie sich nach einem schrecklichen Streit mit ihrem Dad im Spiegel angesehen und zu sich gesagt hat: »Du hast etwas Besseres verdient.« Ihre Mutter, die mein Bruder und ich Nana nennen, behauptet, sie habe eine fabelhafte Kindheit gehabt, aber Mom erwidert ruhig, mein Dad habe sie vor der Armut bewahrt und es ihr ermöglicht, das Leben einer Ehefrau und Mutter zu führen, das sie sich immer erträumt hat. Meine Freunde jedenfalls haben meine Mom immer geliebt, wegen ihrer sensiblen Art und wegen ihres unvergleichlichen Humors.

Mir fiel es nicht schwer, ihr zu sagen, dass ich nach meinem Auslandsaufenthalt erst einmal ein paar Monate zu Hause bleiben wollte.

»Zu Hause? Bei Dad und mir?«

»Ja.«

»Ich glaube, das wäre okay.« Sie räusperte sich, vermutlich, um einen Jubelschrei zu unterdrücken.

»Ich brauche einfach mal ein wenig Zeit mit allen«, fuhr ich fort, und dann begann ich zu weinen. In den letzten Monaten kamen mir häufig in den seltsamsten Momenten die Tränen – wenn ich an Sonnenblumenfeldern vorbeifuhr, wenn ich auf dem Dorfplatz saß und zusah, wie ein Zuckerwürfel vom Cappuccinoschaum aufgesogen wurde, und vor allem, wenn ich alleine in meinem Zimmer saß und in mein Tagebuch schrieb. Seit Großvaters Tod am 29. Januar waren die Seiten meines Tagebuchs voller wässerig blauer Tintenflecken. »Ich kann es einfach immer noch nicht so ganz begreifen, dass Großvater nicht mehr da ist«, sagte ich zu meiner Mom. »Ich habe das Gefühl, ich muss mich selbst davon überzeugen, weißt du?«

»Ja, ich weiß«, erwiderte sie. »Wir hier hatten die Möglichkeit, es zu verstehen, aber ich habe mich schon gefragt, ob es wirklich bei dir angekommen ist, weil du so weit weg bist.«

»Genau das ist es. Und wenn ich Großmutter anrufe, klingt sie so traurig – ihre Trauer wird immer schlimmer anstatt besser.«

»Ja, ich weiß.«

»Und wenn ich da wäre, könnte ich euch wenigstens dabei helfen, sich um sie zu kümmern. Wir haben es Grandpa versprochen.«

»Liebes, sie ist meine Schwiegermutter, und ich liebe sie, das weißt du«, sagte meine Mom, »aber ohne ihn ist sie wirklich anstrengend geworden.«

Ich putzte mir die Nase. »Entschuldigung, Mom.« Ich schniefte. »Du meinst, wegen der Demenz.«

»Nein, nicht deswegen. Sie fordert einfach so viel Aufmerksamkeit.«

Ich schwieg. »Meinst du … meinst du, ich sollte zu ihr ziehen?«

»Oh Gott! Das ist ja lieb gemeint, aber das würde wirklich niemand von dir erwarten.«

»Aber ich könnte es.«

»Krissy, das ist sehr großzügig von dir, aber dein Dad bekommt einen Herzinfarkt, wenn du nicht entweder zehn Stunden am Tag schreibst oder dir einen Job suchst. Okay, ich übertreibe vielleicht ... aber nur ein bisschen. Außerdem darf in der Anlage niemand wohnen, der jünger als fünfundsechzig ist. Du darfst höchstens vier Nächte hintereinander da schlafen.« Mom schnaubte. »Und sie geht da nicht weg, das kannst du mir glauben. Grandpa hat sie schließlich dorthin gebracht. Sie gehen mit den alten Damen zum Einkaufen, sie bringen sie mit Bussen ins Schauspielhaus nach Pittsburgh, jede Woche gibt es Abendveranstaltungen im Gemeinschaftszentrum, und ich sage dir, es ist wirklich sehr schick da. Abgesehen davon, dass sie Grandpa vermisst, hat es deine Großmutter wirklich gut getroffen. Komm einfach nach Hause und verbring ein bisschen Zeit mit ihr. Alle werden sich freuen, dass du wieder da bist, vor allem Dad und ich.«

Zwei Monate später habe ich alle Hände voll mit Großmutter zu tun – in Dads Wagen kutschiere ich sie zum Arzt und begleite sie überallhin.

»Wolltest du nicht einen Regenschirm von zu Hause holen, Grandma?« Die Junisonne strahlt hell durch die Windschutzscheibe. »Und sollen wir dann im Restaurant essen, oder sollen wir etwas mitnehmen?«

»Nein, wir essen dort.« Ich kann förmlich hören, wie sie denkt: *Dann bin ich eine Zeitlang unterwegs.*

Ich erwähne nicht, dass ich bald einen Artikel abgeben muss oder dass ich in zwei Stunden einen Zahnarzttermin habe. Sie braucht Hilfe und Gesellschaft, und im Moment bin ich die Einzige in der Familie, die fast unbegrenzt Zeit hat. Im

Stillen mache ich mir Sorgen, dass ich mit meinem Schreiben nicht fertig werde. Mein Dad ist der gleichen Meinung. Er hat mir schon nach Italien immer wieder aufmunternde Zeilen geschickt, ähnlich wie Grandpa. *Du kannst alles schaffen, wenn du es nur willst* oder *Schreiben ist deine Leidenschaft.* Wenn ich doch nur die Zeit dazu hätte!

»Oh!«, sagt Grandma, als wir an der Apotheke vorbeikommen. »Halt mal an! Ich muss den Apotheker etwas fragen.«

Als die Türglocke bei unserem Eintreten bimmelt, blicken die Herren hinter der Theke auf und verschwinden. Plötzlich bin ich mir sicher, dass jeder medizinisch geschulte Mensch im Umkreis von fünfzig Kilometern sich am liebsten in Luft auflösen würde, wenn meine Großmutter auf ihn zukommt.

»Haben Sie noch mehr Sodbrennen bekommen, Gloria?«, murmelt der untersetzte Apotheker.

»Der Arzt sagt, es sei eine Nebenwirkung der Antidepressiva, aber es stört wirklich meine Verdauung.«

»Haben Sie kein Magenmittel mehr?«

»Nun, danach wollte ich Sie gerade fragen …« Sie fängt an zu stammeln, und der Apotheker sieht mich erwartungsvoll an. Als ich versuche, ihr Gestotter zu übersetzen, würgt sie mich ab. Ich lasse die beiden allein und gehe in den Gang mit den Zahnpflegeprodukten.

Zwanzig Minuten später sitzen wir wieder im Auto, ohne Medikament, ohne Geduld, ohne Mittagessen. »Weißt du was, Grandma? Ich glaube, du kommst auch ohne Schirm klar. Lass uns direkt zu *Ruby Tuesday* fahren. Ich komme um vor Hunger.«

Sie ist wütend. »Ja, ist in Ordnung.«

Als die Kellnerin uns fragt, wo wir uns hinsetzen möchten, blickt Großmutter sich unentschlossen um. Schließlich sage ich: »Wenn noch etwas frei ist, würden wir gerne am Fenster sitzen.«

»Und irgendwo in der Nähe der Salat-Bar, um Himmels willen nur nicht beim Käse.«

»Und nahe an der Salat-Bar bitte.« Ich lächele versöhnlich. Mein Gott, wie hat mein Großvater das nur sechzig Jahre lang ausgehalten? Und warum? Sie ist streitsüchtig, sie ist undankbar, sie kann keine Entscheidungen treffen, und obwohl sie einmal die prüdeste Person war, die ich kenne, unterhält sie sich jetzt am liebsten über ihre Verdauungsprobleme. Mir wird bewusst, dass in all den Jahren, die ich sie kenne, bei all den langen Abenden mit Rigatoni und Wein, mein Großvater derjenige war, der die Gespräche geführt hat. Das hätte mir auch schon früher auffallen können, schließlich war er der Geselligere und Offenere von beiden.

Grandma rülpst und schlägt frustriert mit der Hand auf den Tisch, bevor sie sich entschuldigt und die Serviette vor den Mund hält. »Dieses *Aufstoßen*!«, sagt sie. Ich erlebe zum ersten Mal, dass sie sich in der Öffentlichkeit nicht perfekt benimmt.

»Hast du schon einmal überlegt, Grandma, dass deine Probleme mit dem Aufstoßen vielleicht daher rühren, dass du jetzt die ganze Zeit redest?«

»Wie meinst du das?«

»Bei euch war doch Großvater immer derjenige, der für die Unterhaltung gesorgt hat. Und wenn ihr beiden allein zu Hause wart, habt ihr bestimmt wenig geredet, wie viele Leute, die so lange verheiratet sind. Und jetzt redest du nicht nur wesentlich mehr, sondern hältst es auch für *notwendig*, um die Trauer und die Einsamkeit zu überwinden. So viel wie jetzt hast du in deinem ganzen Leben nicht geredet.«

Verblüfft blickt sie von ihrer Brokkolisuppe auf. »So habe ich das noch nie gesehen.«

Grandma kann nicht allein sein. Sie erzählt mir das nicht, um anzudeuten, dass sie sich etwas antun könnte; es ist vielmehr so, dass sie sich dann so einsam fühlt, dass sie weint. Alleine zu essen, ist das Schlimmste, sagt sie, und ich denke an das erste Mal, als ich alleine in einem Restaurant gegessen habe, im Sommer, als ich auf dem College war. Es war im *Olive Garden*, wo ich kellnerte. Ich kannte meine Bedienung also, aber ich fand, es zählte trotzdem. Niemand saß mir gegenüber, dennoch bewältigte ich das Essen. Als ich in New York arbeitete, war es ein Luxus, einen Salat und einen Kaffee zu sich nehmen und dabei ein Buch lesen zu können. Solange ich mich mit etwas beschäftigen konnte, fühlte ich mich alleine nicht unwohl, sondern mochte es. Aber Grandma und andere Leute in ihrem Alter sind daran gewöhnt, dass man gemeinsam isst, und für sie ist es eine Strafe, alleine eine Mahlzeit einnehmen zu müssen.

»Glaubst du, das ist der Grund, warum ich immer noch Single bin, Grandma?«

Sie blickt von ihrem Salat auf. »Wie kommst du darauf?«

»Könnte es vielleicht sein, dass Leute wie ich besser mit dem Alleinsein zurechtkommen als Leute deiner Generation, weil wir mehr haben, mit dem wir uns ablenken können?«

»Teilweise bestimmt. Aber wie kannst du erwarten, jemanden kennenzulernen, wenn du ständig diese Dinger in den Ohren hast? Hast du das Ding auch im Sportstudio dabei? Oh, wie heißt es noch mal – dieses kleine Ding, das Musik spielt?«

»Meinst du meinen iPod?«

»Mm-hm.«

»Ja, deshalb habe ich ihn ja.«

»Na siehst du. Wenn jemand dich ansprechen möchte,

dann muss er schon eine Pantomime zeigen. Es ist doch komisch, zu reden und nicht zu wissen, ob die andere Person überhaupt zuhört.«

Ich erinnere mich daran, wie ich einmal in Cleveland, wo ich nach meinem College-Abschluss ein Jahr lang gewohnt habe, die Straße entlanggegangen bin. Meine Wohnung lag in Little Italy, und ein kleiner alter Mann zog den Hut vor mir. Ich lächelte ihn an, um mich zu bedanken. Dann sagte ich: »Wissen Sie was, Sir? Ich wünschte, jedes Mädchen in meinem Alter würde die Erfahrung machen, dass ein Mann den Hut vor ihm zieht.«

Zwinkernd setzte er seinen Hut wieder auf seine silbernen Haare. Dann überlegte er einen Moment und sagte: »Wissen Sie was, junge Dame? Das wünschte ich auch.«

Als meine Großeltern und der Mann aus Little Italy aufwuchsen, bemühten sich Fremde noch darum, einander kennenzulernen; die Leute empfanden Wertschätzung füreinander, und sie kommunizierten. Allerdings ist es nicht verwunderlich, dass seitdem kein Mann mehr den Hut vor mir gezogen hat, weil ich kurz nach diesem Ereignis nach New York zog und mir einen iPod zulegte.

Ich erzähle Grandma die Geschichte, weil ich sie damit zum Lächeln bringen möchte, aber stattdessen belehrt sie mich: »Natürlich hat er vor dir den Hut gezogen. Er ist so erzogen worden.«

»Okay, aber …« Ich schiebe meinen Teller beiseite. »Was hat es *bedeutet*?«

Sie kneift die Augen zusammen. Anscheinend findet sie, dass ich eine einfache männliche Geste viel zu analytisch betrachte. »Nun, was glaubst du denn? Er hat dir Respekt gezollt.«

»Okay. Und was hätte ich zur Erwiderung machen müssen?«

»Genau das, was du getan hast. Du hast gehört, was er zu sagen versuchte: ›Hallo, ich finde Sie reizend.‹ Und du bist stehen geblieben und hast dich bedankt. Das war mehr als genug. Es war einfach ein normaler, netter Austausch.«

Doch für mich war es nicht normal; es war ein ganz besonderer Augenblick in meinem jungen Leben als Frau gewesen. Aber vielleicht meinte Großmutter ja genau das: Ich verkompliziere die Dinge unnötig, indem ich das, was Männer tun, journalistisch interpretiere. *Er hat eine SMS geschrieben, was bedeutet das? Er ruft nicht an, was will er mir damit sagen?* Und Grandmas Erklärung ist, dass alles schon in der SMS enthalten ist. Leute meines Alters müssen nur *lernen zuzuhören.*

Grandma und Grandpa sind sich eines Abends im Frühsommer in der Nähe einer Eisdiele in der Stadt begegnet. Sie hatte gerade die Schule beendet, und er hatte zwei Jahre lang im Zweiten Weltkrieg gekämpft. Nachdem er heimgekehrt war, sah er Grandma eines Abends an der Eisdiele vorbeigehen. Er trat ihr entgegen und begrüßte sie. »Ich kannte ihn von der Schule«, sagt sie kichernd. »Er war sehr beliebt bei den Mädchen.«

Wenn sie von ihm erzählt, schmilzt sie dahin. Ihr Blick wird wehmütig, als liefe in ihrem Kopf der Film aus dem Jahr 1947 noch einmal ab. »Er rief mich am nächsten Tag an, und wir verabredeten uns. Er fragte am Telefon nach Florence, weil er meinen Namen mit dem Namen unserer Straße, Florence Street, verwechselt hatte. Meine Mutter hätte fast aufgelegt, weil sie dachte, er hätte sich verwählt.« Grandma sagt, er hätte sie nie angerufen, wenn sie sich an jenem Abend nicht so angeregt unterhalten hätten. Ich versuche mir vorzustellen, was aus uns allen geworden wäre, wenn Grandma Musik aus ihrem iPod gehört hätte.

Sie stochert in ihrem Salat herum, und obwohl ich am liebsten auf meinem Handy nachschauen würde, wie spät es ist, widerstehe ich der Versuchung. Ich denke daran, wie viele einsame Abendessen noch vor ihr liegen. Manchmal ist die Stille ja nett, aber zu viel davon ist unnatürlich und macht einsam. Ich sehe zu, wie Grandma sorgfältig ihre Gurke zerschneidet. Es kostet sie wesentlich mehr Mühe als mich, und sie muss den Kopf recken, damit ihre Gabel die Lippen erreicht. Sie tupft sich den Mund ab und grinst mich an, und mein Herz ist voller Mitgefühl.

Nach dem Essen gehen Grandma und ich zu *Dairy Queen*. Ich lecke an der schmelzenden Eiscreme, und als Grandma mich anlacht, denke ich an den Nachmittag im Hyde Park in London, als Adam und ich dort die Schwäne beobachtet haben. Er hat mir an einem Eiswagen ein Hörnchen mit Vanilleeis gekauft. Adam hat nur einmal daran geleckt und hat mir dann das Eis alleine überlassen.

Natürlich hat er unsere Beziehung zerstört, indem er den Job in Bahrain angenommen hat, ohne es mir zu sagen, aber auch ich hätte mehr geben können. E-Mails und SMS – Worte sind billig. Wäre es so schwer gewesen, ihm ab und zu eine Ansichtskarte zu schicken? Wäre ein altmodischer Liebesbrief nicht auch schön gewesen? Und warum brauchte ich zehn Monate, bis ich ihn das erste Mal besuchte? Das Geld dazu hatte ich doch viel früher zusammen. Er gab nicht genug, aber ich vielleicht auch nicht. Ich hatte Angst davor, mich wirklich auf ihn einzulassen, weil ich fürchtete, er wäre nicht so toll, wie ich glaubte, oder er könnte mich zurückweisen. Aber war letztendlich das Ergebnis nicht das Gleiche? Ich hielt meine Gefühle zurück, und jetzt habe ich ihn verloren. Wenn wir uns die Zeit genommen hätten, uns im persönlichen Kontakt näherzukommen, dann wäre vielleicht etwas daraus entstanden. Wenn ich nur mehr Gefühle gezeigt hätte, nur ein paar Kompromisse mehr eingegangen wäre.

Auf dem Weg nach Hause schlägt Grandma vor, über die Long Avenue zu fahren. Über die Brady Street geht es zwar schneller, und ich bin sowieso schon zu spät, aber dieses Mal höre ich auf sie.

3

Bekomm dein eigenes Leben in den Griff

Ich kann mich zwar nicht mehr so gut an die Schleichwege in der Stadt erinnern, aber ansonsten finde ich mich zu Hause schnell wieder zurecht. Die Miniatur-Collies meiner Eltern begrüßen mich überschwänglich an der Haustür und vermitteln mir mit ihrer Begeisterung und ihren Küssen das Gefühl, das Richtige getan zu haben, indem ich für eine Zeitlang wieder nach Hause zurückkehre. Rocky haben wir bekommen, als ich aufs College gegangen bin, damit Mom ein bisschen Gesellschaft hatte. Mittlerweile ist er ein alter Herr, und ich bin die Einzige in der Familie, zu der er nett ist. Den Welpen haben meine Eltern im letzten Herbst überraschend angeschafft. Mom und Dad riefen mich in Italien an, um mich zu fragen, wie sie ihn nennen sollten. »Irgendeinen süßen italienischen Namen«, sagte Mom.

»Wie wäre es mit Alfonso?«

»Genau, Alfie, der Name passt zu dir!«, sagte Dad im Hintergrund. »Deine große Schwester wird noch bis Weihnachten warten müssen, ehe sie dich kennenlernt!« Und jetzt, wo ich nach Hause zurückgekehrt bin, ist der kleine Alfonso eine nette Bereicherung meiner Welt. Zuneigung fühlt sich immer gut an.

Im ehemaligen Kinderzimmer meines Bruders hat Dad meinen Schreibtisch aufgebaut, damit ich beim Schreiben auf den Treasure Lake blicken kann, den See, an dem mein Bruder, meine Cousins und Cousinen und ich aufgewachsen sind. Fast zwei Jahrzehnte lang haben wir jedes Sommerwochenende an unserem Steg verbracht – im Firmenhaus unserer Familie am See, das etwa drei Kilometer von unserem Haus entfernt liegt –, wenn nicht gerade Kunden dort wohnten. Zehn Jahre später glitzert die Wasseroberfläche so einladend wie eh und je, und mein Bruder Jeff und meine Cousins freuen sich, dass ich wieder da bin. Jeff mixt Long Islands hinter Grandpas langer Bartheke, und statt meines Onkels Phil steuert mein Cousin Zach das Boot … aber noch immer ist der Geist des *Dolce Vita* zu spüren, als Großvater das Haus 1982 gekauft hat. Ich kann mich gut an die Pfannkuchen erinnern, die es zum Frühstück bei ihm gab; wie er gestrahlt hat, als er den Boccia-Platz und den winzigen Strand angelegt hat. An diesem See, auf dem Trampolin im Garten, unter den mächtigen Pinien höre ich Großvaters Stimme: *Das ist dein sicherer Hafen. Das bist du.*

Das bin ich, und sosehr ich mich auch auf den umgekehrten Kulturschock gefasst mache, vor dem mich meine New Yorker Freunde ständig warnten, er tritt nicht ein. Ich liebe mein Zuhause.

Ich bin gerade erst seit zwei Wochen wieder hier, als meine liebe Mutter mich unbedingt aufs Neue in ihre gesellschaftlichen Kreise integrieren will. Mom ruft mir (oder vielleicht eher sich) ins Gedächtnis, dass wir auf den zahlreichen Sommerhochzeiten, zu denen wir eingeladen sind, so gut wie alle wiedertreffen werden, die wir kennen, deshalb walken wir jeden Morgen um den See oder gehen gemeinsam ins Fitnessstudio. Arm in Arm mit Mom besuche ich Buchclubs,

Country-Clubs, Baby-Partys und Braut-Nachmittage. Ich hatte diese Kultur völlig vergessen; diese angenehme Welt, in der Freunde so treu sind, dass die Hochzeitsdekoration für die Tochter einer Freundin gemeinsam hergestellt wird. Die Schönheit dieser Frauen strahlt nicht nach einem Tag im Spa, wie es bei mir in New York war, nicht wegen der schicken, eleganten Kleidung, die ich in Italien so bewundert habe, sondern weil sie alles miteinander – und jetzt mit mir – teilen.

Offensichtlich sind sie alle fest entschlossen, mich unter die Haube zu bringen. »Oh, Krissy, wir besorgen dir einen Freund.« Es ist erstaunlich, wie sehr sich die Chancen eines Mädchens verbessern, wenn es ein paar Jahre weg war. Bei den Picknicks preisen mir Moms Freundinnen ihre alleinstehenden Neffen an, und selbst Grandmas Bridge-Gruppe erklärt, sie hätte den perfekten Mann für mich. Die Poker-Truppe, die sich mittwochs immer im Haus meines Bruders trifft, hat mich eingeladen, und obwohl ich zum Kartenspielen nicht zu gebrauchen bin, ist es ermutigend, mit welchem Eifer sie sich auf die Suche nach einem Mann für mich machen. Die meisten kenne ich noch von der Highschool. Es sind nette Jungs mit anständigen Berufen und Eheringen. Manchmal wünsche ich mir geradezu, ich wäre nicht so weit von zu Hause weggegangen. Dann könnte ich jetzt ein einfaches Leben mit Ehemann, Baby und einer Hypothek führen. Angesichts ihrer Zufriedenheit frage ich mich, ob ich wohl die letzten zehn Jahre alles falsch gemacht habe.

Kürzlich habe ich mir geschworen, jedem, der auf mich zukommt, eine Chance zu geben – ein bisschen kleinstädtische Romantik wäre mir jetzt ganz willkommen, gleichgültig, wie sie aussehen mag. Ich bin emotional so ausgehungert, dass ich sogar den Lastwagenfahrern hinterherwinke, die auf der Autobahn hupen. Zu meiner Mom sage ich in solchen Fällen: »Du weißt doch, ein Kompliment ist ein Kompliment!«

Einen ganz besonderen Junggesellen gibt es jedoch, der außergewöhnlich ... herausfordernd klingt. Er wird so begeistert beschrieben, dass die anderen gegen ihn alt und langweilig aussehen. Jedes Mal wenn eine Frau in der Gemeinschaft sagt: »Krissy, diese Männer mögen ja ganz gut klingen, aber du musst erst einmal Dr. Christopher kennenlernen!«, dann fallen die anderen Damen beinahe in Ohnmacht. Anscheinend ist er der »Royal Flush« unter den Männern vor Ort. Das wichtigste Merkmal dieses Arztes ist offenbar seine Ähnlichkeit mit dem Helden in einem europäischen Roman – dunkle Haare, die ihm bis auf den Kragen fallen, meerblaue Augen und ein strahlendes Lächeln, das alle Patienten sofort gesund werden lässt.

Grandma hat gehört, dass dieser Dr. Christopher vom Klinikpersonal sehr geschätzt wird. Meine Mom hat ihn bei einer Wohltätigkeitsmodenschau kennengelernt, als er gerade erst in die Stadt gezogen war. »Du hättest sehen sollen, wie sich diese erwachsenen Frauen darum gedrängt haben, den Fellmantel zu berühren, den er vorgeführt hat. Es war mir richtig peinlich«, sagte Mom. Mir ist eher der Gedanke an einen Mann im Fellmantel peinlich, bis Mom erklärt, dass der Erlös der Veranstaltung der Behandlung bedürftiger Patienten zugutekommt. Der Doktor nimmt regelmäßig an solchen Ereignissen teil.

Diese Information macht mich neugierig.

Laut den Frauen im Ort sind Dr. Christophers Fähigkeiten als Chirurg mindestens so beeindruckend wie sein gutes Aussehen. Während einer Wohltätigkeitsauktion erzählt mir Mrs Chapman – eine der am meisten aufgetakelten Frauen im Ort –, dass Dr. Christopher »ästhetische Gesichtsmedizin«

macht. Nicht nur ihre Augen, sondern auch die Bügel ihrer Prada-Brille funkeln, als Mrs Chapman mir erklärt, dass Dr. Christophers Spezialgebiet ein Mittelding zwischen oraler und plastischer Chirurgie ist. Angeblich hat er einen Haufen internationaler Auszeichnungen, ist aber auch ein Herzensbrecher. Mrs Chapman blickt über ihre Brille und zeigt mit ihrem manikürten Finger auf mich. »Was Dr. Oz gegen das Altern vermag und Dr. Drew für Beziehungen, kann Dr. Christopher für dein Gesicht tun.« Sie zwinkert mir zu und wechselt das Thema, und mir wird bewusst, dass ihre Lippen für eine Fünfundsechzigjährige tatsächlich sehr prall aussehen.

Mrs Chapman ist nicht die einzige Patientin, die Dr. Christopher anschmachtet. Eines Abends erzählt mir meine Cousine Tricia beim Abendessen mit Grandma, dass sie zu Dr. Christopher, als sie bei ihm in Behandlung war, gesagt hat, sie wolle ihn heiraten. Ihrer Erinnerung nach hat er nur leise gelacht und seinen Assistentinnen gesagt, sie sollten bitte dafür sorgen, dass sie so bequem wie möglich liegt. Tricia sagt, er erinnere sie an Grandpa. Er ist so intelligent, dass er nicht weiß, wie gut er aussieht. Grandma hört uns aufmerksam zu, in der Hoffnung, dass wir noch mehr sagen, was die Erinnerung an Grandpa lebendig hält.

Aber mich machen die Bemerkungen all dieser Frauen über Doc Hollywood nur skeptisch. Dieser Mann ist Schönheitschirurg in der Kleinstadt, und die Frauen fallen wegen ihm reihenweise in Ohnmacht. Wie viel Herz kann er schon haben? Und gerade als ich zweifelnd die Nase krausziehen will, wirft meine Mutter die Karte für Spiritualität in die Waagschale. Anscheinend geht der Arzt jede Woche in die Kirche (wenn auch niemand zu wissen scheint, wo). Und Dr. Christopher macht Yoga. »Krissy, du doch auch!«, ruft meine Mutter aus. »Und du gehst in die Kirche. Das passt doch perfekt!« Offensichtlich achtet er also nicht nur auf seine physische Gesundheit, sondern hält auch seine emotionale Seite im Gleichgewicht. Jetzt gerate ich langsam ins Schwanken. Könnte das tatsächlich der perfekte Mann sein?

Andererseits, warum ist der Kerl noch nicht verheiratet? Ist er schwul? Hat er Bindungsangst? Ist er ein Spieler? Das Geheimnis verfolgt mich, und langsam hoffe ich schon selber, ihm im Bio-Gang des Lebensmittelladens oder im Fitnessstudio zu begegnen. Ehe ich ihn nicht kennengelernt habe, kann ich ihn nicht beurteilen. Und als schließlich die vierte Freundin von Mom »Dr. Christopher« erwähnt, bin ich bereit, ihn mir anzuschauen.

Ich greife auf meine eigene Spiritualität zurück. An einem heißen Junitag sitze ich in der Messe, lege andächtig meine Stirn in die Hände und bete darum, dass Gott mich nie mehr so leiden lässt, dass ich in einem fremden Land leben muss, wenn ich diesen Mann in Betracht ziehe. Nach der Kirche besuche ich Grandpas Grab. Der Grabstein ist zwar für mich etwas Besonderes, aber er fällt unter den anderen Steinen gar nicht auf. Mein Großvater wollte etwas Schlichtes und wir etwas Elegantes, und deshalb haben wir uns für einen polierten schwarzen Stein entschieden, einen halben Meter hoch und einen Meter breit, auf dem hinten GASBARRE zu lesen ist. Vorne steht:

GEORGE PHILIP GASBARRE, SR.
9. September 1925 – 28. Januar 2008

Ich hasse es, sein Todesdatum zu lesen. Ein Datum, das bereits vorüber ist – ein weiterer Beweis dafür, dass er tot ist. Daneben steht Großmutters Text:

GLORIA DELORES GASBARRE (ELLINGER)
11. Dezember 1928

Wie mag es wohl sein, wenn man noch am Leben ist und seinen eigenen Namen schon auf dem Grabstein sieht? Grandma hat es noch nie erwähnt.

Ich vergewissere mich, dass niemand in der Nähe ist, dann flüstere ich: »Italien hat mir das Herz gebrochen, Grandpa. Der Engländer, weißt du noch?« Es fühlt sich zwar albern an, aber vielleicht hilft es mir ja. »Und dann habe ich auch noch dich verloren. Aber es muss doch auch noch andere gute, aufregende Männer da draußen geben, oder? So jemanden wie dich. Hilfst du mir dabei, einen zu finden?« Ich knie mich hin und taste nervös das Gras ab. Die Vorstellung, er könnte hier direkt unter mir liegen, macht mich nervös. »Es gibt da vor allem einen, er wohnt sogar hier, und es ist komisch ...« Ich lache leise. »... alle, einschließlich Grandma, scheinen zu glauben, wir seien füreinander bestimmt.« Ich blicke auf Großvaters Grabstein, als sei es sein Gesicht. »Und ich habe mir gedacht, ich nehme mal Kontakt zu ihm auf.« Ich zögere. »Es ist doch nichts Schlimmes dabei, wenn man neue Freunde findet, oder, Grandpa?« Ich küsse den Stein und fahre mit der Hand über die Buchstaben.

Das ist schon das zweite Mal, dass ich mich mit dieser Bitte an meinen Großvater wende. Beim ersten Mal habe ich ihn, während er am Tag vor seinem Tod geschlafen hat, gebeten, mir einen Ehemann zu schicken. »Wir haben ja schon einmal darüber geredet, und ich weiß, dass du mich gehört hast.« Ich stehe auf und klopfe mir das Gras vom Saum meines Kleides. »Danke, Grandpa. Ich habe dich lieb.«

Später in dieser Woche ruft Mrs Chapman an, um zu berichten, dass sie Dr. Christophers Karte diskret auf der vorderen Veranda unseres Hauses deponiert hat. Ich hatte sie weggeworfen, bevor Mom ihrer habhaft wurde. Schließlich hatte es keinen Sinn, sich so von der Aufregung überwältigen zu lassen. Aber als ich jetzt von der Kirche und dem Friedhof nach Hause komme, fische ich sie wieder heraus und schwöre mir insgeheim, dass ich die ganze Angelegenheit ruhen lassen werde, wenn ich keine Antwort bekomme. Wenn meine E-Mail nicht dazu führt, dass sich unsere Wege kreuzen, dann bin ich eben doch nicht für diesen Mann bestimmt.

In die Betreffzeile der E-Mail schreibe ich »Neuer Freund in DuBois« mit drei Pünktchen, um das Ganze ein bisschen lockerer zu machen. Ich teile dem Arzt mit, dass er sich in den vier Jahren, seit er hierhergezogen ist, Achtung und Respekt erworben hat. Seine Arbeit klinge faszinierend, tippe ich, und ich würde ihn gerne einmal kennenlernen. »Wenn Sie Zeit haben«, schreibe ich, »könnten wir vielleicht einmal miteinander Mittagessen oder etwas trinken gehen.« Auf diese eloquente Art teile ich ihm mit: »Nach dem, was ich über Sie gehört habe, besteht wahrscheinlich nicht die geringste Chance, dass Sie Single sind, aber wenn es doch der Fall sein sollte, wie alle behaupten, dann sollten wir uns wirklich einmal treffen.«

Ich lese die E-Mail dreimal, um sicherzugehen, dass ich zwar selbstbewusst, aber nicht zu selbstbewusst erscheine; damenhaft, aber nicht zu verzweifelt. (Das ist eine heikle Angelegenheit, und in diesem frühen Stadium könnte es sogar schon als zu forsch empfunden werden, wenn ich ihm meine Telefonnummer gäbe.) Ich schließe die E-Mail mit freundlichen Grüßen, so dass alles möglich bleibt: Ich könnte ein geschäftlicher Kontakt, eine nette Freundin oder eine attraktive

Single-Frau sein. Ich halte den Atem an und blicke zur Schlafzimmerdecke. *Tue ich das tatsächlich?* Ich schicke die E-Mail los und denke dabei, dass ich wahrscheinlich sowieso keine Antwort bekommen werde.

An diesem Nachmittag trifft sich die gesamte Familie zum Grillen an unserem Bootssteg. Ich flüstere Grandma ins Ohr: »Kannst du dich noch daran erinnern, wie wir kürzlich abends mit Tricia über den Doktor gesprochen haben?«

»Ja?« Sie wendet sich mir zu.

»Ich habe ihm heute eine E-Mail geschickt.«

»Oh!« Sie lässt fast ihren Hamburger fallen, und ihre Augen leuchten auf. So habe ich sie zum letzten Mal gesehen, als sie mit Großvater in der Küche in Florida Spaghetti gekocht hat, vor anderthalb Jahren, noch bevor er krank wurde. Sie flüstert: »Sag mir Bescheid, was passiert!« Wir gesellen uns zu den anderen, und Grandma zwinkert mir verschwörerisch zu, während sie wie ein Vögelchen an ihrem Burger knabbert.

Als ich abends im Bett liege, mache ich meinen Laptop an. *Er hat am Sonntagabend bestimmt nicht nach seiner Post gesehen. Wahrscheinlich ist er mit Freunden beim Essen, oder er hat Sex mit der Freundin, die er sicherlich hat.* Mein Herz macht einen Satz. Er hat geantwortet!

Liebe Krissy, ich habe mich über Ihre E-Mail gefreut, und ich würde Sie gerne persönlich kennenlernen. Wenn Sie so freundlich wären, mir Ihre Telefonnummer zu geben, dann rufe ich Sie gerne an, um einen Termin mit Ihnen zu vereinbaren. Er klingt intelligent und nett, allerdings ein bisschen vorsichtig. Letztendlich gewinnt er meine Sympathie, indem er unseren kleinen Ort als »Dorf« bezeichnet und sagt, dass er sich in New York und Italien, die Orte, die ich erwähnt hatte, auch am liebsten aufhielte. Nach einer weiteren Mail stellen wir fest, dass es noch eine Weile dauern könnte, bis wir uns kennenlernen: Ich habe diese Woche ein Schreibseminar in New York, und an dem Tag, an dem ich zurückkomme, fliegt er nach San Francisco, um eine seltene Augenlid-Operation vorzunehmen.

Seltene Augenlid-Operation?, schreibe ich zurück. *Das klingt ja cool.*

Zwei Wochen später, an einem milden Freitagabend, trete ich mit offenen, gelockten Haaren auf unsere vordere Veranda. Ich bin froh, dass ich Moms Rat angenommen habe. »Zieh keine Jeans an«, hatte sie gesagt, als ich ihr in meinem Schlafzimmer verschiedene Outfits vorgeführt habe.

»Warum?«

»Es ist eine *Verabredung*, und er ist *Arzt.* Möchtest du nicht hübsch aussehen?«

Ich trat vor den Spiegel und hielt ein kleines Schwarzes vor mich. Nachdenklich blickte ich die beiden Hunde Alfonso und Rocky an. »Ihr wisst ja, Jungs, dass Mama viel auf die Meinung anderer gibt«, sagte ich zu ihnen. Alfie legte den Kopf schräg. »Aber für gewöhnlich hat sie recht.«

Zum ersten Mal seit sehr langer Zeit wird mich ein Mann (»ein Junge«, wie Grandma sagt) zu Hause abholen, und das fühlt sich altmodisch und sehr angenehm an. Gerade als ich jedoch anfangen will, es zu genießen, werde ich nervös – ich zittere sogar. Und erst als das Mercedes Coupé des Arztes in unsere Einfahrt einbiegt, höre ich auf, mir Luft zuzufächeln.

In lockeren Leinenhosen und einem hellblauen Button-down-Hemd steigt Dr. Christopher aus seinem Auto und schiebt sich die Sonnenbrille auf den Kopf. Normalerweise sieht ein Mann in Flip-Flops eingebildet oder, nennen wir es beim Namen, schwul aus. Aber bei ihm erinnern sie mich an einen sexy Künstler in Florenz, der extra sein Atelier geschlossen hat, um mir an einem Samstagnachmittag eine Privatführung zu geben. Ja, ich habe mich verbessert: Der Mann, der vor der Haustür steht, ist in der Tat ein erwachsener Mann.

»Ich bin Chris«, sagt er mit tiefer Stimme. »Schön, dich kennenzulernen.« Er streckt mir die Hand entgegen und blickt mir dabei in die Augen.

Plötzlich bin ich völlig durcheinander, aber äußerlich ruhig reiche ich ihm die Hand. »Ich bin Krissy.« Er ergreift meine Hand, und ich merke, dass ich mir über meine Absichten ihm gegenüber etwas vorgemacht habe. Seine Augen glänzen, als er sich eine Haarsträhne hinters Ohr schiebt. »Ich freue mich auch, dich kennenzulernen.« Ich lächele züchtig. Am liebsten würde ich ihm erklären, dass ich bei Männern normalerweise nicht den ersten Schritt mache.

»Oh, um den Baum befinden sich Ziegelsteine«, sagt er und tritt auf das Gras wie ein Ingenieur, der die Grundmauern der Brooklyn Bridge examiniert. Ich erkläre ihm, dass die Ziegel die tote Eiche daran hindern, auf unser Haus zu fallen. »Ich lache leise, um seine Aufmerksamkeit wieder auf mich zu lenken. Na ja, sage ich mir, auch wenn sein Interesse mehr der Natur gilt als mir, ist eine Verabredung mit ihm immer noch besser als mit den Typen in New York, deren Interessen nur um sich selbst kreisen, oder mit den Muttersöhnchen in Italien. Ich schließe die Haustür ab, husche hinter die Garage und rufe meine Eltern an, die zum Abendessen eingeladen sind. »Mom«, zische ich, »du hattest recht, er ist unglaublich attraktiv und hat echt schöne Zähne. Wiedersehen.«

»Oh ja!«, quietscht sie. Ich lege auf.

Chris öffnet die Wagentür für mich und hält meine Hand, als ich einsteige. Ich versuche, nicht zu auffällig zu glotzen, aber das Auto ist ein Zweisitzer, und es ist sauber. Kinder sind also wohl nicht im Spiel. »Oh, nett«, bemerke ich. »Ist das ein Schaltknüppel?«

»Ja, das ist ein Schaltknüppel«, erwidert er freundlich. Er steigt auf seiner Seite ein und schnallt sich an. Er ist echt süß, leicht gebräunt mit Haaren, die feucht von einem Bad im See sind, das er nach der Arbeit noch schnell genommen hat, wie er mir erklärt. Sein Duft ist männlich, er riecht nach Seife, Wasser und Pinie. Alles an dem Mann ist neu für mich. »Bevor wir in das Restaurant fahren, in das ich dich heute Abend entführen will, muss ich dich fragen, ob du irgendetwas nicht isst.«

Ich lache. »Äh, nein. Ich wünschte, ich könnte mich interessant machen und dir erzählen, ich sei Vegetarierin oder so, aber ich esse so gut wie alles.« Ich schweige und blicke ihn an. »Aber nett, dass du fragst.« Zum Glück haben seine Klimaanlage und seine Coolness meine Nervosität vertrieben.

»Gut. Wir essen auf dem Hof von Freunden von mir. Es ist alles biologisch, und wir essen im Garten. Sie wollen Burritos machen. Klingt das okay?«

»Das ist … wundervoll. Ist der Hof hier in der Gegend?«

»Eine halbe Stunde entfernt in Brookville.«

»Ach, gibt es einen Bio-Hof in Brookville?«

Ein Stromstoß durchfährt mich, als er mich ansieht und lächelt. »Du klingst überrascht.«

»Ich … ich weiß nicht, vermutlich kommt mir diese Ecke nicht so fortschrittlich vor. Wow … ein Bio-Hof.«

»Ja«, sagt er, schaut auf meine Ballerinas und die zahlreichen Silberarmbänder an meinem Handgelenk. Ich habe sie in Paris gekauft. »Ich weiß, was du meinst.«

Im Auto unterhalten wir uns so angeregt, dass ich am liebsten immer weiterfahren würde. Zum Glück kann er sich nicht mehr erinnern, wo die Farm ist, und so haben wir reichlich Gelegenheit zum Plaudern. Er ist sechs Jahre älter als ich und kommt ursprünglich aus Michigan. Er hat Zahnmedizin studiert und sich dann im Promotionsstudium auf Mund-, Kiefer- und Gesichtschirurgie spezialisiert. In diese Gegend ist er gezogen, nachdem er einige Jahre in der Praxis eines Zahnchirurgen gearbeitet hat, der ihn zum Partner machen wollte, wenn er nach der Promotion zurückkäme.

»Ob du es glaubst oder nicht«, sagt er über seinen Partner, »er ist einer der Pioniere in diesem Land, was Kieferchirurgie angeht.«

»Wow, und deshalb hast du beschlossen, dich mit ihm zusammenzutun?«

»Ja.«

»Sehr beeindruckend«, sage ich.

Er blickt mich an und lächelt. »Danke«, sagt er.

»Möchtest du einen Schweizer Kaugummi?«, frage ich ihn.

»Oh *ja*«, antwortet er. »Ich habe noch nie Schweizer Kaugummi probiert. Danke.«

»Bitte. Er ist zuckerfrei. Das ist besser für die Zähne, weißt du.«

»Das ist wichtig«, sagt er.

Diese zusätzlichen Minuten im Auto geben mir Zeit, seinen Duft einzuatmen, der mir hoffentlich für immer in der Nase bleibt. Zum ersten Mal in meinem Leben empfinde ich eine erste Verabredung als spektakulär. Ich bin eher an anstrengende Gespräche über Sport gewöhnt, die mich zu Tode langweilen oder in mir den Wunsch nach Sex wecken. Beides ruft in mir Sehnsucht nach meinem Bett hervor, so dass ich den Augenblick nicht genießen kann.

Bei dieser Verabredung jedoch dreht sich nicht alles nur um

uns – die Familie auf dem Hof spielt eine ebenso große Rolle wie wir. Chris bezaubert mich, als er auf einen Baum klettert, um mit dem sechsjährigen Sohn der Familie über die Alpträume zu reden, die den kleinen Kerl geweckt haben. Das Ehepaar führt mich durch den Garten, der voller Rosmarin, Lavendel und Salbei ist. Zum Abendessen sitzen Chris und ich unter einem Baum, essen Rinder-Burritos und trinken Sangria. Ich spüre ein leises Rauschen im Kopf und ermahne mich insgeheim, jetzt zu Wasser zu wechseln, aber Chris sagt: »Ist es nicht wundervoll, dass sie hier gar keinen Alkohol trinken?« Keinen Alkohol! Ich schenke mir Sangria nach.

Auf seinem Handy spielt Chris Sting und Eric Clapton – wir hören sie beide gern, und wir hatten bereits festgestellt, dass wir beide »Musikmenschen« sind, wie er es nennt. Erfreut erfahre ich, dass er ein enges Verhältnis zu seinen Großeltern hat. Er erzählt mir, dass er sie finanziell ein wenig unterstützt, seit er praktiziert, und dass sein Großvater ihm seitdem häufig aus seinem Leben erzählt. »Es ist so wichtig, dass wir von unseren Großeltern so viel wie möglich erfahren und lernen, solange wir sie noch haben«, sagt er.

Wieder könnte ich schwören, ein wenig beschwipst zu sein, und ich wähle meine Worte sorgfältig. »Ich bin völlig einer Meinung mit dir.«

Chris erzählt mir, dass sein Großvater ihn gefragt habe, ob »diese kleine blaue Tablette« tatsächlich helfen würde.

Ich halte im Essen inne. »Nein«, keuche ich. »Was hast du ihm gesagt?«

»Ich habe ihm geraten, mit seinem Hausarzt darüber zu reden.«

Das gibt mir den Rest. Ich würde am liebsten die ganze Nacht hierbleiben und mich mit ihm unterhalten.

Nach dem Essen schauen wir uns im Hofladen um und betrachten frische Kräuter und Zutaten, mit denen man selbst Seife herstellen kann. Ich bin aufrichtig erstaunt, dass es einen solchen Hof in der Nähe meines, nun ja, eher traditionellen Heimatortes gibt. Chris kauft mir ein Vollkornbrot und Zitronenhonig; beides balanciert er in einer Hand, als er mir die Wagentür öffnet. Er reicht mir seine Baseballkappe, nachdem er das Verdeck heruntergelassen hat – von außen ist gar nicht zu erkennen, dass es ein Cabrio ist –, und macht die Musik an. Ein Blues-Song, »Bittersweet Surrender«, ertönt, was mir ziemlich passend scheint. Ich stütze mich mit dem Ellbogen am Fensterrahmen ab. »Spielst du es noch einmal?«, frage ich ihn, als das Lied vorbei ist.

Ein Lächeln breitet sich auf seinem Gesicht aus, als er mich anblickt. »Bitte tu du es.« Ich drücke auf den Knopf, und Chris tritt aufs Gaspedal. Wir erleben einen dieser seltenen sehr emotionalen Momente. Das Auto wird schneller, die Haare fliegen mir ums Gesicht, der Bass dröhnt, und ich habe das Gefühl, die Erde hat aufgehört, sich zu drehen, und nur wir bewegen uns.

Vielleicht gibt es ja einen Grund dafür, dass all die anderen Typen Nieten waren; vielleicht haben sich die Enttäuschungen in vergangenen Beziehungen auf der Suche nach dem idealen Partner gelohnt. Es ermutigt mich, dass dieser erfolgreiche Mann meine Gesellschaft genießt und meinen Stil gut findet. Ist das nicht das geheime Bedürfnis jeder Frau? Noch bevor wir bei mir zu Hause ankommen, bin ich mir sicher, dass Chris jemand ist, den ich sehr gernhaben könnte.

Es ist erst zehn, als er mich vor dem Haus absetzt und mich – ganz altmodisch – zur Tür bringt. Seine Hände hat er in den Hosentaschen, meine umklammern meine kleine Handtasche.

Die Erwartung dessen, was er gleich tun wird, versetzt mich in Highschool-Zeiten zurück, als ich entweder sehnsüchtig darauf gewartet habe, dass mein Date mich küsst, oder aber eine unwillkommene Annäherung gefürchtet habe. Chris und ich geben uns möglichst unbekümmert, und ich kann nur hoffen, dass er es ernst meint, als er sagt: »Das sollten wir bald wiederholen.« Er beendet diesen unglaublich angenehmen Abend auf perfekte Weise, indem er mir die Hände auf die Schultern legt und mich sanft auf die Wange küsst. Er ist überrascht, als ich die Geste erwidere und mit meinen Lippen sein glattes, warmes Gesicht berühre. »Danke«, sagt er.

Ich lächele. »Bitte.«

Als er zu seinem Auto geht, sagt er über die Schulter: »Ich rufe dich an.«

Ich blicke ihm nach, dann schalte ich die Außenbeleuchtung aus.

Hat er tatsächlich gerade gesagt »Ich rufe dich an«?

Die Hunde melden meine Ankunft, als ich mich in die Küche schleiche. Meine Eltern, die schon im Bett liegen und im Fernsehen die Abendnachrichten vor der *Tonight Show* mit Jay Leno schauen, wollen alles über meinen Abend wissen. »Und ist er *normal*?«, fragt Mom und stützt sich auf den Ellbogen.

Ich klettere zwischen ihnen ins Bett, eine alte Angewohnheit, die wieder auflebt. »Nicht ganz normal«, erwidere ich. »Aber das ist hinreißend.« Dad fragt, ob er sich auch anständig benommen hat, und ich antworte: »Ja, und zwar so, wie ich es noch nie erlebt habe. In der Küche sind Brot und Zitronenhonig für das Frühstück – könnt ihr glauben, dass er es mir geschenkt hat?« Mom schlägt die Hände zusammen – nicht wegen des Brots, sondern wegen Chris' Geste –, und ich küsse sie und wünsche ihnen eine gute Nacht.

In meinem ehemaligen Kinderzimmer setze ich mich mit meinem Tagebuch aufs Bett. *Ich will nicht schlafen*, schreibe ich. *Ich weiß einfach, dass ich morgen früh sein Gesicht vergessen habe.*

Die zweite Verabredung ist eine Katastrophe.

Chris hat mich zum Yoga-Unterricht eingeladen, wird aber dann über drei Stunden länger von Patienten aufgehalten. Ich recherchiere eine Geschichte, lackiere mir die Nägel und denke: *Im Ernst, ich könnte mittlerweile in Philadelphia sein.* Sind die Frauen erfolgreicher Männer ständig frustriert? (Und wie schaffen sie es, dass ihr Make-up frisch bleibt?) Ich hatte ihm gesagt, dass ich nicht so spät ausgehen wolle, weil an diesem Abend um acht das jährliche Treffen mit all meinen Cousinen und Cousins zum dritten Juli stattfinden würde. Als es schließlich an der Haustür läutet, ist es acht Uhr, und wenn ich Glück habe, bin ich um Mitternacht bei dem Treffen.

Rocky und Alfie überfallen Chris an der Tür, und ich bin so verärgert und nervös, dass ich kaum das Gesicht zu einem Lächeln verziehen kann. Er umarmt mich trotzdem, und wir eilen hinaus.

»Ich habe dir Musik aufgenommen«, sage ich und ziehe eine CD-Hülle aus der Tasche.

Er schaut gerade etwas auf seinem Handy nach. »Ja?«

»Ja. Nur ein bisschen Euro-Jazz, den ich im Ausland gehört habe. Möchtest du dir die CD anhören?«

»Ehrlich gesagt nicht.«

Oh.

»Ich hebe sie mir auf, wenn ich morgen zu meiner Familie fahre.«

Ich schäme mich plötzlich, dass ich ihm die CD gebrannt habe.

Er blickt auf. »Ich dachte, wir könnten zum Abendessen in dieses kleine italienische Restaurant nach Clearfield fahren.«

»Clearfield? Das ist doch mindestens eine halbe Stunde entfernt.« Ich klinge gereizt, aber noch mehr schockiert mich meine nächste Frage. »Hast du Angst vor dem Dorfklatsch, oder was?«

Er schaut mich verblüfft an. »Nein. Wieso? Du?«

Ich wäre am liebsten in den Kofferraum gekrochen und dort bis Weihnachten geblieben. *Warum beleidige ich ihn so?* Er will einfach nur in ein nettes Restaurant mit mir fahren, und ich tue so, als wolle er nicht mit mir gesehen werden. So gemein bin ich doch sonst nicht …

Hastig weiche ich einen Schritt zurück. »Na ja, ich will dich nicht gleich mit meiner Familiengeschichte überfallen, aber am dritten Juli sind wir immer alle in unserem Haus am See, essen Spanferkel und übernachten dort. Du hast vorher gesagt, du willst gerne irgendwas draußen machen … es ist kein Muss, nur eine Option.«

Er dreht sofort um und fährt in die andere Richtung. Ich rufe meine Mutter an und sage ihr Bescheid, dass wir kommen. Chris trägt wieder ein Button-down-Hemd und eine Leinenhose, ich habe mich für eine Rüschenbluse und hohe Absätze entschieden … okay, vielleicht ein bisschen overdressed für einen Grillabend. In Kürze werde ich meine Lektion gelernt haben, es stellt sich nämlich heraus, dass wir besser nach Clearfield gefahren wären. Was stattdessen passiert, lässt mich in die Arme eines anderen Mannes laufen. Und außerdem muss ich meiner Grandma auf ihrer Veranda erklären, wer er ist.

»Ich bin nur überrascht, ich fand den Doktor reizend.«

Na, du bist ja jetzt Single, da kannst du ja mit ihm ausgehen, hätte ich am liebsten geantwortet, aber zum Glück reiße ich mich noch in der letzten Sekunde zusammen. »Er war reizend, Grandma, aber das heißt noch lange nicht, dass er auch der Richtige für mich ist.« Es ist ein Montagnachmittag Mitte August, und die Sonne ist so heiß, dass die Glasveranda selbst bei laufendem Ventilator und geschlossenen Jalousien ein Glutofen ist. Grandma und ich hatten darüber geredet, dass wir in die 4-Uhr-Messe gehen wollten – bei ihrer Einsamkeit und meiner Männerverwirrung in der letzten Zeit hält der Trost der Sonntagsmesse nicht einmal einen Tag vor. Aber die Richtung, die unsere Unterhaltung nimmt, deutet darauf hin, dass wir nirgendwo hingehen. Grandma hat mir eine Kugel italienisches Eis spendiert, in klassischer Gloria-Größe, von der noch nicht einmal ein Spatz satt wird.

»Was ist schiefgegangen?«

»Du solltest eher fragen, Grandma, was *nicht* schiefgegangen ist. Du hast doch gesehen, was auf der Party passiert ist.«

Als ich Mom angerufen hatte, um anzukündigen, dass Chris und ich unterwegs waren, hatte sie offenbar die gesamte Familie zusammengetrommelt. Sie lungerten alle an der Haustür herum, wie bei einer Überraschungsparty, bei der niemand ein gutes Versteck findet. Vorsichtig setzten Chris und ich uns an die Außenbar, und Grandma platzierte sich strategisch uns gegenüber, wo sie den rätselhaften Doktor genau im Blick hatte.

»Krissy, auf was wartest du?«, zischte meine Mutter mir zu. »Hol ihm einen Teller.« Sofort begann meine Tante, die schon etwas beschwipst von der Auswahl an roten, weißen und blauen Margaritas war, Cocktails vor Chris aufzubauen, der bereits höflich mitgeteilt hatte, er trinke nicht viel Alkohol.

»Was will er dann in *dieser* Familie?«, murmelte mein Bruder. Ich warf ihm einen scharfen Blick zu. Chris beugte sich zu mir und flüsterte, während er auf den Cocktail vor sich deutete: »Meinst du, wenn ich den trinke, sehe ich aus wie ein Schlumpf?« Ich lächelte halbherzig, dankbar dafür, dass er die Situation mit Humor zu nehmen versuchte. Ich hätte mich am liebsten so klein wie ein Schlumpf gemacht und wäre im Boden versunken.

Die Freundinnen meiner Mutter belagerten Chris und löcherten ihn mit Fragen nach den neuesten Trends bei der Gesichtspflege. Ihre Männer erzählten laut schmutzige Witze im Hintergrund, während Chris seiner wachsenden weiblichen Zuhörerschaft erklärte, warum jede Frau sich von Zeit zu Zeit ein Peeling gönnen sollte – wenn man es schon nicht machte, um jugendlicher auszusehen, so war es doch zumindest gut dafür, Krebszellen im Vorstadium abzurubbeln. Hinter ihm lachte einer meiner Cousins so laut über irgendeine Pointe unter der Gürtellinie, dass es weit über den See hallte.

Mein Dad, der nachlässiger als üblich angezogen war, schwankte mit rotgeränderten Augen und dicker Zigarre auf uns zu. »Wissen Sie, was Sie sind?«, lallte er und sah Chris an. Ich hielt den Atem an. »Sie sind *erfrischend*.«

Danach sagte ich zu meiner Großmutter: »Es überrascht mich nicht, dass es von da an bergab ging.«

»Ich dachte, er amüsiert sich. Er hat sich mit allen möglichen Leuten unterhalten. Und er kann die Leute fesseln, in der Beziehung erinnert er mich an deinen Großvater. Und diese Augen! Meine Güte, ich konnte gar nicht aufhören, ihn anzusehen. Wie heißt er noch mal, ich vergesse immer seinen … ach ja!« Sie verzieht erfreut das Gesicht. »*Dr. Christopher.*«

Es läuft nicht so, wie ich gehofft hatte. Ich bin zu Grandma gekommen, um meine neue Beziehung mit jemandem, der auch mit mir eine Beziehung haben will, absegnen zu lassen.

Ich dachte, Grandma wäre begeistert, dass ich endlich unter der Haube bin, aber stattdessen sitzt sie hier, trinkt eisgekühltes Sprite und erklärt mir, ich hätte es vermasselt.

»Ich dachte, Grandpa und du, ihr wolltet gerne, dass ich eine Beziehung habe.«

»Wir wollten immer nur das Beste für dich.«

»Grandma, was ist denn das Beste für mich, wenn nicht das hier? Ich bin wieder zu Hause. Ich habe versucht, mit jemand wirklich Attraktivem und Erfolgreichem auszugehen, und es hat nicht funktioniert. Also habe ich mich für eine sichere Alternative entschieden.«

Grandma holt tief Luft und starrt in ihr Glas.

Nach der Party am Steg hatte ich ein paar verwirrende Verabredungen mit Chris. Trotz der unsäglichen Party kam er wohl ganz gut mit meiner Familie klar, aber dann schickte er mir eine E-Mail, in der er fragte, warum auf der CD, die ich ihm gebrannt hatte, das F-Wort vorkam. Er hatte sie nämlich seinen Eltern am vierten Juli vorgespielt. (OOOH NEIN, ICH HABE DIR DEN FALSCHEN SONG GEBRANNT!, schrieb ich zurück. Danach verlor ich vollständig den Appetit und aß drei Tage lang nichts mehr.) Er rief mich begeistert an, um eine Verabredung zu treffen, und dann kam er erst Stunden später und hatte Pläne, die ganz und gar nicht dem entsprachen, was wir ausgemacht hatten.

Eines Samstags zum Beispiel, etwa eine Woche nach der Grillparty, beschloss er aus irgendeinem Grund, mich wiederzusehen. Und dabei hatte ich ihm einen Song gebrannt, in dem es darum ging, sich gemeinsam zu betrinken, Zigaretten zu rauchen und zu ficken! Er fuhr mit dem Fahrrad zur Arbeit und hatte einen Platten. Und so holte ich ihn und sein 18-Gang-Rad ab, statt mit ihm, wie geplant, auf eine Kunstausstellung zu gehen. Uns blieb gerade noch genug Zeit, vor Einbruch der Dunkelheit schwimmen zu gehen. Wir hielten bei mir zu Hause, und ich holte rasch den züchtigsten Bikini, den ich aus Highschool-Zeiten noch besaß. Dabei hatte ich aus Italien unzählige sexy Stringtanga-Bikinis mitgebracht, die ich mit Sicherheit nie tragen werde! Und während Chris in meiner Garage ein berufliches Telefonat führte, durchwühlte ich den Kühlschrank, um eine große braune Papiertüte mit Lebensmitteln zu füllen, die meine Eltern gerade eingekauft hatten: Trauben, Salzmandeln, etwas Brie und Cracker und blaue Tortillachips mit frisch gemachter Guacamole. Ich schnappte mir noch zwei Plastikbecher und eine Flasche Prosecco, und Chris, der seinen Anruf beendet hatte, half mir, die Sachen in Moms SUV zu tragen.

Ich baute unser Abendessen auf der Außenbar am Steg auf. Chris schickte ich schon einmal in den See. »Wie ist das Wasser?«, rief ich, als er wieder auftauchte.

»Perfekt!«, erwiderte er und wischte sich die nassen Haare aus dem Gesicht. »Warte nur, bis du selber drin bist.«

Ich band mir die Haare zu einem Knoten zusammen und zog mich auf unserem winzigen Sandstrand aus, wobei ich darauf achtete, nicht zu verführerisch zu wirken. Bis jetzt hatte ich immer wenig Scheu bei Männern, aber bei Chris war es anders. Ich wollte respektabel erscheinen und keine Romanze erzwingen. Am liebsten hätte ich lustvoll gestöhnt, als ich in den See sprang – das Wasser war himmlisch –, aber ich verkniff es mir und schwieg. Nach einer Weile fragte ich: »Weißt du was?«

»Nein, was?« Er trieb etwa eine Bootslänge von mir entfernt auf dem Rücken dahin.

»Du hast einen wundervollen natürlichen Duft.«

Das Wasser schwappte leise, als er sich hinstellte. Leise fragte er: »Glaubst du daran?«

»An was, an Pheromone? Oh ja.«

»Ich auch.« Eine Weile schwiegen wir. »Sieh dir diesen Himmel an«, sagte er dann. Der Mond war zu drei Vierteln voll, umgeben von funkelnden Sternen.

»Ja«, seufzte ich und ließ mich tiefer ins Wasser gleiten.

»Kannst du da stehen, wo du bist?«

»Oh.« Ich versuchte, mit den Füßen den Boden zu erreichen. »Ja, ich kann stehen, aber ich will nicht. Es ist ganz schlammig hier.«

»Dann komm her«, sagte er und streckte seine Hand aus. »Hier sind Felsen.«

Ich wartete einen Moment und schwamm dann langsam auf ihn zu. Kurz vor ihm hielt ich an und sagte zu seiner Überraschung: »Das ist nahe genug.« Im Mondschein sah ich, wie er seine Hand ins Wasser sinken ließ.

Ich hätte ihm gerne seine Verwirrung genommen und ihm erklärt, dass ich nur deshalb so zögerlich war, weil ich Angst hatte, ihm zu nahe zu kommen und dann nicht mehr genug von ihm bekommen würde. Und vielleicht würde ich ihm dann alles geben wollen, während er noch gar nicht so weit war. Dieser Lauf der Dinge ist so unvermeidlich wie der Zyklus des Mondes.

»Ich kriege langsam Hunger«, erklärte ich ihm. »Du auch?« Ich war erleichtert, dass sich sein Verhalten mir gegenüber nicht abgekühlt hatte. Er ergriff meine Hand, um mir die Leiter auf den Steg hinaufzuhelfen. Unter der Lichterkette über der Bar aßen wir Salzgebäck und tranken Prosecco. »Ich liebe solche Mahlzeiten«, sagte er, als ob ihm das zum ersten Mal bewusst würde. »Leichtes, vollwertiges Essen.«

Ich schlang mein Badetuch fester um meinen nassen Bikini. »Ich auch.« Ich konnte von unseren Gesprächen nicht genug bekommen. Wir lachten zusammen und erzählten uns Geschichten, und ich war mir sicher, ich wollte ihn wiedersehen ... Aber ich hätte zu gerne gewusst, wer von uns beiden eigentlich für mein Zögern verantwortlich war.

Als ich ihn vor seinem Haus absetzte und ihm half, das Fahrrad aus dem SUV zu laden, starrte er mich einen Moment lang an, dann legte er seinen Arm um meine Schulter und küsste mich fest auf den Mund. Nachdem er im Haus verschwunden war, stand ich ein paar Sekunden in der Dunkelheit, presste die Lippen zusammen und überlegte verwirrt, was er mir damit hatte mitteilen wollen. War es *Tausend Dank für deine Hilfe mit meinem Fahrrad?* Oder war es eine jungenhafte Art, mir zu sagen, *Ich beginne langsam, Gefühle für dich zu entwickeln?*

Am darauffolgenden Dienstag war ich lässig gekleidet mit Pferdeschwanz und abgeschnittenen Jeans in der Stadt unterwegs, um Safran zu kaufen, weil ich ein Rezept ausprobieren wollte, das ich soeben an ein Food-Magazin verkauft hatte.

Mein Handy klingelte. »Was machst du gerade?«, fragte Chris.

»Ich suche nach Safran.«

Er lachte. »Safran?«

»Ja. Du ahnst nicht, wie schwer es ist, in einem kleinen Ort in Pennsylvania Safran zu finden. Was gibt's?«

»Bist du sehr beschäftigt?«

Oh ja, schrecklich. »Äh, eigentlich nicht.«

»Komm zu mir nach Hause.«

»Ist alles in Ordnung?«

»Alles ist bestens. Du wirst schon sehen. Hey.«

»Ja.«

»Bring deinen Badeanzug mit.«

»Äh …« *Oh Gott, ich muss nach Hause rennen und mir die Beine rasieren!* »Okay, bis gleich also.«

Mist, dachte ich. Ich hatte einen Abgabetermin einzuhalten, aber das konnte ich ihm doch nicht sagen. Ich fuhr vom Parkplatz des Lebensmittelladens und raste nach Hause, um erneut einen Bikini zu finden, der so viele Unzulänglichkeiten meines Körpers wie möglich bedeckte. Seit wann schwimmt man schon bei der dritten Verabredung gemeinsam? Denkt er nicht darüber nach, dass ich ihn vielleicht erst einmal ein bisschen besser kennenlernen möchte, bevor er meinen Körper sieht? Im Dunkeln war das nicht so schlimm, aber jetzt ist helllichter Tag!

Er führte mich an seinen Steg, wo er Truthahnschenkel auf Vollkornweizenbrot mit frischen Ananaswürfeln angerichtet hatte.

»Setz dich«, sagte er. »Du musst etwas essen vor deinem ersten Segeltörn.« Hatte ich ihm etwa erzählt, dass ich bedauerte, während meines Aufenthalts in Italien nicht gesegelt zu sein? Hatte er daran gedacht? Und hatte er das tatsächlich alles alleine vorbereitet? Wundervoll. Seine Augen strahlten blauer als der See, und als ich ihn ansah, wurde mir klar, dass ich tatsächlich verliebt in den Mann war. »Was ist das für ein Ring?«, fragte ich. Normalerweise gehe ich Typen mit Ringen aus dem Weg – zu machomäßig und selbstverliebt –, aber der breite Silberring an seinem kleinen Finger war … sexy.

»Das habe ich dir noch gar nicht erzählt«, sagte er und schenkte Wasser aus einem Kristallkrug in Weingläser (*Weingläser!*), »aber wir hätten uns letztes Jahr in Italien durchaus begegnen können. Ich habe in Florenz Urlaub gemacht.«

»Letzten Sommer?« Ich versuchte, gleichmütig zu reagieren, aber mein Herz machte einen Satz.

»Ja. Und an einem unserer freien Tage habe ich einen Ausflug in ein kleines Dorf gemacht, wo alle möglichen Künstler ihre Werke auf der Straße ausgestellt haben. Es waren nur wenige Touristen dort, und ich habe den Namen vergessen, es war wirklich abgelegen. Und da habe ich diesen Ring gefunden, und der Goldschmied und ich haben versucht, uns darüber zu unterhalten – aus was für einem Metall er ist, warum er gerade dieses Schicht-Design ausgewählt hat –, aber schließlich trennten sich unsere Wege, bevor ich verstand, was der Ring ihm bedeutete. Doch was er mir bedeutete, das wusste ich. Ich denke jeden Tag daran, dass ich in erster Linie ein Künstler bin. Zuerst bin ich Künstler und dann erst Chirurg und Arzt.«

Ich hätte ihn am liebsten unterbrochen und darauf hingewiesen, wie ähnlich unsere Arbeit war: Beide fanden wir die Schönheit im Alltäglichen. Ich behielt meine Ansicht jedoch für mich; nur meine Gefühle für den Mann wurden immer stärker.

Während des Essens fiel mir etwas ein, das ich zum ersten Mal auf der Highschool an mir bemerkt hatte: Wenn ich mit jemandem zusammen bin, den ich mag, dann esse ich *ganz langsam* (sonst tue ich das nämlich nicht – meine Grandma hat kürzlich festgestellt, dass Essen das Einzige ist, was ich ihrer Meinung nach schnell erledige).

Als Chris sah, dass ich meinen Truthahnschenkel halb gegessen hatte, packte er ihn für mich ein, damit ich ihn mit nach Hause nehmen konnte. Dann legte er mir die Hand aufs Knie. »Du musst dir das Boot ansehen.« Er zog das Boot vom Ufer ins Wasser und bat mich hinein. Als ich an Bord kletterte, schöpfte er Wasser mit der Hand und spülte die winzigen

Steinchen von meiner Fußsohle, so sorgfältig wie ein, na ja, wie ein Chirurg. Es erinnerte mich an die Bibelstelle, in der die Fußwaschung beschrieben wird. Es heißt ja immer, das sei der größte Dienst, den eine Person einer anderen erweisen könne. Ich war auf jeden Fall noch nie mit einem so fürsorglichen Mann aus.

»Okay«, sagte er, »das Segel steuert im Wesentlichen das Boot, aber der Wind lenkt natürlich das Segel. Wenn ich *Kiel* sage, bedeutet das, dass du dich ducken musst, weil ich dann das Segel über deinen Kopf schwinge. Hast du verstanden?«

Ich nickte. »Ja.«

»Hier, setz die auf.« Er zog die Sonnenbrille von seiner Gabriel-Aubry-Nase und setzte sie mir vorsichtig auf.

»Wie nett von dir«, sagte ich. »Danke.«

Und schon segelten wir mitten auf dem See, und Chris erklärte mir, dass dieser von Menschen angelegt und von Wald umgeben sei und deshalb nautisch eine Herausforderung darstelle. Nach gerade mal vier Jahren, die er hier lebte, wusste er mehr über den See, als ich in den achtzehn Jahren erfahren hatte, die ich hier aufgewachsen bin. Mit ihm im Boot erschien mir der See auf einmal viel exotischer und völlig anders. Chris brachte mich an einen anderen Ort, auf ähnliche Weise wie die Erinnerung an meinen Großvater, wenn ich einen hohen, schützenden Baum betrachte.

»Mir ist ganz heiß, dir auch?«, fragte er. Überrascht blickte ich ihn an. »Möchtest du mal rasch ins Wasser springen?«

Oh, er meinte das Wetter. »Klar. Du auch?«

Er zog sein weiches graues T-Shirt aus und reichte es mir. Geschützt durch die Sonnenbrille konnte ich ungehindert seinen Brustkorb betrachten. Er schien es nicht zu merken. »Aber es kann immer nur einer ins Wasser gehen, weil der andere das

Boot ausbalancieren muss, wenn man wieder hineinklettern möchte.«

»Oh«, sagte ich und hätte beinahe die Nase gerümpft. Was für einen Sinn machte es denn, wenn wir noch nicht einmal zusammen schwimmen konnten? »Okay.« Ich sah gerade ins Wasser, als er mit einem so perfekten Kopfsprung hineinsprang, dass das Wasser sich kaum kräuselte. Einen Moment verharrte er wassertretend auf der Stelle und blickte so nachdenklich zum Ufer, als wollte er es später malen. Als er wieder an Bord kam, schaukelte das Boot noch nicht einmal. Er rieb sich das Wasser aus den Augen und meinte: »Du bist dran.«

»Okay.« Ich reichte ihm seine Sonnenbrille und schlüpfte aus dem geblümten Hemdkleid, das ich in Mailand gekauft hatte. Eigentlich wollte ich genauso anmutig wie er ins Wasser springen, aber ich rutschte aus und landete mit den Armen rudernd im See. Als ich nach Luft ringend wieder auftauchte, Wasser aus jeder Öffnung spuckte und mir die Haare aus dem Gesicht strich, betete ich, dass er sich kaputtlachen würde. Aber er blickte nur in die Ferne und tat so, als hätte er nichts gesehen.

Anschließend versuchte ich mich ins Boot zu hangeln, was eine schlüpfrige Angelegenheit war. Als ich mich hochhievte, spürte ich auf einmal einen Luftzug an einer unwillkommenen Stelle. Meine Bikinihose war heruntergerutscht, und mein Hintern blitzte hervor. Na, wie passend! Meine Großmutter wäre gestorben, wenn sie mich so gesehen hätte!

Chris allerdings tat so, als merke er nichts, was wahrscheinlich daran lag, dass er das Boot mit aller Kraft in der Balance halten musste. Ich zerrte an meinem Bikinihöschen und versuchte währenddessen, mein Bein aufs Deck zu schwingen. Als ich endlich wieder im Boot war, meinte Chris, er habe eine

Sitzung und käme zu spät. Er legte sich auf den Bauch in den Bug und paddelte uns an Land. Hastig begleitete er mich zum Auto, öffnete die Tür und winkte schon, als ich noch dabei war, die Tür zu schließen. Ich hatte es verstanden: Es gab keine Umarmung mehr, ganz zu schweigen von dem Kuss, den er mir erst drei Tage zuvor gegeben hatte.

Jedes Mal wenn wir uns ein bisschen näherkamen, folgte unweigerlich ein peinlicher Rückschritt … und ich war es langsam leid, mir die ganze Zeit über so albern vorzukommen. Ich hatte mich zwar daran gewöhnt, flexibel auf seine Termine zu reagieren, aber ihn als Mann kennenzulernen, war schwierig. Warum war er bloß in manchen Momenten so aufmerksam und in anderen so distanziert?

Noch seltsamer war meine Reaktion auf ihn. Zum ersten Mal spürte ich nicht das Verlangen, ihm meine Zuneigung zu gestehen. Ich mochte ihn, aber ich wollte es gerne für mich behalten … zumindest bis er sich ein bisschen mehr öffnete, was nach der vierten Verabredung immer noch genauso unwahrscheinlich erschien wie nach dem zweiten katastrophalen Treffen. Meine Freundin Joy studiert Medizin. Sie ist der festen Überzeugung, dass man sich Hilfe suchen sollte, wenn eine kleine Wunde immer größer wird, anstatt zu heilen. Ich bin da völlig ihrer Meinung, zumal Joys Theorie auch auf Herzensangelegenheiten angewendet werden kann.

»Grandma, ich hatte das Gefühl, in meinen Beziehungen ändert sich etwas, so als ob ich endlich die Tür zum Leben der Erwachsenen geöffnet hätte. Aber die Tür wird mir ständig vor der Nase zugeschlagen.«

Vor Grandmas Füßen steht eine Metallplattform mit zwei kleinen Pedalen, wie der untere Teil eines Standfahrrads. Sie schiebt die Füße in die Schlaufen, damit sie trainieren kann, während wir reden. »Männer sind nicht immer leicht zu verstehen.« Sie ist der Ansicht, ein Mann sei zufrieden, wenn das Abendessen auf dem Tisch steht und er eine heiße Frau im Arm hält. »Die Welt verlangt viel von Männern, und sie lassen es sich zwar nicht anmerken, aber sie haben echte Bedürfnisse.«

»Grandma, *ich* habe Bedürfnisse. Ich brauche einen Mann, der lacht, wenn ich von seinem Segelboot falle. Ich brauche jemanden, der mir sein Interesse zeigt, indem er mich küsst. Ich will nicht jemandem gegenübersitzen und mich fragen, ob seine Nase schon immer so perfekt war. Ich möchte jemanden, der auch mal mit einer Schachtel Chicken McNuggets und einem Bier zufrieden ist. Weißt du?«

»Ja, natürlich weiß ich das.« Sie tritt langsamer, um wieder zu Atem zu kommen. »Aber wenn du wirklich jemanden finden willst, der dich liebt, dann kann ich dir nur sagen, dass du aufhören musst, um dich selbst zu kreisen.«

»Grandma!« Ich rede bewusst leise, damit die Nachbarn nichts mitkriegen. »Bist du wirklich der Meinung, dass eine Frau ihre Bedürfnisse für einen Mann hintenanstellen soll?« Fragend blicke ich sie an. *In was für einer Zeit leben wir?*

Sie zieht die Augenbrauen hoch. »Wenn du jemanden liebst, dann tust du das automatisch.«

Jetzt ist es mir klar: Nach einem Monat voller peinlicher Treffen mit Chris ist so gut wie sicher, dass ich ihn nie werde lieben können. »Okay. Grandma, es tut mir leid, dass ich so heftig war, aber das macht mich wirklich fassungslos! Was brauchen Männer denn so unbedingt?«

»Einen Freund, Krissy. Ein Mann braucht jemanden, der seine Arbeit unterstützt. Jemanden, der ihn umarmt und es auch so meint, wenn er abends nach Hause kommt.« Sie hört auf, in die Pedale zu treten, und beugt sich zu mir. »Willst du mit einem wirklich guten Mann zusammen sein?«

Ja klar, was denn sonst?, denke ich.

»Dann musst du Mut haben. Und *Geduld.* Viel Geduld.«

Mut und Geduld. Wo sie recht hat, hat sie recht. Ein Mädchen, das mit dem Doktor zusammen sein will, sollte cool sein und unglaublich geduldig ihm gegenüber.

Grandma fährt fort: »Du musst deinen Platz im Leben schon gefunden haben, um stark genug zu sein, die Herausforderung zu meistern. Willst du ein Geheimnis wissen, das ein Mann dir nie verraten würde?«

»Ja.«

»Die erfolgreichen Männer sind diejenigen, die ihr Herz am wenigsten auf der Zunge tragen.« Sie hebt den Finger. »Sie sind es gewohnt zu siegen.«

»Und«, langsam dämmert es mir, »sie sind so sensibel, dass sie keinen Rückschlag ertragen.« Ich beginne zu begreifen. An dem Abend, als wir schwimmen gegangen sind, hat Chris ein anstrengendes Telefonat in unserer Garage geführt, während ich das Abendessen zusammengepackt habe. Dabei hat er den Tennisball, den mein Dad an einer Schnur so aufgehängt hat, dass meine Mom weiß, bis wohin sie den Wagen fahren muss, so traktiert, dass er quer durch die Garage geflogen ist und den Werkzeugkasten meines Vaters heruntergeholt hat. Als Chris ihn nicht wieder aufhängen konnte, hat er mich gedrängt zu fahren. »Wir kommen zu spät.« Ich sollte auf keinen Fall merken, was er angerichtet hatte.

»Verstehst du? Deshalb habe ich mich nach jedem Streit mit deinem Großvater immer als Erste entschuldigt.«

»Auch wenn du im Recht warst?«

»Manchmal.«

Stöhnend lasse ich den Kopf in meine Hände sinken.

Grandma versteht mich. »Krissy, das musst du lernen: Starke Männer haben viel Stolz. Sie werden dir erst zeigen, wie sie sind, wenn sie dich wirklich brauchen, und selbst dann musst du ihnen noch versichern, dass es in Ordnung ist, verletzlich zu sein.« Erneut hebt sie warnend den Finger. »Aber *du* musst stark sein.«

Sie wird es wohl wissen. Sie hat sechs Jahrzehnte mit meinem Grandpa verbracht, der manchmal ziemlich anstrengend gewesen sein muss, auch wenn ich ihn als perfekt wahrgenommen habe. Großmutter hat mir kürzlich erzählt, dass er in seinen Zwanzigern und Dreißigern den Grundstein für sein Unternehmen gelegt hat und manchmal wochenlang durchs Land gereist ist, um Kunden und Geschäftspartner anzuwerben, während sie mit den fünf Kindern alleine zu Hause blieb. Bei einer Stippvisite zu Hause ist Grandpa in die Kneipe am Ort gegangen. Dort hat er einen seiner Kumpel getroffen, der ihn fragte, ob er nach Michigan fliegen wollte, um einen alten Kollegen zu besuchen.

»Klar«, sagte mein Großvater. »Ruf mich morgen an, und dann machen wir einen Termin.«

»Nein«, erwiderte sein Kumpel, »ich meine heute Abend.«

»Heute Abend? Nein, tut mir leid. Ich habe kein Geld dabei.« (Mein netter Großvater, er hat keinen Gedanken an seine Frau und die fünf Kinder verschwendet, die ihn zum Abendessen erwarteten!)

»Kein Problem, George«, sagte sein Freund. »Mein Flieger steht am Flughafen. Komm, morgen früh sind wir zurück.« Und die beiden flogen nach Michigan, um mit einem Kumpel zu feiern. Als Großvater am nächsten Morgen nach Hause kam, saß Grandma im Wohnzimmer, und sie ist heute noch stolz darauf, dass sie an jenem Tag bis zum Schlafengehen kein Wort mit ihm geredet hat. »Ich habe den ganzen Tag vor Wut gekocht, und er wusste es!« Sie lacht. »Aber wir sind nie wütend ins Bett gegangen.«

»Grandma, sieh mich an. Ich habe so viel Zeit und Kraft investiert, die bestmögliche Leistung zu erbringen, und daraus habe ich Selbstachtung gezogen.« Ich versuche mir vorzustellen, so auf Chris einzugehen. »Glaubst du wirklich, ich könnte so fürsorglich werden?«

»Ja klar!«, ruft sie. »Aber natürlich, Krissy, das kannst du doch. Bloß weil etwas an dem Mann dir unvertraut ist, ist das doch noch lange kein Grund, wegzulaufen. Du musst einfach daran glauben, dass es okay ist, einer anderen Person zu vertrauen.«

Ich stelle meine Eiscremeschale auf den Glastisch und sitze still da. »Grandma«, flüstere ich, »es ist zu spät. Ein anderer Mann ist gekommen, hat gesagt, er sei verrückt nach mir, und hat mich geküsst ... und er hat keinen Raum für Zweifel gelassen.« Ich will ihr sagen, dass ich so lange alleine war, dass ich mich einfach nicht auf eine weitere ungewisse Sache einlassen kann.

Tucker habe ich über meine Mutter kennengelernt. Sie und ihre Kolleginnen von der Kanzlei im Ort haben in der Woche nach dem vierten Juli einen Tag organisiert, an dem sie ihre Kinder zur Happy Hour ins Büro eingeladen haben. Weil alle Kinder schon über einundzwanzig waren, wurde es eine ausgelassene Party. »Ich bin so aufgeregt, dass du Tucker endlich kennenlernst«, sagte Mom. »Natürlich musst du dich nicht mit ihm verabreden, guter Gott, nein, er ist ja noch auf dem College. Aber er wäre ein netter Kumpel. Er ist so lustig. Und ein hübscher Bursche … aber natürlich nicht für eine Beziehung.«

Ich hatte die Sonnenblende heruntergeklappt und zog mir die Lippen nach. »Bitte, Mom, ich fange doch nichts mit einem Zweiundzwanzigjährigen an.«

Tuckers Mutter hatte ihm dasselbe erzählt. »Du musst unbedingt Krissy kennenlernen, aber glaub bloß nicht, dass du bei ihr landen kannst.« Er saß mir gegenüber und war wirklich süß, mit seinen schönen Augen, den breiten Schultern und dem ständigen Lächeln. Wir alberten den ganzen Abend herum, und er gab mir ein Bier aus, aber als er mich zum Karaoke einladen wollte, musste ich ihm seine Grenzen aufzeigen.

»Du solltest gehen!«, meinte Mom, die begeistert davon war, wie gut ich ankam.

»Mom, er ist zweiundzwanzig und ein bisschen zu selbstbewusst. Es ist Zeit, den Abend zu beenden.«

In der Woche darauf rief er mich an. »Meine Kumpel und ich fahren in die Ski Lodge in der Nähe des Sees bei eurem Haus. Willst du auch kommen?«

Zu diesem Zeitpunkt hatte ich zwei Wochen lang nichts vom Doc gehört und war bereit, ihn ziehen zu lassen. Ich zog mir etwas Ausgeschnittenes an und frisierte meine Locken so wild, wie ich es seit Adam Hunt nicht mehr getan hatte. Als ich den Pub betrat, kam Tucker nervös auf mich zu und umarmte mich. »Leute, das ist Krissy«, sagte er. Er wischte sich die feuchten Handflächen an der Jeans ab und führte mich zu einer Gruppe niedlicher Jungs.

»Oh, *du* bist diejenige, von der er ständig redet!«, rief einer. »Er sagt, deine Mom wäre auch heiß.« Ich stemmte die Hände in die Hüften und blickte mich gespielt schockiert um, aber eigentlich liebte ich den rauen Umgangston.

An jenem Abend tranken wir Jägermeister, und Tucker sagte: »Ich habe zu meiner Mom gesagt, dass du die schönste Frau bist, die ich je gesehen habe.«

Er trug ein bisschen dick auf, aber ich war so ausgehungert nach Zuneigung, dass es mir egal war. An jenem Abend nahm ich ihn mit nach Hause, und auch wenn er im Gästezimmer schlief, verbrachte ich den größten Teil der Nacht mit ihm. Er umarmte mich wie ein Mann und küsste mich wie ein Mann, und es gefiel mir. Für unsere erste Verabredung lieh er sich den glänzenden Pick-up Truck seines Vetters, und wir fuhren wieder zu einem Picknick in der Kanzlei unserer Mütter. Moms Kolleginnen tuschelten, aber so unerwartet sie unsere Verbindung auch fanden, sie betrachteten uns doch als reizendes Paar. Er war so vertraut und unkompliziert, dass wir vier Tage am Stück miteinander verbrachten. Ich genoss es, dass er unter seiner jungenhaften Schale ein offener, liebevoller junger Mann war, dessen Bereitwilligkeit, seine Bedürfnisse auszusprechen – und eins davon schien ich zu sein –, mir wieder das Gefühl gab, stark und geliebt zu sein.

»Du hältst eine Beziehung mit diesem neuen Jungen also tatsächlich für möglich?« Grandma hat mich noch nicht einmal nach seinem Namen gefragt.

»Nun, ich glaube schon. Ich meine, es geht ja erst seit ein paar Wochen, aber wenn er mit der Schule fertig ist …«

»Soll das heißen, er geht noch zur Schule?«

»Äh.« Das hatte ich ihr auch noch erzählen wollen. »Ja. Letztes Jahr auf dem College.«

»Und er hat ernsthafte Absichten?«

Ich schweige einen Moment, weil ich die richtige Antwort nicht weiß. »Ja.«

»Ich kann dir nur einen Rat geben, Liebes. Bring erst einmal dein Leben als Single in Ordnung.«

Grandma hat mir einmal erzählt, dass sie und ihre beste Freundin direkt nach der Highschool auf die Schwesternschule gegangen sind. Irgendwann in ihrem ersten Jahr ist die Freundin auf tragische Weise ums Leben gekommen, und Grandma war viel zu durcheinander, um weiterlernen zu können. Sie nahm einen Teilzeitjob als Verkäuferin an und wartete im Grunde genommen darauf, dass wieder bessere Zeiten kamen.

Sie kamen schnell, in der Gestalt eines Verehrers. Mein Grandpa war aus dem Krieg zurückgekommen und wollte sich mit seinem an der Front erworbenen Wissen als Mechaniker selbständig machen. Er wollte Ordnung in sein Leben bringen und heiratete meine Großmutter.

»Ich habe es nie bedauert, dass ich keinen Beruf hatte«, sagt sie. »Damals waren die meisten Frauen zu Hause. Wenn man seinen Abschluss auf der Highschool gemacht hatte – *wenn* man ihn überhaupt machte –, nahm man einfach die erste Arbeit an, die sich bot. So war das eben.«

Kürzlich jedoch, nach dem Tod meines Grandpas, hat Grandma festgestellt, dass eine ihrer Freundinnen, die ebenfalls vor kurzem Witwe geworden ist, ein viel ausgefüllteres Leben führt. Diese Frau war jahrelang Künstlerin, und jetzt, wo ihr Mann tot ist, hat sie ihr Haus anders eingerichtet und wieder angefangen zu malen. Die beiden alten Frauen treffen sich zum Frühstück, und Grandma hat gesagt, sie sei ein bisschen neidisch, weil sie in ihrem Leben nichts dergleichen hat.

»Weißt du was, Kris? Jetzt, wo dein Grandpa tot ist, wäre es gut, wenn ich mich mit etwas beschäftigen könnte. Ich kann schließlich nicht ständig immer nur Bridge spielen.«

Ich bin angenehm überrascht, als sie sagt, wie klug sie es von

Frauen meines Alters findet, dass wir unser eigenes Leben führen, bevor wir uns an jemanden binden. »Man weiß es ja nie«, sagt sie, »vielleicht ist der Mann nicht immer da.«

»Dann findest du es also eigentlich gut, wenn man als Frau alleine lebt, Grandma?«

»Ja, zumindest eine Zeitlang. Ich würde sogar so weit gehen und behaupten, dass du dann eine bessere Ehefrau wirst.«

Ich rutsche auf meinem Stuhl nach vorne. »Wirklich?«

»Ja sicher. Nimm dich zum Beispiel. Du hast in einem anderen Land gelebt, du kommst in der Stadt zurecht; wenn ein Problem auftaucht, findest du entweder eine Lösung, oder du suchst dir jemanden, der es für dich regelt. Du wirst deshalb eine gute Partnerin sein, weil du gesunden Menschenverstand besitzt.«

Grandma erinnert mich an mein Studium. Sie sagt, ich soll das nicht einfach alles hinter mir lassen, nur weil ich nicht weiß, in welche Richtung mein Leben gehen wird. »Was willst du arbeiten, jetzt, wo du wieder zu Hause bist?«

»Ich schreibe.«

»Reicht das für deinen Lebensunterhalt?«

»Nun, nicht ganz …«

»Wo willst du leben? Willst du abwarten, wo dein Freund hinzieht?«

Ich hatte tatsächlich daran gedacht.

»Soll er die Entscheidung für dein Leben treffen? Was ist mit deiner beruflichen Karriere? Du könntest schließlich überall einen Job bekommen.« Sie sieht mir an, dass ihre Worte mich treffen. »Und hast du dich darauf eingestellt, dass es immer noch eine Männerwelt ist? Wenn er eine berufliche Entscheidung trifft und ihr beide es ernst meint, dann wirst du ihm folgen müssen.«

Jetzt ist es aber langsam gut. Ich habe mich doch nicht auf eine Beziehung mit Tucker eingelassen, damit meine neu ernannte Liebesguru-Großmutter mir erzählt, dass es nicht funktionieren wird ... aber was sie sagt, ist wahr, auch wenn ich es mir gegenüber kaum zugeben kann. »Und noch was«, sagt sie. *Oh nein.* »Ich finde, du solltest Single bleiben, bis du den nächsten Job gefunden hast.«

Ich werde rot. »Aber wenn ich für einen neuen Job jetzt irgendwo hinmuss, wo ich nie einen Mann kennenlerne?« Am liebsten würde ich in Tränen ausbrechen. »Wie New York zum Beispiel. Da war es unmöglich.«

»Krissy, du kannst dich erst dann fest an jemanden binden, wenn du weißt, wo du hinwillst. Bring zuerst Ordnung in dein Leben.«

Aber genau das ist es. Ich weiß nicht, wo ich hinwill. Seit wann ist sie eigentlich so liberal, diese Frau, die es gewohnt war, wochenlang auf ihren Mann zu warten? Ich hoffe weiterhin, dass eine Beziehung mir zeigt, in welche Richtung ich gehen soll. Und ich bin nicht bereit zu akzeptieren, dass die Beziehung, in der ich mich gerade befinde, nicht die Antwort ist, und ich will auch nicht glauben, dass sie nicht hält ... andererseits beweist Grandma mir, dass sie mehr über Beziehungen – und Frauen wie mich – weiß, als ich jemals vermutet hätte. Mit »stark und geduldig« hat sie nicht gemeint, dass ich einem Mann folgen soll, der mir ein bisschen Aufmerksamkeit schenkt. Sie hat gemeint, ich soll stark und geduldig sein für den Partner, der für mich der Richtige ist, und sie stellt die Diagnose, dass Tucker und ich aufgrund der unterschiedlichen Punkte, an denen wir in unseren Leben angekommen sind, nicht zueinander passen.

Das ist wirklich kein einfaches Gespräch. Aber ich kann

meine Großmutter nicht kritisieren: Sie hatte genau das, was ich will – eine glückliche Ehe, eine große Kinderschar und ein Leben voller Liebe und Sinn. Als ich über ihre Worte nachdenke, wird mir klar, dass sie damit etwas bezweckt. Sie zwingt mich, mich den Dämonen zu stellen, die meinem Glück im Wege stehen. Versuche ich tatsächlich, der Planung meiner Zukunft zu entgehen, indem ich passiv darauf warte, dass ein Mann das für mich in die Hand nimmt? Wie bin ich bloß auf die Idee gekommen, dass das ein guter Schritt wäre?

Ich meine, Tucker ist reif für sein Alter und unglaublich liebevoll – und ehrlich gesagt, im Bett ist er super –, aber vielleicht kann er mit zweiundzwanzig Jahren noch gar nicht so weit denken wie ich mit achtundzwanzig. Bei unserer dritten Verabredung hat er mich gebeten, seine Frau zu werden. Zuerst habe ich gelacht, aber dann war ich entsetzt. »Oh, mein Gott, du hast das ernst gemeint.«

»Ja, ich mache keine Witze. Ich will mein ganzes Leben mit dir verbringen.« Beinahe hätte ich ihn daran erinnert, dass er keinen Job hatte und dass wir auf der Luftmatratze in seinem Jugendzimmer Sex miteinander hatten, aber es hätte sich nicht gelohnt, darüber zu streiten. Tief im Inneren wusste ich, dass es irgendwann zu Ende sein würde. Ich kannte mich gut genug, um zu wissen, dass ich keines dieser Mädchen war, die sich über einen Antrag auf der Dorfkirmes bei der dritten Verabredung freuen konnten.

Ich gebe Grandma einen Kuss, als ich in die Küche gehe. Ihre zarten Falten geben unter meinen Lippen nach. Auf der Fensterbank an der Spüle steht ihre Marienstatue, und ich blicke an ihr vorbei auf den Kolibri, der in der Sonne Nektar aus Grandmas Futterröhrchen trinkt. Er macht keinen Lärm, er genießt die Säfte des Lebens – wie es Grandma in ihrer Ehe getan hat. Als mir die Porzellanschüssel aus Versehen ins Edelstahlbecken fällt, fliegt der Vogel weg.

»Alles okay, Grandma!«, rufe ich. »Keine Sorge! Nichts passiert!« Sie kichert leise und sagt etwas zu sich, und kurz darauf höre ich sie mit der Zeitung rascheln.

Wie kann ich von dieser Frau abstammen, diesem Inbegriff an Ruhe und Geduld, die über Jahrzehnte hinweg dankbar dafür war, dass sie für ihren Liebsten Opfer bringen konnte? In zwischenmenschlicher Kommunikation bin ich ein Elefant im Porzellanladen; ohne Ziel stürze ich mich in Beziehungen, ganz gleich, ob sie mir etwas bedeuten oder nicht. Verbirgt sich hinter meinem glücklosen Streben nach einer Bindung nur die Tatsache, dass ich überhaupt nicht bereit bin, mein Leben mit jemandem zu teilen, weil ich mich erst noch selbst verwirklichen muss? Kreise ich deshalb immer nur um dieselben Männer?

Großmutters Wangen glühen, als ich in meine Flip-Flops schlüpfe, um zu gehen. Unser Gespräch scheint sie mehr belebt zu haben als das kleine Trainingsfahrrad – die Erinnerung an Grandpa hat ihre Wangen rosig gefärbt … und unsere Unterhaltung über Männer hat uns wieder auf Augenhöhe gebracht.

Am darauffolgenden Sonntag findet unser alljährliches Familien-Boccia-Turnier statt. Dieses zehnjährige Jubiläum ist nicht nur deshalb eine große Sache, weil Hunderte von Teilnehmern für die katholischen Schulen im Ort Geld spenden, sondern auch, weil es zum ersten Mal ohne meinen Großvater, der es ins Leben gerufen hat, stattfindet.

Tucker und ich sind zu spät. Meine Mutter wirft mir einen finsteren Blick zu, als wir uns zu den Leuten gesellen, die am ersten Boccia-Platz stehen (in den letzten zwölf Jahren hat

Grandpa insgesamt drei Plätze am See gebaut). Als ältester Sohn und Generaldirektor des Familienunternehmens (ich sage immer im Scherz, dass er auch der Generaldirektor der Familie ist) ist Onkel Phil Großvaters Nachfolger als Leiter des Turniers. Er bittet die Menge, Grandma zu applaudieren, als sie die erste Kugel des Tages zu Ehren von Grandpa über die Bahn rollt. Sie sieht winziger aus denn je in ihren Baumwollcaprihosen und mit einer Baseballkappe, auf der zwischen zwei gestickten Blumen MORNING GLORIES steht, der Name ihres Teams, das ihr zu Ehren so heißt.

Tucker geht mit meinem Bruder an die Bar, wo sie wahrscheinlich Boccia-Strategien besprechen. Mir gefällt, wie leicht er mit meiner Familie zurechtkommt. Meine Mom bringt mir einen Mimosa und fragt, ob ich mich nicht zu ihr und ihrer Freundin Nancy an den Rand von Platz eins setzen will. Nancy trägt heute ein zum Anlass passendes Tanktop mit der Aufschrift *I Love Bocce!*, Flip-Flops mit Pfennigabsatz und rot lackierte Fußnägel. Ich finde es immer überraschend, wie sexy sie ist, obwohl sie sich eigentlich sehr diskret verhält. Sie winkt mich auf den Klappstuhl neben sich. »Komm, Süße«, sagt sie, »ich gebe dir ein bisschen Champagner in deinen Saft.«

»Danke, Nancy.« Meine Mom setzt sich auf den freien Stuhl links von mir, und sofort scharen sich ihre Freundinnen um sie. Ich glaube, Moms Größe, ihre Geradlinigkeit und ihr unvergleichlicher Sinn für Humor machen sie zur Bienenkönigin unter ihren Freundinnen.

Nancy entschuldigt sich, weil sie nicht da war, als ich Dr. Christopher allen vorgestellt habe. »Wir sind an dem Abend erst von den Outer Banks nach Hause gekommen.«

»Du musst dich nicht entschuldigen, Nancy.« Ich lasse den Kopf in die Hände sinken. »Es war wie ein Vulkanausbruch:

unterhaltsam zu beobachten, aber katastrophal, wenn man ihn erlebt.«

»Deine Mom sagte schon, dass es nicht so gelaufen ist, wie du es dir vorgestellt hast.«

»Ha! Nein«, sage ich.

»Ha! Nein«, echot Mom. »Aber ich habe ihr gesagt, eine Frau braucht einen Mann, der sie bedingungslos liebt.« Mom trägt enge schwarze Shorts und ein T-Shirt mit der Karte von Italien in roten, weißen und grünen Pailletten. Eigentlich ist sie Deutsche, aber mit ihren hohen Wangenknochen, ihrem olivfarbenen Teint und den mandelförmigen Augen wurde sie immer mit Sophia Loren verwechselt, wenn sie Dad in den neunziger Jahren auf Geschäftsreisen nach Asien begleitete. Außerdem beherrscht Mom Grandpas unvergleichliche Spaghettisoße so gut wie niemand sonst, und deshalb kann man ohne weiteres vergessen, dass sie keine Italienerin ist. »Ein Mädchen braucht einen unkomplizierten Mann. Sieh dir nur unsere Jungs an«, erklärt sie.

Mein Dad trägt seine typische Kleidung auf dem Boccia-Platz (St.-Louis-Cardinals-Baseballkappe, Khakishorts und Flip-Flops). Er kaut auf einer Zigarre, während er seinen üblichen kleinen Siegertanz vorführt (er wackelt leicht mit Hüften und Fäusten), den man bei ihm sieht, wenn er eine Maschine verkauft, einen Marathon gelaufen ist oder, in diesem Fall, ein Boccia-Spiel gewinnt.

»Stimmt's, Nance?«, sagt meine Mutter.

»Ja, genau.« Nancy beugt sich zu mir und flüstert: »Aber du mochtest Dr. Christopher, Süße, oder?«

Mom beugt sich auch zu mir, und die ganze Freundinnenschar folgt ihrem Beispiel. Mir wird auf einmal klar, dass meine Mutter die Vorstellung, aus Chris und mir könne ein Paar werden, noch anziehender gefunden hat als ich, auch wenn sie es jetzt so abtut. Ich nicke und blicke Nancy an. »Ja. Aber es ist irgendwie komisch: Bei den anderen Jungs, mit denen ich zusammen war, war ich so abhängig davon, wann sie sich wieder melden, wieder anrufen und so. Dieses Mal ist es anders, ich weiß nicht – vielleicht bin ich auch inzwischen einfach zu alt für diese Unsicherheiten. Vielleicht habe ich auch nur keine Lust, alles ständig zu analysieren. Doch das brauche ich ja auch gar nicht.« Ich reibe mir die Hände. »Es ist vorbei, und ich blicke nach vorne.«

Mom beugt sich näher zu mir und sagt verschwörerisch: »Sie hat ihn ja schon vor Wochen für heute eingeladen. Es würde mich gar nicht wundern, wenn er auftauchen würde.«

»Ach, du lieber Himmel, Mutter, er wird doch nicht einfach so herkommen …«

Genau in diesem Moment blickt Grandma vom Boccia-Platz zu mir herüber und signalisiert mir, dass ich aufpassen solle. *Achtung, da kommt jemand.*

Es ist Tucker. »Babe«, sagt er. »Deine Cousins fahren mit dem Boot raus. Kommst du mit? Ich möchte unbedingt versuchen, Wasserski zu fahren.«

Eigentlich macht es mir mehr Spaß, mit Mom und ihren Freundinnen über Chris zu reden. Aber ich reiche Tucker meinen Mimosa und lasse mich von ihm hochziehen. »Klar.«

Ich werfe Großmutter einen Blick zu, um mich zu bedanken. Anscheinend war mir anzusehen, dass ich über meine alte Flamme geredet habe, als meine neue auf mich zukam. *Sei vorsichtig*, formt Grandma mit dem Mund. Mir ist klar, dass sie damit nicht nur die Bootsfahrt meint, sondern die ganze Situation, in die ich geraten bin.

4

Weiß er, was er aus seinem Leben machen will?

Acht Monate sind vergangen, seit Grandpa im Januar gestorben ist. Grandma hat seinen Geburtstag mit einem bangen Gefühl erwartet, so wie man sich auf einen Niesanfall einstellt, der möglicherweise doch keine Erleichterung bringen wird. Grandma kann nicht wissen, wie sehr ihr der Tag zusetzen wird. Sie will keinen Kuchen – nein, auf keinen Fall, viel zu ergreifend –, sondern stattdessen Spaghetti und Familie. Das war zu schaffen, da waren wir uns alle einig. Grandma und ich gehen zur Nachmittagsmesse in der Kapelle des Pflegeheims auf der anderen Straßenseite. Da mein Großvater in Gemeindeorganisationen mit einigen Leuten aus der Verwaltung des Heims eng zusammengearbeitet hat, haben sie uns mitgeteilt, dass diese Messe anlässlich seines Geburtstags zu seinem Gedenken stattfindet.

Als ich Grandma abhole, sehe ich, dass sie beim Friseur war. Ihr Lippenstift ist dunkelrosa, und der aquamarinblaue Pullover betont ihre Augen. Sie wirkt strahlend und gut vorbereitet, als sähe sie Grandpa zum ersten Mal seit langer Zeit wieder. Ich empfinde es auf ähnliche Weise und habe mir sogar ein Kleid angezogen und Pumps. Beinahe habe ich das Gefühl, dass Großvater im Vorraum der Kirche auf uns wartet und uns schon Plätze frei gehalten hat. Sie und ich setzen uns auf dieselben Plätze, auf denen wir jeden Sonntag sitzen, auf der linken Seite in der Mitte. Die Kapelle ist, wie das Haus meiner Großeltern, vor drei Jahren gebaut worden, aber der Duft nach Weihrauch und die bunten Glasfenster vermitteln irgendwie ein Gefühl von Alter. Als Grandma und ich in unsere Reihe huschen und uns zum Gebet niederknien, fühle ich mich auf eine vertraute Art getröstet. Ich werde beschützt, und all meine Sorgen werden von mir genommen ... also stimmt es doch: Grandpa ist hier. Grandma stößt einen lauten Seufzer aus. Es wird nicht leicht für sie werden. Der Priester tritt an den Altar und beginnt mit der Liturgie, und sofort bin ich so konzentriert, dass ich vergesse, warum wir hier sind.

Zwei Drittel des Gottesdienstes sind vergangen, als der Priester sagt: »Und nun zu den Bitten und Absichten in unseren Herzen. Unsere Antwort lautet: *Herr, erhöre unser Gebet.*« Er spricht die üblichen Themen an: Weltfrieden, Weisheit für unsere politischen Führer, die bevorstehende nationale Wahl, die Erfüllung der Bedürfnisse der Armen. Gehorsam antworte ich auf alles. Dann sagt er: »Für den geliebten George Gasbarre, dem diese Messe gewidmet ist.« Grandma und ich antworten – *Herr, erhöre unser Gebet* –, aber die Erinnerung daran, dass Großvater uns verlassen hat, nimmt mir beinahe die Luft. Als wir uns für das Friedenszeichen umdrehen, ergreift eine Freundin aus Großmutters Bridge-Gruppe unsere Hände und drückt sie, als spüre auch sie den Schmerz. Ihr Blick, mit dem sie uns stumm trösten will, erinnert mich an die endlose Reihe von Leuten auf Großvaters Beerdigung – viele haben uns Geschichten erzählt, die die meisten von uns gar nicht kannten; er hatte sie eingestellt, als niemand im Ort sonst Arbeit zu vergeben hatte; er hat einen Anteil am bankrotten Unternehmen eines Kollegen gekauft, um ihm wieder auf die Beine zu helfen, und Monate später verbrannten alle ihre Bestellungen; Anfang der siebziger Jahre hat er von einem Freund, der Autohändler war, einen Ford Truck für eine Geschäftsreise geliehen, und danach durfte er ihn behalten und ihn so abbezahlen, wie er es sich leisten konnte. Grandpa blieb ihm treu, indem er jahrzehntelang nur Ford fuhr.

Ich blicke mich in der winzigen Kapelle um und zähle mindestens ein halbes Dutzend Leute, denen mein Großvater geholfen hat. Als der Priester von der Kanzel heruntersteigt, tupfen Grandma und ich uns die Augen ab und versuchen, die Fassung zu bewahren. Aber schon ein paar Minuten später, als wir zum Altar gehen, um die heilige Kommunion zu empfangen, ist der Augenblick der Trauer vorüber. Jetzt ist der Moment, in dem wir stolz darauf sein sollten, dass wir sein Glück waren. Als wir wieder sitzen, reibe ich sanft Grandmas Schulter, und sie wendet sich mit einem leichten Lächeln mir zu. *Ich versuche es ja*, sagt mir ihr Gesichtsausdruck. Mir geht es nicht anders.

Vor ihrem Haus schlüpfe ich aus meinen Pumps, um keinen Schmutz auf ihren weißen Teppichen zu hinterlassen. Es riecht nach Knoblauch, Zwiebeln und Tomatensoße. Das muss ich Grandma lassen: Sie hat sich diesem Tag mutig gestellt und sich sogar an Grandpas Spaghettisoße – mit Hackfleisch – gewagt. »Grandma!« Ich falle fast in Ohnmacht. »Es riecht unglaublich lecker.«

Sie holt Weingläser aus dem Küchenschrank und stellt sie auf. »Ich mache mir ein wenig Sorgen, dass ich nicht fertig bin, wenn in zwei Stunden alle herkommen. Eigentlich war das ja Grandpas Aufgabe.«

»Lass mich mal probieren«, sage ich, nehme einen Teelöffel aus der Schublade und tauche ihn vorsichtig in die Soße, wie Großmutter es immer gemacht hat. »Oh, Grandma, grundgütiger Himmel!« (In manchen Momenten ertappe ich mich dabei, wie ich ihre großmütterlichen Ausrufe übernehme.) Ich werfe den Löffel in die Spüle und hole mir einen neuen aus der Schublade. »Ich glaube, die Soße ist jetzt fertig.« Sie kichert leise. Es ist das erste Mal an diesem Tag, dass ich sie wirklich fröhlich erlebe. Wir gehen zusammen in die Garage, wo Grandma sich am Geländer festhält, das Grandpa extra für sie angebracht hat. Der Raum ist perfekt aufgeräumt. Die Werkstatt befindet sich in der linken hinteren Ecke. Seit mein Großvater gestorben ist, war ich nur hier, um Getränke aus dem großen Kühlschrank zu holen, aber ich habe trotzdem jedes Mal einen Blick in diesen Lieblingsbereich seines Hauses geworfen. Grandma dreht sich um und zeigt auf die Fliegengittertür, durch die wir gerade hereingekommen sind. »Mach sie zu«, sagt sie. »Ich will dir etwas zeigen.«

Ich schließe die Tür, die Großvaters Garage von seinem Arbeitszimmer trennt. Ein Stück Schnur in der Länge eines Schnürsenkels fällt herunter, und an ihrem Ende hängt ein handtellergroßes Silberstück in Form von Grandpas Firmenlogo. Grandma blickt mich amüsiert an, als ich mich verwirrt zu ihr drehe. »Das hat er extra so gemacht, damit man weiß, dass die Tür zu ist, wenn das Logo auf Augenhöhe hängt.«

»Ahhh!« Ich öffne die Tür erneut und sehe zu, wie die Schnur im Türrahmen verschwindet. »Faszinierend!«

»Ja, nicht wahr? Ich wäre nämlich eines Tages fast gegen die Tür gelaufen, weil ich dachte, sie sei auf – es ist schwer zu erkennen!« Sie tritt an den Garagenkühlschrank und holt eine gekühlte Flasche Weißwein heraus. »Er hat immer getüftelt«, sagt sie, mehr zu sich selbst. »Es besteht kein Zweifel, der Mann war der geborene Ingenieur.«

Darin stimme ich ihr zu, wenn ich die perfekt organisierte Garage so ansehe. An der Seitenwand befindet sich eine Sammlung altmodischer Schlüssel, die er sich genau anschaute und dann mit seinen Maschinen nachbaute, einfach nur, um seinen Kopf zu beschäftigen, wenn er sonst nichts zu tun hatte. Sie sehen aus wie eine Ausstellung in einem Geschichtsmuseum. »Grandma, komm mal her«, sage ich. »Schau dir mal diesen Schlüssel an – wie schön er ist.«

»Der ist aus Italien«, flüstert sie. »Weißt du, wozu er gehört?«

Ich blicke sie fragend an.

»Zum Haus deines Urgroßvaters.«

»Hey, das Haus habe ich doch besichtigt, als ich in Rom war!«

Sie strahlt. »Ich weiß.«

Ich wandere weiter in der Garage umher, spähe neugierig in Grandpas glänzenden Werkzeugschrank, betrachte die Aschenbecher mit dem Firmenlogo, die er für die Nachwelt aufbewahrt hat, die Regale voll mit nicht verderblichen Lebensmitteln, aufgereiht wie Zinnsoldaten – eine Notwendigkeit für jeden Haushalt, der den Zweiten Weltkrieg und die Depression überstanden hat. »Grandma?« Sie folgt mir und saugt Grandpas Stärke auf, die aus jeder Ecke dringt. »Können wir seinen Pfeifenschrank mal aufmachen?«

»Oh, warum nicht«, sagt sie, als hätte ich sie gerade gefragt, ob ich vor dem Abendessen noch ein Eis haben könne. Sie entriegelt die Türen des Holzschranks, in dem mehrere Dutzend verschiedene Pfeifen auf den Regalen liegen. Ich nehme eine heraus mit einem Kopf aus einem gelben Maiskolben. Kichernd sage ich: »Diese Maiskolbenpfeifen hat er geliebt, nicht wahr?«

»Ja. Er hat sie kennengelernt, als wir in Missouri wohnten. Die Farmer dort haben Mais angebaut, und Grandpa wollte die Leute unterstützen. Aber diese hier«, sie greift in den Schrank, »war seine Lieblingspfeife.« Sie reicht mir eine glänzende Holzpfeife mit einem perfekt geformten runden Kopf.

»Ja, tatsächlich«, sage ich. Er hat am Pfeifenhals zahlreiche Zahnabdrücke hinterlassen. »Oh, Grandma!« Ich stemme die Hand in die Hüfte, als hätten wir gerade Grandpa bei etwas erwischt, das er nicht durfte. »Da ist ja noch Tabak drin!« Wir lachen beide. Der zu Asche verglühte Tabak gibt uns das Gefühl, Grandpa hätte erst gestern geraucht. Ich halte die Pfeife unter meine Nase, und der Duft erweckt Grandpa zum Leben. Er zündet seine Pfeife an, löscht das Streichholz und zwinkert mir zu. Ich lege die Pfeife wieder zurück und schließe den Schrank. »Grandma, sieh nur!« Oben auf dem Schrank stehen sechs Kerzen, die aussehen wie grüne Oliven in einem Martiniglas aus Wachs. »Die müssen wir heute anzünden!«

Wir gehen zurück in die Küche, die Arme voller Weinflaschen. Ich zünde die Kerzen an, während Grandma sich mit dem Korkenzieher abmüht. »Oh, darum hat sich immer dein Großvater gekümmert«, sagt sie mit zusammengebissenen Zähnen. Sie stellt sich auf die Zehenspitzen, um den Korken herauszubekommen.

Ich trete zu ihr. »Soll ich es mal versuchen, Grandma?«, frage ich sanft.

»Er hat sich um alles gekümmert«, murrt sie und drückt mir den Korkenzieher in die Hand. »Das war seine Lebensaufgabe. Er hatte immer das Sagen. *Immer.*« Sie lacht, aber ihre Augen füllen sich mit Tränen.

Schließlich löst sich der Korken mit einem leisen Plopp. Ich schenke uns Wein ein und wünsche mir, es fiele mir leichter, zuzulassen, dass sich jemand um mich kümmert. Grandpa hat sich in ihrem gemeinsamen Leben immer um alles gekümmert, aber er war kein Kontrollfreak. Es scheint, als wäre es seine Aufgabe im Leben gewesen, erfolgreich zu sein, und als er Grandma kennenlernte, da hatte sie die Chance, an Bord zu springen und dazuzugehören ... oder es bleiben zu lassen. Und ganz gleich, wie gerne er mit ihr zusammen war, er wäre durchaus auch in der Lage gewesen, alleine zu leben.

Für eine Frau ist es reizvoll, wenn ein Mann sie umsorgt, wenn er Spuren hinterlassen möchte, die über das Gewöhnliche hinausgehen. Wenn ich Grandma so ansehe, dann spüre ich, dass sie zwar Grandpas Verhalten nicht in Worte fassen kann, aber sie hat es einfach geliebt. Ich weiß noch nicht einmal, ob sie tatsächlich verstand, weshalb meinem Grandpa einige Dinge wichtig waren – die Schlüssel, der Mechanismus des Flaschenzugs an der Tür, die ökonomische Rolle der Maiskolbenpfeife im Amerika des zwanzigsten Jahrhunderts –, aber sie fand den Mann endlos interessant. Sie war wie Dorothy in *Jerry Maguire*: Ich bleibe im Hintergrund und unterstütze dich, auch wenn ich nicht in deinem Herzen lesen kann. Und wenn du am Ende des Tages heimkommst, dann kannst du bei mir zur Ruhe kommen.

Es fasziniert mich, mit welcher Entschlossenheit und Leidenschaft die meisten Männer sich ihren Weg bahnen. Und wie wir Frauen uns anpassen, wie wir uns aufrichtig für *ihre* Interessen interessieren. Ich habe diese Verhaltensmuster genau untersucht, als ich auf dem College Psychobiologie studiert habe: Die Fähigkeit des Mannes zum Jagen und Sammeln wird ergänzt durch die Rolle der Frau, durch ihre Hingabe an Familie und Heim. Dieses geschlechtsspezifische Phänomen hat mehr mit dem menschlichen Geist als mit Wissenschaft zu tun. Ein Mann strebt von Geburt an nach seinen Zielen und seiner Identität – er will immer siegen. Und die Frau ermutigt ihn oder erlaubt es ihm zumindest, seinen Weg zu verfolgen … Aber merkt er das überhaupt? Die Frauen, die ich kenne, haben irgendwie ihre eigenen Wünsche zurückgestellt im Austausch für den Trost und Schutz eines Mannes. Diese klare Interpretation männlicher und weiblicher Herzen … habe ich etwas verpasst?

Und von diesem Standpunkt aus betrachtet, finde ich es ein bisschen peinlich, dass *ich* immer versuche, meine eigenen Leistungen darzustellen. Vielleicht sollte ich mich mal mit dem Gedanken befassen, meine Aufgaben mit jemandem zu teilen. »Grandma, dir hat es gefallen, dass Grandpa derjenige war, der sich um alles gekümmert hat, nicht wahr?«

»Ach, du liebe Güte, ich hätte es gar nicht anders gewollt. Er wusste immer, was er wollte. Ich habe ihm vertraut.« Wenn ich einen so ehrgeizigen Mann finden würde, würde ich mich dann auch damit zufriedengeben, mich zurückzuhalten und mich umsorgen zu lassen? Würde es mir helfen, wenn ich mir keine Gedanken mehr darüber machen müsste, wie ich das Gurkenglas aufbekommen soll – oder, ha, die Weinflasche? Und würde ich das tatsächlich *wollen*? Ich bin eigentlich stolz auf meine Unabhängigkeit, und sie ist nicht nur praktisch, wenn ich alleine bin. Heutzutage ist es für Männer doch von Vorteil, eine Frau zu haben, die Dinge alleine managen kann. Aber … wenn das nun nicht die Art Frau ist, die sie als gute Ehefrau wahrnehmen?

Grandma und ich stoßen an. Sie trinkt einen Schluck Pinot Grigio, und wir setzen uns. Sie legt einen Untersetzer unter mein Weinglas und stellt eine winzige Schüssel für unsere Shrimps hin. Wir knabbern Shrimps und Cashewkerne und unterhalten uns über das, was in der vergangenen Woche vorgefallen ist.

Mit neutraler Stimme fragt Grandma, wie es denn so mit Tucker läuft. Ich antworte, es sei alles in Ordnung, keine besonderen Vorkommnisse. »Es macht Spaß, mit ihm zusammen zu sein.« Ich zucke mit den Schultern. »Er ist einfach ein angenehmer Begleiter. Aber er ist jetzt wieder in der Schule, deshalb lebt er im Moment zwei Stunden entfernt.« Nächste Woche werde ich ihn besuchen. In der Zwischenzeit versuche ich herauszufinden, wie die Entfernung unsere Beziehung beeinträchtigt, zuätzlich zu unserem recht beträchtlichen Altersunterschied ... ehrlich gesagt, es macht mir nicht viel aus. In den knapp zwei Monaten, in denen ich mit Tucker – mit dem unschuldigen, harmlosen Tucker – zusammen bin, schwanke ich ständig zwischen Zuneigung, Zerrissenheit und Ärger. Zum Glück kommt zwar Zuneigung am häufigsten vor, aber die anderen beiden Empfindungen geben mir auch zu denken. Letzte Woche rief er an. Er war bei einer Klausur beim Schummeln erwischt worden.

»Süßer, das Semester hat gerade angefangen«, sagte ich zu ihm. »Warum greifst du jetzt schon auf die Hilfe von jemand anderem zurück?«

»Ich habe es nicht hingekriegt«, gestand er. »Ich glaube, Chemie war das falsche Hauptfach. Hey, wenn ich am Wochenende nach Hause komme, kannst du mir dann bei den Hausaufgaben helfen?« Ich zuckte zusammen, und dann erwiderte ich, es täte mir leid, aber das müsse er schon alleine machen. Es wurde immer deutlicher, dass Tuckers mangelnde Reife sowohl die Schulbuch-Chemie als auch die Chemie zwischen uns beeinträchtigte. Ich wusste wirklich nicht, wie lange das noch gutgehen sollte.

»Und dein Arzt-Freund?«, fragt Grandma und zieht die Augenbrauen hoch. »Hast du was von ihm gehört?«

Sofort schiebe ich mir einen Shrimp in den Mund. Ich lächele mit den Augen, mache eine charmante Geste – *Nur eine Sekunde, Grandma, es ist unhöflich, mit vollem Mund zu sprechen* – und tue so, als habe sich der Baby-Shrimp in eine Riesengarnele verwandelt. Ich versuche, Zeit zu gewinnen, weil ich nicht weiß, wie ich meiner Großmutter antworten soll. Ich hatte gehofft, der Weltklasse-Chirurg würde bei Grandpas Geburtstag nicht zur Sprache kommen. Sollten wir diese Büchse der Pandora wirklich öffnen?

Sieht so aus, denn Grandma blickt mich hoffnungsvoll an. Pfui … einen Dosenöffner bitte.

Ich bringe sie auf den neuesten Stand: Vor zwei oder drei Wochen, kurz bevor Tucker ins College abgereist ist, hatte Chris ziemlich häufig angerufen. Die meiste Zeit war ich zum Glück weit genug von meinem Handy entfernt, aber eines Tages saßen wir gerade in tropfnassem Schwimmzeug am Strand und entspannten uns, als mein Handy klingelte. Ich ergriff es, warf einen Blick darauf und drückte den Anruf sofort weg.

»Wer war das?«, fragte Tucker und biss von seinem Schinken-Käse-Sandwich ab.

»Meine Mom.«

»Du konntest noch nie gut lügen.« Er wischte sich den Mund mit dem Arm ab. »War es dieser Arzt?«

»Tucker.«

»Er ruft dich immer noch an.«

»Nur manchmal. Er möchte nächste Woche mit mir essen gehen.«

»*Was?*«, schreit er los und erschreckt zwei kleine Kinder, die in der Nähe eine Sandburg bauen.

»Tucker, hör auf«, zische ich leise. »Das mache ich sowieso nicht. Ich gehe noch nicht einmal ans Telefon, wenn er anruft.«

»Aber wenn du es tätest, dann würdest du auch mit ihm essen gehen?«

»Tucker, natürlich nicht. Ich bin in einer Beziehung.«

»Na ja, ich hoffe, das stimmt. Himmel, bevor ich dich kennengelernt habe, habe ich sowieso nicht gedacht, dass ich eine Chance bei dir hätte. Die Frauen in der Kanzlei deiner Mutter haben die ganze Zeit von dem ›attraktiven, reichen Chirurgen‹ geredet, mit dem du ausgehst. Wann hast du denn das letzte Mal mit ihm geredet?«

»Mitte Juli, kurz vor seinem Geburtstag …«

Tucker öffnet den Mund, um etwas zu erwidern.

»Tucker, da waren wir zwei noch gar nicht zusammen. Auf jeden Fall hat er mir da eine E-Mail geschickt, um mir zu sagen, dass sein Geburtstagsgeschenk ein mit acht Stichen genähter Finger war, weil er den Ventilator an irgendeinem Laser-Gerät in der Praxis reparieren wollte. Und zwei Tage nach der E-Mail hat er angerufen, und ich bin drangegangen. Was ist, Tucker? Ich habe mich schlecht gefühlt. Diese Verletzung klang schlimm!« Ich werfe ein Stück von meinem Brötchen als Fischfutter ins Wasser und denke daran, wie Chris mir erzählt hat, er könne den Knochen in seinem Zeigefinger sehen. »Der arme Kerl hat noch nicht mal Familie hier.« Der Gedanke betrübt mich so, dass ich keinen Appetit mehr habe. »Er ist ganz allein.«

»Nun«, Tucker wischt mir Sand vom Knie, »wenn er das nächste Mal anruft oder mailt, dann sagst du ihm aber, dass du mit jemand anderem zusammen bist, oder?«

»Ja klar. Das sage ich ihm.«

»Und dass es was Ernstes ist?«

»Ja, Tucker.«

»Okay. Versprochen?«

»Ja, Tucker.«

Chris hatte mir auf die Mailbox gesprochen, dass er mit dem Fahrrad um den See fahren und bei mir vorbeikommen wolle; er habe endlich einmal sein Fahrrad ausprobiert, auch wenn es mit neun Fingern schwierig sei. Meinem Freund zu erklären, warum dieser attraktive Arzt mit seinem 3000-Dollar-Fahrrad mit achtzehn Gängen bei mir »vorbeikommen« wollte, wäre unnötig und überflüssig gewesen. Ich war erleichtert, dass ich nicht gerade mit Tucker zu Hause gewesen war – aber überraschenderweise auch ein wenig enttäuscht, dass ich überhaupt nicht zu Hause gewesen war. Kurz fragte ich mich, wie mir wohl Chris' Duft in Verbindung mit frischem Schweiß gefallen hätte.

Am Montag darauf bereitete ich gerade ein paar Fragen über eheliche Treue für das Abendessen mit Grandma vor, als mir klarwurde, dass ich das Versprechen, das ich Tucker gegeben hatte, aufgeschoben hatte. Aber musste ich denn überhaupt etwas sagen? Würde Chris es nicht für anmaßend halten, wenn ich glaubte, dass er mehr von mir wollte als nur Freundschaft? Ich gehe im Zimmer meines Bruders auf und ab und setze mich dann vor den Computer, um die folgende E-Mail zu formulieren:

Hi Chris,

ich hoffe, dein Tag läuft gut. Ich freue mich auf unseren Lunch nächste Woche; ich wollte dich nur rasch auf dem Laufenden halten, was in der letzten Zeit so alles passiert ist. Es war ziemlich aufregend!

Zu den Projekten und Familienangelegenheiten, die mich wirklich voll in Anspruch genommen haben, kommt noch hinzu, dass ich mich seit ein paar Wochen in einer ernsten Beziehung befinde. Es kam für mich sehr überraschend, und mein Partner weiß durch den berüchtigten Dorfklatsch und meine eigenen Berichte, mit was für einem tollen Mann ich zu Beginn des Sommers ausgegangen bin und dass ich dich für einen wundervollen Menschen und Freund halte.

Das Leben ist voller Überraschungen, nicht wahr? (Ich weiß, eine Binsenweisheit.) Auf jeden Fall würde ich unsere Freundschaft gerne fortsetzen und mich mit dir treffen. Ich kann es kaum erwarten, mich mit dir über die Arbeit und private Vorhaben zu unterhalten. Ich hielt es nur für das Beste, dich vorab schon einmal zu informieren, damit es dich nicht so überraschend trifft, wenn wir uns endlich wiedersehen.

Sag mir bitte Bescheid, falls sich etwas an unserer Essensverabredung ändert. Ansonsten freue ich mich auf nächsten Montag und kann es kaum erwarten, von deinen neuesten Plänen zu hören (und dir auch von meinen zu erzählen).

Herzlich

Krissy

PS: Was macht dein Finger, mein Freund?

Grandma erfasst die Situation sofort. »Du hast dich also doch zum Mittagessen mit ihm verabredet, aber es Tucker nicht gesagt.«

»Na ja. Da ich ja Chris' vollen Terminkalender kenne, dachte ich, ich wecke zunächst mal keine schlafenden Hunde und sage es Tucker erst, wenn es tatsächlich stattfindet.«

»Und wie war das Mittagessen?«

»Eigentlich war es … ein Abendessen.«

Grandmas Augen leuchten auf. Sie lehnt sich zurück, verschränkt die Arme und wartet darauf, dass ich weiterrede.

»Er hatte einen echt langen Tag mit Patienten und Sitzungen und konnte nicht zum Mittagessen gehen. Er hat gesagt, dass er natürlich meine neue Beziehungssituation versteht, aber mich dringend sprechen müsste.«

Grandma gibt ein Schnurren von sich, das ganz untypisch für sie ist und mich an Blanche Deveraux in *Golden Girls* erinnert. »Erzähl weiter!«

Chris hatte mich ins *Peking* am Boulevard bestellt und mich gebeten, etwas zu schreiben mitzubringen. Wozu mochte das gut sein? Musste er aus der Stadt fliehen und brauchte Hilfe? Wollte er mir seine Autobiographie diktieren?

Er stieg aus seinem Mercedes, als ich in die Parklücke neben ihm einbog. Er wartete, bis ich bei ihm war, und dann umarmte er mich und wirkte dabei kühl und distanziert – hatte er meine E-Mail etwa persönlich genommen? Doch als ich mich von ihm löste und ihm ins Gesicht blickte, sah er noch genauso aus wie immer. Ich bekam weiche Knie. Vielleicht hätte ich nicht so heftig auf ihn reagieren dürfen, aber ich tat es eben.

Wir setzten uns an den von ihm reservierten Ecktisch, und er grüßte die Gäste am Nebentisch – anscheinend ein Patient und dessen Frau; beide musterten mich schamlos. Chris bestellte Fisch und Gemüse mit ungeschältem Reis ohne Soße; und auch ich beschloss, etwas Leichtes zu nehmen, und entschied mich für die scharfe Gemüsesuppe. »Ich muss dir sagen, warum ich dich hierhergebeten habe«, sagte er und legte seine Stoffserviette auf seinen Schoß.

»Okay.«

»Ich habe einige Monate an einem Projekt gearbeitet. Es

gibt ein Krankenhaus in Südostasien, das mich beauftragt hat, eine Abteilung für plastische Chirurgie dort aufzubauen …«

Das war für mich das Stichwort, den Stift zur Hand zu nehmen und mit der Niederschrift zu beginnen. Hastig notierte ich die wichtigsten Aussagen auf meinem Notizblock. Aber innerlich musste ich gegen die Traurigkeit ankämpfen, die in mir aufstieg. Chris erzählte mir, dass er weggehen würde.

»Ein ambitioniertes Vorhaben, was?«, unterbricht Grandma mich.

Ambitioniert? *Egoistisch wäre passender.* Ich beiße mir auf die Zunge.

»Lass mich raten«, fährt Grandma fort. »Du sollst ihm bei der Vorbereitung helfen.«

Ich blicke sie verblüfft an. Woher weiß sie das?

»Du bist ein kluges Mädchen«, sagt sie und steht auf, um Wasser für die Pasta aufzusetzen. »Jeder Mann mit ein bisschen Verstand möchte dich gern an seiner Seite haben.«

War ich wirklich an Chris' Seite? Ich wusste es nicht. In den letzten Wochen hatten wir beide abends stundenlang zusammen in seiner stillen Praxis gearbeitet. Wir stellten eine Präsentation für Südostasien für ihn zusammen, und das erforderte eine Menge Recherchen meinerseits über die kosmetische Tourismus-Industrie. Außerdem kümmerte ich mich um sein Marketing-Material, und das Design seiner Visitenkarten und seiner Website gefiel ihm so gut, dass er meinte, ich solle in Zukunft alle graphischen Entscheidungen treffen.

Wenn sich abends seine Angestellten von ihm verabschiedeten, musterten sie mich von oben bis unten und fragten sich ganz offensichtlich, warum ich da war. Natürlich konnte er ihnen nichts von seinen Plänen erzählen, seine Praxis nach Übersee zu verlegen, weil sie ja dadurch wahrscheinlich ihre Arbeit verlieren würden ... und sein Schweigen machte mich noch geheimnisvoller. Er sagte höchstens: »Ann, Sie haben Krissy doch schon Anfang der Woche kennengelernt, nicht wahr?« Ich lächelte unschuldig und sagte zu Ann, es sei schön, sie wiederzusehen.

»Ich kann mich nicht an Sie erinnern«, antwortete sie. »Es sei denn, Sie waren diejenige mit der exzentrischen Brille am Montag.«

»Ja, genau, das war ich!«, erwiderte ich und überhörte ihre beleidigende Bemerkung über meine Lesebrille, um ihr durch meine Freundlichkeit zu zeigen, dass ich absolut keine Bedrohung für sie darstellte, was ihren Chef betraf.

Nachdem Chris all seinen Angestellten eine gute Nacht gewünscht hatte, schloss er die Praxistür ab und legte sich auf den Teppich. Er ließ seiner Erschöpfung und seiner Frustration freien Lauf und erzählte mir, dass er gerade mit einer Patientin geweint hatte, die sagte, sie bräuchte Botox, weil sie das Gefühl hätte, in den sechs Monaten, seit bei ihrer Tochter Krebs diagnostiziert worden sei, um dreißig Jahre gealtert zu sein. Er schaltete die grelle Deckenbeleuchtung aus, und als wir im Lampenschein arbeiteten, wirkte das Büro warm und behaglich. In solchen Momenten ertappte ich mich dabei, dass ich ihm am liebsten private Angelegenheiten von mir anvertrauen würde, aber ich riss mich im letzten Augenblick zusammen, weil ich es für das Beste hielt, unsere Beziehung rein geschäftlich zu halten. Vor allem jedoch wollte ich nicht, dass er aufhörte, sich mir zu öffnen.

Ich erzähle Grandma nicht die ganze Geschichte. Ich erzähle ihr nicht, dass wir auch bei klassischer Musik arbeiten, dass ich seinen Duft liebe, wenn er den ganzen Tag gearbeitet hat, dass ich eines Nachmittags eine Pause machte und zu dem Teich vor seiner Praxis gegangen bin, um die Enten zu betrachten. Der Wind fuhr mir durch die Haare und erfasste mein Kleid … und genau in diesem Moment klopfte Chris von drinnen an die Scheibe, legte seine Finger aufs Glas und lächelte. Er hatte mich in diesem einen weiblichen, wundervollen Moment gesehen. Er sah *mich*.

Ich zähle meiner Großmutter die Projekte auf, an denen wir arbeiten, und danach entschuldige ich mich, indem ich Salz ins Wasser gebe, damit ich die etwas heikleren Details nicht auch noch erzählen muss. Momentan kann ich keine Emotionen einer anderen Person gebrauchen – besonders nicht die meiner zerbrechlichen Grandma –, weil sie meine Verwirrung nur noch größer machen.

Meine Mom und meine Tanten kommen, stellen Schüsseln und Platten mit Salat, italienischem Brot und Kuchen auf den Tisch. »Ooh, Kokosnuss-Creme!« Ich spähe in eine Schachtel. »Grandpas Lieblingskuchen … und meiner auch.« Ich öffne die Schachtel, und wir betrachten alle die Torte.

»Gloria, keine Tränen«, sagt eine meiner Tanten. »Ich weiß, dass wir keinen Kuchen wollten, aber von Torte hat niemand etwas gesagt.«

Die Männer kommen separat, einer nach dem anderen aus dem Büro. Je mehr Leute kommen, desto vergnügter wird Grandma. Durch den ganzen Trubel wird Grandma erfolgreich von dem Grund abgelenkt, warum wir alle hier sind. Ich denke an Tom Hanks in *Eine Klasse für sich*.

»An Geburtstagen wird nicht geweint!«

Mom und ich schaffen gerade mit vereinten Kräften vier Pfund Spaghetti vom Sieb in Grandmas riesige Pasta-Schüssel, als Dad endlich kommt. »Findet hier etwa eine Party statt, Mom?«, fragt er.

»Ja, es ist auch eine Party!«, antwortet Grandma. »Trinkst du Rotwein oder Weißwein, Billy?«

Wir nehmen zu zwölft an Grandmas Esstisch Platz, die Männer lockern ihre Krawatten. Brot wird herumgereicht, und die Weinflaschen kreisen, bis Grandma – hat sie einen Schwips? – um Gnade bittet. Wir sprechen das Tischgebet, und nach dem Amen heben wir unsere Gläser. »Auf das Geburtstagskind!«, sagt Onkel Phil.

Das Essen wird noch fröhlicher, als wir erfahren, dass unser Unternehmen heute einen schönen Auftrag an Land gezogen hat, der einem bisher umsatzschwachen Jahr ein Ende bereitet. Verstohlen blicke ich zur Decke, vorbei an Grandmas Leuchter. *Du kümmerst dich immer noch um alles, nicht wahr?*

Und obwohl die Hauptperson am Geburtstagstisch fehlt, ist es wie in alten Zeiten – einschließlich Großmutters Lachen.

Gemeinsam feiern wir den Mann, der immer wusste, was er wollte: Autonomie bei seiner Arbeit und eine Partnerin, die das schätzte.

5

Unterstütze ihn bei seiner Arbeit

Jedes Jahr gibt es eine kurze Zeitspanne, in der die Landschaft von Central Pennsylvania nur auf folgende Weise beschrieben werden kann: einfach wundervoll.

Dieses Wunder findet immer Mitte Oktober statt. Eine Farbenpracht hat sich über die Wälder ergossen, tanzt über die Bäume, spiegelt sich im Wasser. Wenn man am See entlangfährt, blickt man auf einen Hügel, der zu beiden Seiten von majestätischen Bäumen flankiert ist. Dieses Bild lässt mich an den königlichen Hochzeitsritus denken, wenn Braut und Bräutigam durch einen Bogen aus gestreckten Schwertern den Buckingham Palace betreten.

Als ich weg war, hatte ich diese Pracht, die man sonst nirgendwo findet, vergessen. Es fühlt sich an wie die Einführung in etwas Großes und Einzigartiges. Tief im Innern empfinde ich Chris' Projekt ähnlich – ich arbeite bis spätabends, um die Termine einhalten zu können, esse mit seinen berühmten Kollegen, die aus dem ganzen Land angeflogen kommen, um Geld in seine Auslandspraxis zu investieren oder zumindest ihr Interesse zu bekunden, und jetzt das: eine Fahrt nach New York. Ich lehne an seinem SUV, als er sein Gepäck einlädt. »Meinst du, fünf Anzüge sind genug für sechs Wochen?«

»Das sage ich dir, wenn du dir noch einmal wie ein Gorilla die Brust kratzt.«

Er hält inne und wirft mir einen verwirrten Blick zu. »Wie was?«

»So wie du es gerade gemacht hast.«

»So?« Er kratzt sich noch einmal mit beiden Händen die Brust. Ich lache. »Habe ich das getan?«

Als ich aufgehört habe zu lachen, spähe ich noch einmal in seinen Koffer, in dem sich die fünf maßgeschneiderten italienischen Anzüge für diese Reise befinden, und bejahe seine Frage. Er hat sicher genug zum Anziehen dabei, aber wenn er ankommt, sollte er unbedingt seine Hosen bügeln lassen. So ist unsere Arbeitsbeziehung jetzt, fürsorglich und vertraut. Chris und ich sind so viel zusammen, dass ich weiß, wann er sich die Zähne putzt, dass ich das Passwort seines Bankkontos kenne, den mittleren Namen seiner Mutter, und weiß, dass er ein Foto von ihr im Auto hat. Wir gehen so natürlich miteinander um, dass es mir manchmal vorkommt wie bei Robert Pattinson und Kristen Stewart in *Twilight*.

Aber trotzdem gibt es immer noch eine Grenze, etwas, das uns trennt. Der Kontakt im letzten Monat war nicht nur zu unserem Vergnügen – er hatte einen Zweck. Und in einem weiteren Monat wird es damit erst einmal vorbei sein, weil Chris zu seiner ersten Promotion-Tour für seine Praxis nach Asien aufbricht. Und wenn ich nicht zu dieser Geschäftsinitiative beigetragen hätte, dann würde ich jetzt auch nicht mit nach Manhattan fahren.

Tucker, der arme Tucker, hasst diese Reise. Er hat sich alle möglichen Sachen ausgedacht, um sie zu sabotieren, und das Schlimmste ist, dass ich nur ein Hotelzimmer gebucht habe, weil Chris die Kosten so niedrig wie möglich halten will. Zum

Glück ist es eine Suite mitten am Times Square, so dass jeder von uns noch etwas Privatsphäre hat, aber Tucker konnte den Gedanken an ein einziges Zimmer für uns beide nicht ertragen – und ich konnte ihn nicht anlügen. Ich rief Grandma am frühen Morgen an und teilte ihr mit, sie bräuchte mir heute keinen Platz in der Kirche frei halten.

»Was auch immer du vorhast …«, sagte sie. »Ich werde dich nicht drängen. Und Gott ist es egal – *Er* ist da für *uns*; Er ist nicht abhängig davon, ob wir Ihn besuchen.« Ich atmete aus, dankbar dafür, dass wenigstens eine Person versuchte, den Druck von mir zu nehmen. Anschließend lag ich mit Tucker im Bett und flehte ihn an hinzunehmen, dass dies lediglich eine Geschäftsreise war, aber er drehte sich zur Wand und wollte mich nicht einmal ansehen. Als ich ging, war ich immer noch in Tränen aufgelöst. Ich fuhr nach Hause und duschte, um nicht zu spät zu Chris zu kommen.

Aber als ich dann schließlich mit Chris unterwegs bin, merke ich auf einmal, dass meine Stimmung sich wesentlich gebessert hat. Die Berge strahlen in der Sonne, und ich denke, es hätte keine bessere Woche im ganzen Jahr geben können, um mit meinem Chef quer durch Pennsylvania zu fahren. Chris lässt das Fenster herunter und legt eine Jazz-CD ein, und wir essen Blätterteigtaschen, die meine Mutter mit Gruyère-Käse und Pilzen gefüllt hat. Ich will nicht, dass er das Land verlässt.

Er ruft einen Patienten an, und als ich das Radio leiser drehe, findet er mich höflich. Dabei wollte ich nur seine sanfte, beruhigende Stimme hören. Ich liebe seinen Tonfall, wenn er mit Patienten spricht. Er öffnet das Handschuhfach, weil er einen Kugelschreiber sucht, und eine schwarze Plastiktasche fällt heraus. Er hebt sie auf, blickt auf das Logo des Juweliers bei uns im Ort und sieht mich fragend an. *Was ist das?*

»Warte ab«, flüstere ich und lege einen Stift in die Mittelkonsole. Als er sein Telefongespräch beendet hat, öffnet er die schwarze Samtschachtel. Darin liegt ein silbernes Medaillon. Verblüfft blickt er mich an.

»Das ist der heilige Christopherus«, sage ich zu ihm.

Vorsichtig zieht er die Kette aus der Schachtel.

»Er ist der Schutzpatron der Reisenden. Dreh es um.«

Auf der Rückseite sind seine Initialen eingraviert. »Kris, wie bist du denn darauf gekommen?«

»Diese Reise ist eine große Sache, und später musst du noch so viel reisen. Ich ...« Ich zögere. »Ich wollte, dass du beschützt bist.«

»Weißt du was? Mein Großvater hatte auch so ein Medaillon nach dem Zweiten Weltkrieg. Er hat es mir geschenkt.«

»Vom heiligen Christopherus kann man nie genug haben.«

»Sieh nur, er trägt ein Baby.« Chris studiert die Münze sorgfältig. Es hat mich sechs Stunden Arbeit bei ihm gekostet, dass ich sie mir leisten konnte, aber der Ausdruck auf seinem Gesicht ist Hunderte wert.

»Er ist der Schutzpatron der Reisenden. Und weißt du was?«

»Was?«

»Du heißt Christopher und ich Kristine; er ist der Schutzheilige von uns beiden.«

Wir geraten in einen Stau und kommen erst um neun Uhr abends in Manhattan an. Chris fragt, ob es mir etwas ausmachen würde, wenn er ohne mich zum Abendessen mit seinem früheren Mentor geht.

»Nein, nein, geh nur«, sage ich. »Ich buche uns ein Zimmer, das nicht direkt neben dem Aufzug liegt, damit du heute Nacht schlafen kannst.«

Ich entferne mich einen Block weit von den hellen Lichtern

des Times Square und entdecke ein griechisches Restaurant auf der Ninth Avenue. Dort sitze ich an einem von einer Kerze beleuchteten Tisch für zwei, esse eine Spinat-Crêpe und trinke ganz alleine Chardonnay. Ich überlege, ob ich zu Hause anrufen soll, aber stattdessen spüre ich einfach nur den Wind der Stadt, der durch die offene Tür weht, und dann kommt der Kellner und bringt mir noch ein Glas Wein. Er sagt, es sei vom Besitzer, und ich recke den Hals, um mich lächelnd zu bedanken. Ich habe keine Ahnung, ob sie mich bewundern oder bedauern, ich weiß ja selbst nicht, was ich empfinde.

Mir fällt ein, dass Grandma und ich beide fanden, dass für eine Frau, die alleine ist, Sonntagabende die einsamste Zeit der ganzen Woche sind. Die Uhr auf meinem Handy zeigt 10.30, als ich zum Hotel zurückgehe … aber ich versuche trotzdem, Grandma zu erreichen. Wenn sie beim dritten Klingeln nicht abgenommen hat, werde ich auflegen.

Sie verblüfft mich, weil sie schon beim zweiten Klingeln abnimmt. »Hallo?«

»Grandma! Entschuldige, dass ich dich so spät anrufe. Habe ich dich geweckt?«

»Nein, ich kann nicht schlafen. Ist alles in Ordnung?«

»Ja. Ich bin in New York, die Fahrt ist gut verlaufen. Ich wollte mich nur rasch erkundigen, wie es dir geht.«

»Liebes«, sagt sie, »du wirst es nicht glauben, aber ich denke, du bist die Antwort auf mein Gebet.«

»Was? Warum?«

»Ich war gerade ziemlich deprimiert. Seit ich vor einer Stunde mit deinem Dad telefoniert habe, habe ich nur geweint. Aber jetzt geht es mir schon besser, nur weil ich deine Stimme gehört habe.«

Ich kehre in mein dunkles Hotelzimmer zurück und

schlüpfe in den Seidenpyjama, den ich mitgebracht habe, weil ich weiß, dass Chris mich im Schlafanzug sehen wird … aber den BH lasse ich an. Dann ziehe ich die Couch im Wohnbereich der Suite aus.

Ich schlafe im Wohnzimmer, schreibe ich in meiner SMS an Tucker. *Er ist immer noch beim Abendessen. Siehst du? Du brauchst dir keine Sorgen zu machen.*

Er schreibt zurück: *Ich bin aus. Ich wünsche dir eine gute Nacht.*

Chris kommt gegen Mitternacht, und ich finde, er sieht sehr weltstädtisch aus in seiner Jeans und dem schwarzen Pulli mit V-Ausschnitt. »Hi, wie war dein Abend? Wo hast du gegessen?«, fragt er. »Und warum liegst du hier? Ich habe doch gesagt, du sollst das Bett nehmen.«

»Nein, du nimmst das Bett.«

Er meint zwar, es sei nicht richtig, aber ich bestehe darauf. »Ich habe morgen keinen 19-Stunden-Flug vor mir, sondern du.«

Er dankt mir und wendet sich zum Schlafzimmer. »Saul möchte uns morgen früh zum Brunch sehen. Er möchte dich kennenlernen.« Ich höre seine Stimme nur gedämpft, weil er sich gerade das Hemd über den Kopf zieht.

»Gut, ich habe gehofft, ihn kennenzulernen, während wir hier sind.«

Er reckt den Kopf aus der Tür, und ich sehe seine nackten, breiten Schultern. Nachdenklich legt er den Kopf schief. »Woran arbeitest du gerade?«

»Ich schreibe an deiner Website.« Ich blicke ihn nur kurz an, damit er nicht denkt, ich bestaune seine nackte Brust. Über den Deckel meines Laptops sehe ich, dass er immer noch in der Tür steht. Will er noch etwas sagen? Ich räuspere mich und rücke meine Brille zurecht. Ich lächele ihn an und zeige auf die Schreibtischlampe. »Stört sie dich?«

»Nein«, sagt er und kommt wieder in die Wirklichkeit zurück. »Überhaupt nicht. Schlaf gut, Kris.«

»Danke. Du auch.«

»Gute Nacht.« Er schließt die Tür und betritt das Bad von seiner Seite des Zimmers aus. Ich höre Wasser rauschen, das Geräusch der Zahnbürste, das Klicken des Lichtschalters und dann … Stille.

Ich atme tief aus. Ihm gegenüber so gleichgültig zu wirken, ist eine Herausforderung. Ich lösche das Licht und arbeite im Dunkeln weiter.

Am Morgen trage ich bereits Pumps und Lederjackett und kämpfe mit dem Gepäck, einem Becher Starbucks und ein paar Akten, als er aus dem Schlafzimmer kommt. »Saul hat angerufen, wir kommen zu spät«, sagt er.

Wir checken aus, lassen unser Gepäck im Hotel und rasen den Times Square entlang. Mir geht durch den Kopf, dass jeder Mann, der jemals erfolgreich war, der Frau an seiner Seite danken sollte, dass es ihr gelungen ist, auf hohen Absätzen mit ihm Schritt zu halten. Ich bin Chris dicht auf den Fersen und rufe: »Der Marathon ist erst nächsten Monat.« Er wird noch schneller.

»Weißt du, was wir vergessen haben?«, fragt er. »Wir haben diese teure Kameratasche nicht zurückgegeben. Sie ist für die Reise viel zu sperrig.«

»Ich schicke sie diese Woche zurück, schon vergessen? Wir haben darüber geredet.«

Plötzlich kann ich es kaum noch erwarten, dass er abfliegt.

Ich sitze Chris und Saul gegenüber und esse ab und zu ein Stück von meiner Tomatenquiche, während ich mitschreibe, welche ungefähren Pläne die beiden entwickeln. Saul ist ein weltberühmter Schlafexperte und hat schon mit Oprah Winfrey gearbeitet. Ihre Stimmen werden lauter, als sie sich ausmalen, warum sie unbedingt ein Schlaflabor für Chris' Schönheitscenter brauchen – Schlaf verjüngt den Körper. Schlaf bekämpft Krankheiten. Schlaf macht einen klüger.

Ich sage Saul nicht, dass ich letzte Nacht nur vier Stunden geschlafen habe.

Bevor wir ins Hotel zurückkehren, um unser Gepäck und das Auto zu holen, bleiben wir noch rasch an einem Saftstand stehen. Während wir die Angebotskarte mustern, ist der aufgedrehte Unternehmer-Chirurg auf einmal wieder er selbst. »Was für einen Saft nimmst du, Äffchen?«

Äffchen, ha. Das ist komisch. Ich bestelle einen kleinen Beeren-Smoothie, und er bekommt einen großen Multivitamin-Saft. »Für den Flug«, sagt er augenzwinkernd und tippt mir mit dem Strohhalm ins Gesicht.

»Ja klar.«

Ich finde ihn unglaublich anstrengend. Als der Portier den Wagen vorfährt, betrachte ich den Rücksitz und stelle mir vor, wie es wäre, wenn ich dort jetzt als Vorbereitung meiner fünfstündigen Fahrt nach Hause ein kleines Nickerchen machen könnte. Aber Chris hat vor dem Flug noch einen Termin in New Jersey mit einem weiteren Investor, und so wie es aussieht … ja, er macht es sich mit seinem Laptop auf dem Beifahrersitz bequem. Ich fahre also. Ich bitte ihn, auch ein Auge auf den Verkehr zu haben.

»Ja klar«, antwortet er, das Handy am Ohr.

»Kannst du das Navigationssystem herausholen?«, frage ich.

»Warum?«

»Damit ich die Adresse eingeben kann.«

»Ich habe die Adresse nicht.«

Ich starre ihn ungläubig an. »Du hast sie nicht?«

Er schüttelt den Kopf und erzählt mir, er könne sich daran erinnern, dass wir zu einer bestimmten Stelle in New Jersey müssen, wo sich eine Kreuzung befindet. Meine Nerven liegen blank. »Vielleicht sollten wir besser im Büro anrufen?«

»Ja.«

Vierzig Minuten später stehen wir dank der GPS-Götter auf dem Parkplatz eines Bürokomplexes, in dessen Nachbarschaft sich ein Autohaus und eine Fast-Food-Kette befinden.

»Kris?« Er steht an der Beifahrertür. »Ich trage diesen Pullover jetzt schon seit zwei Tagen. Kannst du ihn mit nach Hause nehmen?« Er wirft ihn mir zu.

»Okay.« Ich klemme den schwarzen Pullover unter den Arm und zähle an den Fingern ab. »Du hast deine Anzüge, deine Sneakers, Unterwäsche, deinen Computer ... warte, deine Kamera, hast du deine Kamera?«

Er zeigt auf seinen schicken neuen Reiserucksack, den wir letzte Woche bestellt haben. »Die Kamera habe ich.«

»Okay, gut.« Er steht da, hält seinen Rucksack mit beiden Armen umklammert, und ich finde, er sieht aus wie ein kleiner Junge an seinem ersten Tag im Kindergarten. »Und, bist du aufgeregt?«

»Echt aufgeregt.« Ich liebe es, wenn er mit den Augen das Gleiche sagt wie mit seinen Worten. Er breitet die Arme aus, um mich zu umarmen. »Was werde ich nur ohne mein Äffchen machen?« Sein T-Shirt drückt sich weich an meine Wange. Sein Brustkorb ist so fest, und sein Duft überwältigend. Er ist der einzige Mann im Universum, der, obwohl er zu Fuß durch Manhattan rennt und danach stundenlang in einem französischen Restaurant sitzt, in dem es nach Zwiebelsuppe stinkt, trotzdem noch so riecht wie eine Parfümprobe, mit der man sich am liebsten von Kopf bis Fuß einreiben möchte.

Bitte fahr nicht.

Als ob er meine stumme Bitte hören würde, löst er sich von mir. »Bis in sechs Wochen dann.«

Es ist nicht meine Aufgabe, mir Sorgen um ihn zu machen, und trotzdem tue ich es. Der Investor, den er jetzt trifft, stellt einen Wagen zur Verfügung, der ihn heute Abend zum Flughafen bringen wird, aber es stört mich, dass ich den genauen Ablauf nicht in der Hand habe. Wenn Chris über dem Gespräch die Zeit vergisst ... oder wenn sie, Gott behüte, in ihren Verhandlungen auf irgendwelche neuen Erkenntnisse stoßen. Er lernt immer gerne dazu, und er wird sich mit Freuden das Jackett ausziehen, noch etwas länger bleiben, seinen Flug verpassen und irgendwann am vierten Juli in Asien eintrudeln.

Kann ich denn *sicher* sein, dass er noch weiß, zu welchem Flughafen er fahren muss?

Aber ich mache mir nicht nur Sorgen um seine Logistik ... es geht auch um Chris' Wohlbefinden. Ich will wissen, ob er sich im Flugzeug wohl fühlt, ob er sich ein paar Tage ausruhen kann, bevor er mit der Arbeit beginnen wird, ob die Leute nett zu ihm sind und hilfsbereit. Ich bin zwar vermutlich nur eine Angestellte für ihn, jemand, dessen Fähigkeiten er gerade jetzt braucht ... aber wenn ich mir keine Sorgen um ihn mache, wer tut es dann?

Am nächsten Tag schlafe ich endlich einmal aus. Heute ist der erste Tag ohne ständige Telefonanrufe und Termine. Ich nehme Chris' Pullover in die Hand und drücke die weiche Kaschmirwolle an mein Gesicht. Ich weiß nicht, warum ich dachte, mit dem Pullover wie mit einem Teddybären im Arm zu schlafen, sei weniger seltsam, als ihn einfach anzuziehen … aber ich bin enttäuscht, dass Chris' Geruch bereits schwächer wird.

Mom und Dad arbeiten, die Hunde schnarchen sorglos vor sich hin, und die Sonne blinzelt in mein Zimmer. Ich mache mir einen Kaffee und erledige noch ein paar Dinge, bezahle Chris' Handyrechnung und mache die Anzeige fertig, die wir in der Lokalzeitung schalten werden, damit seine Patienten wissen, dass er vor Thanksgiving nicht zurück ist. Dann rufe ich Grandma an. »Hast du Lust auf ein bisschen Gesellschaft?«

Sie findet, das sei eine gute Idee.

Ich ziehe mich um und fahre in die Stadt. Das letzte Mal haben wir kurz nach Grandpas Geburtstag zusammengesessen; sie hat mir bestimmt viel zu erzählen. Auf der Fahrt zu ihr halte ich bei meinem Lieblingsrestaurant und hole Salat mit gebratenem Hühnchen. Der Geruch des heißen Essens in den Plastikbehältern vertreibt den letzten Geruch von Chris, dessen Pullover auf dem Rücksitz liegt, weil ich ihn in die Reinigung bringen will. Ich mache das Fenster einen Spalt auf.

Als ich in Grandmas Einfahrt einbiege, ist ihr Garagentor offen. Das Auto steht mit laufendem Motor darin. Sie steht daneben und fummelt an einem Blatt Papier und einem Umschlag herum. Es erschreckt mich ein bisschen, wie sehr sie sich darauf konzentrieren muss, aber vor allem möchte ich ihr helfen, obwohl ich weiß, dass ich es nicht kann. Sie zuckt zusammen, als ich sage: »Grandma, ist alles okay? Warum läuft der Motor?«

»Oh! Ach, du liebe Güte, Kris! Ich habe dich gar nicht kommen hören.« Ich frage mich, ob sie ihr Hörgerät abgeschaltet hat, aber als ich sie umarme, kann ich es hören. Es ist unmöglich, dass sie mein Auto nicht gehört hat … das eigentliche Problem scheint zu sein, dass sie nicht mehr in der Lage ist, mehrere Dinge gleichzeitig zu bewältigen. »Hey, was hast du da?«

»Ich habe uns Geflügelsalat von *Luigi's* mitgebracht. Grandma, dein Auto. Willst du es laufen lassen?«

Sie dreht sich langsam um. »Nein«, sagt sie benommen. »Ich glaube nicht.«

»Ich mache es rasch aus.« Ich stelle die Tasche mit dem Essen ab. Als ich die Fahrertür öffnen will, ist sie verschlossen. Das ist wirklich seltsam, aber um ihretwillen bleibe ich gefasst. »Grandma, die Tür ist verschlossen, und der Schlüssel steckt im Zündschloss.«

»Ach, du lieber Himmel!«, sagt sie, immer noch verwirrt. Ich frage mich, was wohl passiert wäre, wenn ich nicht gekommen wäre. Sie wäre wahrscheinlich ins Haus gegangen und hätte das Garagentor hinter sich zugemacht. »Grandma«, sage ich, »hast du einen Ersatzschlüssel?«

»Ach, du liebe Güte, wenn ich so darüber nachdenke, dann würde ich sagen, dein Dad hat ihn. Oder vielleicht Onkel Phil ...«

Ich laufe ins Haus und schaue in Grandpas Schreibtischschubladen nach. In der mittleren liegt ein Autoschlüssel. Ich renne zurück in die Garage und halte ihn auf Grandmas Auto gerichtet. Die Türen werden entriegelt. Schnell öffne ich die Fahrertür und schalte den Motor aus. »Grandma, ist das schon einmal passiert?«

»Ja, vielleicht ein paarmal«, sagt sie. »Du hast mir hoffentlich kein Joghurt-Dressing mitgebracht? Milchprodukte vertrage ich nicht mehr.«

Ich versuche, ruhig zu bleiben. Wie kann sie an das Salatdressing denken, nachdem sie gerade ihr Leben ernsthaft in Gefahr gebracht hat? Am liebsten würde ich sie anschreien, aber ich halte mich zurück. Das hat sicher etwas mit ihrer beginnenden Demenz zu tun. »Nein«, antworte ich. »Ich habe dir süß-sauer mitgebracht. Das bestellst du doch auch immer, oder?« Wir gehen zusammen ins Haus. »Grandma, möchtest du das Garagentor schließen?«

»Oh ja, danke. Es ist der linke Knopf – oder ist es der rechte? Nein, ich könnte schwören, es ist der linke ...« Schließlich entscheidet sie sich. »Nein, es ist der linke, ich bringe das immer durcheinander. Setz dich an den Tisch. Möchtest du etwas trinken?«

Ich bitte sie um ein Wasser, doch das entpuppt sich als ein schwieriges Unterfangen. Nein, ohne Eis ist gut; ja, ein kleines Glas ist völlig in Ordnung. Ich würde es mir auch selbst holen, aber sie besteht darauf, es mir zu bringen. Ich soll mich hinsetzen und mich entspannen.

»Und, wie war es in New York?«

Ich beschließe, ihre Verwirrtheit zu ignorieren. Mein Dad und mein Onkel sollen sich später um ihre Vergesslichkeit kümmern. Bei emotionalen Problemen kann ich Großmutter sicherlich beistehen, aber ihre physische Gesundheit – ihr Gedächtnis – ist eine Herausforderung, der ich nicht gewachsen bin. »Es war anstrengend, Grandma. Er macht mich verrückt.«

Sie zuckt mit den Schultern und fragt: »Hast du wenigstens ein paar Freunde besucht?«

»Nein, dafür hatte ich keine Zeit.«

»Na ja, du warst ja auch zum Arbeiten da.« Sie zupft mit den Fingern an ihrem Salat, etwas, das mir ungewöhnlich an ihr erscheint. Ich reiche ihr eine Serviette. »Bist du froh, dass du dich wieder auf deine Arbeit konzentrieren kannst?«

»Ja, sehr froh. Ich musste drei Redakteure um eine Terminverlängerung bitten. Das tue ich sonst nie.« Ich blicke

Grandma an. »Weißt du, was ich ihm am liebsten sagen würde, Grandma?«

»Hm?« Sie ist mit einem Stück geschmolzenem Käse beschäftigt.

»Besorg dir eine Ehefrau!«

Nichts, was ich sage, heitert sie heute auf. Sie ist völlig in Gedanken versunken. »Was gibt es bei dir Neues, Grandma?« Ich esse weiter.

»Nun …« Sie legt ihre Gabel hin und seufzt. »Ich kann es dir ja gleich erzählen. Ich habe Grandpas Hemden weggegeben.«

Plötzlich kriege ich keinen Bissen mehr hinunter. Übelkeit steigt in mir auf. »Wow.« Grandpas Hemden, seine alten Arbeitshemden? Warum macht sie das jetzt schon, so früh? Meine Nana hat drei Ehemänner beerdigt, und noch Jahre danach hat sie deren Hemden im Haus getragen, nur um den Gedanken an sie lebendig zu halten … und, wenn sie Glück hatte, ihren Geruch. Nana hat immer gesagt, an den Kleidern eines Mannes zu riechen, wenn er tot ist, sei das herzzerreißendste Gefühl auf der Welt, aber nach einer gewissen Zeit könne einen oft nur das trösten, weil es das Einzige ist, was von den Toten geblieben ist. Sie sagt, man kann die Tür zum Schrank eines Mannes zehn Jahre lang geschlossen halten, und wenn man sie dann endlich wieder öffnet, sei es so, als würde man den Kopf auf seine Schulter legen und tief den Duft seines Halses einatmen. »Warum hast du das getan?«, frage ich Grandma. Ich muss mich richtig zusammenreißen, um nicht wütend zu werden.

Sie ist auch wütend. Zum ersten Mal in der halben Stunde, seit ich bei ihr bin, benimmt sie sich normal. Sie sagt, dass sie ihm böse sei. Sie ist böse, weil er sie verlassen hat und sie sich jetzt um alles selbst kümmern muss. Sechzig Jahre hat sie ihm den Rücken frei gehalten, damit er arbeiten konnte, obwohl er viel besser kochen konnte als sie und obwohl sie manchmal den Eindruck hatte, sie allein ordne beide Leben. Sie sagt, einmal habe sie Dad zum Schlagzeug-Unterricht gefahren (»Was, Dad hat *Schlagzeug* gespielt?«, werfe ich entgeistert ein.), und die anderen vier Kinder seien alleine im Wohnzimmer geblieben. Aus irgendeinem Grund hatten sie immer Papageien als Haustiere – Grandma meint, das habe irgendetwas mit Italien zu tun –, und ein Vogel, er hieß Johnny, ist aus dem Käfig entwischt, als Grandma gerade mit Dad und dem Schlagzeug aus der Tür ging. Einer meiner Onkel wollte besonders clever sein, und um Dad zu erschrecken, schob er die Glasschiebetür krachend hinter ihm zu, und der Vogel geriet dazwischen, wurde zerquetscht und fiel tot zu Boden. Grandma stand da mit fünf hysterischen Kindern, von denen eins zu spät zum Schlagzeug-Unterricht kam. Die Geschichte ist furchtbar, aber ich muss mir das Lachen verkneifen.

Grandpa war nie zu Hause, sagt Grandma, und trotzdem hat er sie immer gebraucht. Tagelang hat sie hinter den Kindern hergeräumt, und dann kam er nach Hause und warf sein schmutziges Hemd einfach auf den Boden, wenn er sich vor dem Abendessen umzog. Und wie seine Hemden immer ausgesehen hatten! Voller Schmieröl und Servietten mit technischen Zeichnungen in der Tasche. Was hat er sich wohl gedacht, wie sie immer wieder sauber in seinem Schrank gelandet sind? »Apropos«, fügt sie hinzu. »Die Steuerquittung für meine Schenkung ist in meiner Tasche.«

Oh, und dann die Abendessen, fährt sie aufgebracht fort. Wie viele Abende hat sie Kollegen und Kunden bewirtet, auf Empfängen Small Talk gemacht mit den Managern und ihren Frauen, alles nur für Grandpa und sein Geschäft. »Und wenn ich mal Freunde einladen wollte, zuckte er zusammen, aber ich habe ihm gesagt: ›George, bei all den Terminen und Abendessen, die ich für dich wahrnehme, kannst du wohl auch mal einen einzigen Abend mit meinen Freunden verbringen.‹«

Grandma sagt, sie habe sich ihr ganzes Leben lang um ihn gekümmert, zu ihm aufgesehen ... und er? Er lässt sie einfach allein. »Heute habe ich zur Decke geschaut und es ihm gesagt«, erklärt sie. »›Das ist alles deine Schuld‹, habe ich gesagt. ›Wenn du von oben herunterschaust, dann siehst du, was du mir angetan hast, als du mich verlassen hast!‹«

Ich hole tief Luft und wähle meine Worte sorgfältig. »Grandma«, beginne ich, »weißt du noch, wie unglücklich Grandpa war, als er im Sterben lag? Was er für Schmerzen hatte?«

Sie sitzt ganz still da.

»Das hat dich auch traurig gemacht, weißt du noch? Und du hast ihm gesagt, er solle gehen, weil du wusstest, dass das das Beste für ihn ist. Daran musst du immer denken. Du hast ihn so sehr geliebt, dass du alles getan hättest, nur damit er Frieden fand.« Sie weint jetzt. »Er war nicht mehr glücklich. Weißt du noch, wie wütend und frustriert er war, als er krank geworden ist? Er war zu müde, um zu arbeiten. Er hat den ganzen Vormittag geschlafen, und wenn er mittags aufgestanden ist, war er schon wieder müde, kaum dass er sich angezogen hatte. Er hat den ganzen Tag nur daran gedacht, dass er gerne etwas Konstruktives machen wollte. Er konnte einfach nicht aufhören nachzudenken.« Ich mache eine drehende Handbewegung an meinem Kopf, wie Grandpa es immer gemacht hatte, um zu demonstrieren, wie seine Gedanken kreisten. »›Ich kann sie nicht anhalten‹, hat er immer gesagt. Das hat ihn wahnsinnig gemacht.«

Sie nickt langsam und blickt auf ihre Hände, die sie im Schoß gefaltet hat.

»Grandma!« Ich beuge mich zu ihr. »Es ist ganz normal, dass du wütend bist. Du hast so viel für ihn getan. Und du hast ihn bedingungslos unterstützt. So habe ich das noch nie bei einer Frau gesehen, niemals.« Sie sitzt weiter schweigend da. »Darauf kannst du stolz sein.«

»Ich glaube, ich habe das in seinen letzten Tagen gar nicht richtig wahrgenommen.«

»Ja, wahrscheinlich nicht.«

»Nach sechzig Jahren konnte ich mir einfach nicht vorstellen, dass er tatsächlich weg sein würde.«

»Es war auch unmöglich, das zu verstehen, Grandma. Ich habe es genauso empfunden.« Ich rede mit Grandma wie mit einer Freundin nach einer Trennung: *Diese Gefühle sind real, weil die Liebe real war. Du musst die Trauer durchleben, nachdem du diese Beziehung verloren hast.* Als ich die Rede für Grandpas Beerdigung geschrieben habe, habe ich von der Hingabe und Liebe meiner Großmutter als »rein« gesprochen und sie als Heilige bezeichnet. Und das ist sie tatsächlich. Sie hat den Ruf vernommen, ihr Leben dienend zu verbringen, und sie hat diese Rolle bis zuletzt ausgefüllt. Es ist sicher keine Überraschung, dass sie sich ohne meinen Großvater einsam und verlassen fühlt. »Grandma, sag mir etwas.«

Sie zieht ein Taschentuch aus dem Ärmel ihres Pullovers und blickt mich aus rotgeweinten Augen an. »Ja?«

»Grandpas Unternehmen fing erst wirklich an zu florieren, als er schon siebenundvierzig war, oder?«

»Ja.«

»Und das Geschäft, das er davor in St. Louis hatte, ist bankrottgegangen, richtig?«

»Ja. Marie und Phil waren auf dem College, und dein Dad und Onkel Paul waren fünfzehn und siebzehn, und Junior wurde bald zehn, als wir umziehen mussten. Und wir konnten noch nicht mal alles mitnehmen, weil wir nicht so viel Platz hatten.«

»Dad musste alle seine Baseball-Karten zurücklassen, nicht wahr?«

»Ja, er hatte sie jahrelang gesammelt, und dann waren sie alle weg. Er war am Boden zerstört, aber so war es eben.« Sie zuckt mit den Schultern. »Wir mussten alle etwas aufgeben.«

»Und Grandpa? Wie war er in dieser Zeit?« Grandpa war immer stolz – wie ist er mit seinem Versagen fertig geworden?

»Er war sehr still in dieser Zeit. Ich weiß noch, nachdem wir die Jungs in den Lieferwagen gepackt haben, setzte ich mich auf den Vordersitz neben ihn und sagte: ›Und, wo fahren wir hin?‹ Und er sah mich an, senkte den Blick und sagte: ›Ich weiß es nicht.‹«

»Oh, Grandma.« Ich ließ den Kopf in die Hände sinken. Diese Niederlage hatte meinen Großvater bestimmt fertiggemacht.

»Wir haben alles verloren, wir wussten nicht, wo wir hin sollten. An dem Tag, als ich geheiratet habe, habe ich zu meiner Mutter gesagt, ich würde nie wieder zu ihr zurückkommen. Ich hatte keine Geschwister, und zu Grandpas Familie konnten wir auf keinen Fall. Die meisten von ihnen hatten sowieso seit Jahren nur darauf gewartet, dass er scheiterte.«

Hatte sie versucht, ihn zu trösten? Hatte sie ihn in Ruhe gelassen? »Und wie hast du dich Grandpa gegenüber verhalten, als das alles passierte?«

»Ich tat, was ich tun musste. Was anderes blieb mir ja gar nicht übrig. Wir stiegen ins Auto und fuhren los.«

»Ohne zurückzublicken.«

»Genau.«

Unterwegs hatten sie schließlich beschlossen, zu Grandpas Geschwistern nach Rochester, New York, zu fahren. Sie hatten keine andere Möglichkeit. Dort blieben sie ein paar Monate, bis Grandpa genug Kontakte in Pennsylvania geknüpft hatte, so dass sie hierher zurückkehren konnten.

»Und als dann dein Dad und deine Onkel die Schule beendet hatten, haben sie mitgearbeitet. Diesen Teil der Geschichte kennst du ja. Und alles wurde gut.« Bei der Erinnerung daran hebt sich auch Grandmas Laune, und sie lacht. »Und dann hatten sie Angst, dass ich nicht genug ins Geschäft involviert wäre! Aber manchmal brauchten sie mich, um ans Telefon zu gehen.« Anfangs arbeitete Grandpa mit seinen Söhnen von der Werkstatt einer Tankstelle aus, weil sie sich nicht mehr Räumlichkeiten leisten konnten. Dad und seine Brüder arbeiteten in allen möglichen Positionen, weil jeder mit anfassen musste.

»Grandma, hat es dich gestört, dass Grandpa dich nur mitarbeiten ließ, wenn es ihm in den Kram passte?«

»Nein«, sagt sie. »Ich wusste ja, dass er das alles für die Familie, für unsere Zukunft tat. Außerdem, du liebe Güte, wenn du jemanden liebst, dann springst du eben ein, wenn er dich braucht. Es ist leicht, sich selbst hintenanzustellen.«

Sie seufzt jetzt weniger und redet mehr als zu Beginn meines Besuchs. Mir wird klar, dass unsere Gespräche mir nicht nur das Rezept für eine glückliche Beziehung deutlich machen, sondern dass sie auch ihr helfen. Wenn wir zusammen an ihrem Tisch oder auf ihrer sonnigen Veranda sitzen, liefere ich ihr immer einen Vorwand, um über die Person zu reden, die sie so schmerzlich vermisst. Hier kann sie sich an die glücklichen

Tage ihrer Ehe erinnern und sich selbst darin bekräftigen, dass sie den Mann in ihrem Leben von Herzen geliebt hat.

Der Mann in meinem Leben … ist nicht mein Ehemann, sondern mein Chef. Er ist mittlerweile so viel mehr geworden als jemand, mit dem ich nur zusammenarbeite. Ich möchte, dass es ihm gutgeht, dass seine Klinik floriert, ich möchte alles tun, was in meiner Macht steht, um ihn dabei zu unterstützen. Dieses Gefühl ist mir ganz neu, aber ich spüre es in jeder Faser meines Körpers.

Draußen wird es langsam dunkel, und gerade als ich gehen will, klingelt mein Handy. Die Nummer kenne ich nicht. »Ich gehe mal schnell dran, Grandma, falls es etwas für Chris ist. Möglicherweise seine Lebensversicherung.«

»Oh ja, nimm das Gespräch nur an.«

»Hallo?«

»Kris?«

Ich keuche – er ist es! »Hi! Bist du gut angekommen?«

»Ja, ich bin jetzt hier. Ich musste nur unbedingt anrufen, um dir etwas zu erzählen.«

Ich gehe in Grandmas Küche, um etwas zu schreiben zu suchen. »Schieß los.«

»Du weißt ja, dass ich erster Klasse geflogen bin.«

Wie könnte ich das vergessen. Er hatte es ja höchstens sechsundvierzigmal erwähnt. »Ja.«

»Nun, neben mir saß eine Frau, und als ich eine meiner Visitenkarten herausgezogen habe, hat sie gemeint, das wären die edelsten Visitenkarten, die sie je gesehen hätte. Ich wollte dich nur schnell anrufen, um mich bei dir zu bedanken.«

»Oh wow, was für ein Kompliment! Sie sind aber auch wirklich schön geworden. Es hat sich gelohnt, noch ein Foto von dir einzufügen.«

»Ja. Wirklich. Danke.«

»Bitte, gern geschehen.«

Wir beenden das Gespräch, und ich wende mich lachend zu Grandma.

»Ihm gefallen die Visitenkarten, die ich für ihn entworfen habe, und er hat von fremden Leuten Komplimente dafür bekommen.«

Sie lächelt. »Siehst du, du leistest gute Arbeit. Oh, bevor du gehst, komm mal mit. Ein Hemd habe ich aufgehoben, um es deinem Dad zu schenken.« Wir gehen in ihr Schlafzimmer, und sie öffnet Grandpas Schrank. Er ist komplett leer, bis auf ein einzelnes Golfhemd, das auf einem Bügel hängt. »Das hier.« Sie holt es heraus und reicht es mir; es ist das Hemd von der John Carroll University, das ich Grandpa in meinem ersten Semester zum Vatertag geschenkt habe. Das Marineblau ist verblichen, und die Schultern sind ausgebeult, weil es so lange auf dem Bügel gehangen hat. »Dein Grandpa hat dieses Hemd geliebt.«

»Ich weiß, er hat es ständig angehabt.«

»Ich wollte es nicht an Fremde geben.«

Wir küssen uns zum Abschied, und als ich ins Auto steige, atme ich Grandpas Duft ein – eine Mischung aus Pfeife, Motoröl und Aloe –, bis mir die Tränen kommen. Dann hänge ich das Hemd nach hinten, über Chris' Pullover. *Oh, die Herzen, die unter diesen Kleidungsstücken geschlagen haben …*

Ich lasse den Motor an und werfe einen Blick auf das Hemd, das im Rückspiegel tanzt. Er ist weg, und ich muss mich jetzt um andere Dinge kümmern.

6

Verlier dich nicht

Ende Oktober, in Tuckers Herbstferien, planen wir ein langes Wochenende im Pennsylvania Grand Canyon. Bis jetzt hatte ich noch nie davon gehört, aber laut Tucker ist es eine tiefe, waldige Schlucht mitten im Bundesstaat, die von einem riesigen Wasserfall geteilt wird. Ich will Tucker mit diesem Kurzurlaub zeigen, dass ich mich auf die Beziehung mit ihm einlasse. Dr. Chris ist jetzt seit zwei Wochen weg, und wenn ich nicht gerade eine seiner seltenen E-Mails mit einer Marketing-Frage oder mit einem Hinweis auf die Schönheiten von Südostasien bekomme, denke ich fast kaum noch an ihn. Weit weg von Arbeit, Schule und Eltern wollen Tucker und ich endlich einmal ein Wochenende ganz für uns haben, um uns zu entspannen.

Tucker jedoch sieht den Trip eher als Gelegenheit, zu angeln, Football zu gucken und all die anderen Dinge zu tun, die Jungs gerne so machen und mit denen ich rein gar nichts anfangen kann. Aber ich sage mir, dass es einen Versuch wert ist. Ich war lange weg von Pennsylvania, und vielleicht gefällt es mir ja unter den Anglern und Jägern. Grandma ist jedoch nicht überzeugt davon, dass das Wochenende mich derart verändern könnte. Als ich ihr erzähle, dass ich mir einen Angelschein besorgt habe, höre ich ihr schallendes Lachen am Telefon. »Angelschein! Wann bist du denn das letzte Mal angeln gewesen?«

»Mit Grandpa«, erwidere ich. »Da muss ich acht oder so gewesen sein. Aber ich habe eine kleine Regenbogenforelle gefangen, und Grandpa war ganz begeistert. Siehst du, das hatte ich völlig vergessen; vielleicht habe ich ja insgeheim doch ein Faible für das Leben in der Natur.« Ich frage Grandma, ob sie jemals mit Grandpa angeln war. »Du liebe Güte, nein«, sagt sie. »Angeln hat mich nie interessiert, und Grandpa war dabei auch am liebsten allein. Er hat ja den Kindern kaum gezeigt, wie sie eine Angel auswerfen müssen.«

Als ich etwa vier war, kaufte Grandpa mir eine Baseballkappe, auf der ein dicker Stofffrosch saß, weil Frösche damals meine Lieblingstiere waren. In der Dämmerung, wenn die Grillen und Frösche ihr Konzert begannen, ging Grandpa mit mir zum See. Mein Bruder und meine beiden Cousins, die damals alle gerade erst ein Jahr alt waren, lagen schon im Bett, während wir mit einer Taschenlampe das Ufer nach Fröschen absuchten.

»Grandma, habe ich überhaupt jemals einen gefangen?«, frage ich sie.

»Oh, sicher, manchmal schon. Aber am nächsten Morgen waren sie immer entwischt.« Sie kichert. »Und du konntest nicht verstehen, warum sie aus dem perfekten kleinen Leben, das du ihnen geboten hast, geflohen waren.«

»Was für ein Leben? Ein Eimer und ein bisschen Gras?«

»Ja, und ein Schluck Wasser.«

Als ich mit siebzehn auf den Abschlussball ging, schenkte Grandma mir eine kleine Schachtel mit einem Steinfrosch darin. »Du hast Frösche immer geliebt«, sagte sie, als ich sie umarmte. Wahrscheinlich habe ich sie geliebt, weil es meine erste Erinnerung an gemeinsame Aktivitäten mit meinem Großvater ist. Dadurch konnte ich ihn besser verstehen – und es schweißte uns natürlich zusammen. Als ich zwölf war, stand ich neben ihm an der Bar, und er ließ mich meinen ersten Martini probieren. Nach meinem College-Abschluss kaufte er die ersten Fonds für mich und erklärte mir, wie der Markt funktionierte, und in den Jahren vor seinem Tod beantwortete er alle meine Fragen über unseren Familienstammbaum. Außer uns beiden schlug niemand das Familienstammbuch auf – ich hatte das Gefühl, es gehörte nur Grandpa und mir. Ich liebte ihn so sehr, dass alles, was ihn interessierte, auch mich faszinierte.

Als wir unsere Ausrüstung in den Truck von Tuckers Onkel laden, sage ich zu ihm: »Warte nur ab, bis du siehst, was ich alles für unser erstes großes Camping-Wochenende vorbereitet habe.« Ich habe eine schicke Plastikhülle für meinen Angelschein gekauft, damit ich ihn immer bei mir tragen kann, außerdem habe ich ein rustikal wirkendes, reizendes kleines Bed and Breakfast gebucht und mir sogar ein Paar Wanderstiefel gekauft. (Um zu demonstrieren, mit welcher Begeisterung ich mich an seiner Art zu leben versuche, habe ich ihm ein Foto meiner neuen Wanderstiefel gemailt und daruntergeschrieben: *Die sind süß, was?* Er schrieb zurück, wie süß sie erst aussehen würden, wenn sie eine Lehmkruste hätten, und da erst drang die gnadenlose Realität unseres Abenteuers in mein Bewusstsein. *Oh ja*, antwortete ich, *sie werden wohl schmutzig werden.*)

Unsere unterschiedliche Einstellung zur Erhaltung der Schönheit neuer Wanderstiefel überschattet das Wochenende. Ein mächtiges Gewitter erwartet uns, als wir vor dem Bed and Breakfast halten. Ich erkläre, dass es bestimmt Spaß macht, während eines Gewitters im Wald zu sein … aber Tucker entgegnet, dass wir dann nicht angeln können. Die ältere Frau, der unsere Holzhütte gehört, hat jeden Winkel mit Rüschen und Nippes gefüllt, als wohnte eine Kartenlegerin aus den fünfziger Jahren dort, mit Porzellanpuppen auf den Regalen und einer unheimlich realistischen, ein Meter hohen Statue eines kleinen Jungen, der hinter einem Baum hervorspäht.

»Das ist ... interessant?«, sage ich.

»Wenn er zuschaut, tun wir es nicht«, erwidert Tucker.

Prompt trage ich die Statue ins Badezimmer und stelle sie neben die Toilette.

Hat er gerade gesagt »wir *tun* es«?

In unseren Regenmänteln setzen wir uns wieder in den Truck und erkunden den alten Ortskern. Es gibt nur eine einzige Straße, auf der sich die Autos im Schneckentempo fortbewegen. Ein Grasstreifen teilt die beiden Fahrtrichtungen. Rechts sehe ich eine Kunstgalerie, die eigentlich ganz modern und cool aussieht; auf der linken Seite entdeckt Tucker eine Kneipe, die für ihre Burger berühmt ist und so aussieht, als befände sich dort auch ein Fernseher. *Versuch dich an seinem Lebensstil*, ermahne ich mich, als ich sehe, wie ein Mann in der Galerie die Jalousien herunterlässt.

Tucker hat Kopfschmerzen. Ich schlage vor, dass wir am besten essen gehen, damit er etwas Warmes in den Magen bekommt. Im Lokal herrscht viel Betrieb, und ich bestelle mir ein Bier. Tucker jedoch beklagt sich über den Lärm und sagt, er habe das Gefühl, seine Nebenhöhlen würden explodieren. Als die Kellnerin mit unserem Essen kommt, bitten wir sie, es einzupacken, und ich setze mich ans Steuer und fahre zur nächsten Apotheke. »Hier, Süßer, schluck sie mit Wasser.« Ich reiche ihm die Tabletten, die ich gekauft habe. »Heute Nacht kannst du bestimmt gut schlafen.«

»Hoffentlich«, antwortet er.

Ich fahre uns zur Pension zurück und schalte das Fernlicht ein, um die riesigen Elche zu vertreiben, die hier angeblich nachts auf der Straße spazieren gehen. Auch wenn das Medikament gegen die Erkältung ihn benommen macht, können wir heute Nacht wenigstens kuscheln, denke ich bei mir. Ich führe ihn in die Hütte und verriegele die schwere Tür hinter uns. Tucker legt sich bäuchlings aufs Bett und bittet mich, ihm den Rücken zu kratzen, weil es ihn entspannt. Als er eingeschlafen ist und vor sich hin schnarcht, ziehe ich meinen Flanell-Schlafanzug an (sexy, ich weiß, aber es hat ja keinen Sinn, die dünne Spitzenwäsche herauszuholen), wasche mir das Gesicht und putze mir die Zähne. Bevor ich ins Bett gehe, wärme ich mich noch mit einer Tasse Tee auf.

Ich wünschte, ich hätte ein Buch eingepackt.

Ich rutsche zu Tucker und flüstere ihm ins Ohr: »Süßer, ich habe Tee gekocht. Möchtest du welchen?«

Er schluckt seine Spucke runter und schüttelt den Kopf. Ich schlüpfe neben ihm unter die Decke und blättere in einer Pferdesport-Zeitschrift. Ich hatte so gehofft, dieses Wochenende reiten zu können. Um mich zu unterhalten, stelle ich mir vor, ich sei die Heldin in einem Liebesroman und säße auf einem starken, dunklen Pferd. Meine Locken und meine Brüste würden im Galopp des Pferdes wippen (da es eine Phantasie ist, habe ich natürlich auch große Brüste, die wippen können). Ich trage ein weißes, schulterfreies Top zu engen Jeans, die in roten Cowboystiefeln stecken. Meine Haare schimmern in der Sonne, meine Lippen leuchten scharlachrot, und neben mir reitet …

Chris?

Nein.

Du bist doch in Asien, sage ich in meinen Gedanken zu ihm. *Und ich bin mit meinem Freund hier. Du hast hier nichts zu suchen.*

Ich gebe meinem Pferd die Sporen, aber Chris springt aus dem Sattel und versperrt mir den Weg. Er tritt auf mich zu und hebt mich vorsichtig vom Pferd herunter, so dass ich langsam an seinem Oberkörper heruntergleite. Wir stehen da und schauen einander an. Er schiebt mir eine Haarsträhne hinters Ohr und sagt, mein Gesicht sei ebenso schön wie mein Verstand. Er will, dass wir uns ein gemeinsames Leben aufbauen und zusammen durch die Welt reisen – New York, Mailand, Paris, die Südsee, alles, wovon wir je geträumt haben. Er möchte nach einem langen Tag nach Hause kommen und mit mir am Küchentisch ein Glas Cabernet trinken, er will meine toskanischen Rezepte ausprobieren, er will die Hand auf meinem Herz halten, wenn wir uns lieben. Er will unseren Kindern einen Namen geben und samstags Yoga mit mir machen, und wenn wir Enkel haben, will er ein Haus am Treasure Lake kaufen.

Sein Hengst läuft neben meiner Stute auf die Weide. *Nur wir zwei*, sagt er. *Wie hat Gott nur zwei Menschen mit so vollkommen identischen Interessen geschaffen?* Bevor ich antworten kann, umfasst er mit beiden Händen meinen Hinterkopf und küsst mich sanft.

»Was zum Teufel liest du da?«, fragt Tucker. Ich zucke erschreckt zusammen. Er wirft die Decke zurück. »Ich muss pinkeln.«

Am nächsten Morgen erkunden wir trotz des unablässigen Regens und Tuckers schlimmer werdender Erkältung die Wildnis. »Das ist unsere einzige Chance, an die frische Luft zu kommen«, sagt er, und es klingt wie eine Drohung. »Wir brechen morgens früh auf, weil ich das Football-Match der Pittsburgh Steelers nicht verpassen will.« Ich hefte mir stolz meine Angellizenz an die Jacke und ziehe meine Wanderstiefel an, als hätte ich mein Leben lang nichts anderes gemacht. Als wir am Canyon ankommen, machen wir uns sofort an den Abstieg, und als wir die erste Baumreihe erreicht haben, sind wir nass bis auf die Unterwäsche.

Meine Wimperntusche läuft mir übers Gesicht, und über dem Rauschen des Wasserfalls rufe ich Tucker zu: »Wir gehen die gesamte Strecke, ganz gleich, wie schlimm das Wetter wird!«

Ich erwarte eigentlich, dass er sich über meine Entschlossenheit freut und mich anlächelt, aber er geht so schnell bergab, dass ich ihm kaum folgen kann. Nach etwa einem Viertel der Strecke kommen wir zu einer eingezäunten Plattform, und Tucker bleibt stehen und streckt den Arm aus. »Siehst du die Forellen, die die Wasserfälle herunterfliegen?« Ja, ich sehe einen Schwarm von Fischen, die hilflos gegen den Wasserschwall anzappeln. »Wenn der Regen morgen aufhört, wäre es der perfekte Zeitpunkt zum Angeln«, sagt er. »Nach Regen gibt es die meisten Fische.«

»Oh gut, hast du vor, morgen länger zu bleiben? Willst du das Spiel verpassen?«

»Nein.«

Die Bäume sind schon kahl, und der Weg ist voller nasser Blätter, die das Gehen erschweren. Tucker geht voraus, und ich folge ihm so vorsichtig, wie die Jungs in meiner Nachbarschaft an den Ästen im Wald schwingen. Das alles hier ist wild, und es ist wunderschön, aber es entspricht nicht meinem Naturell. Meine Schritte sind unbeholfen und ungleichmäßig. Ich möchte die Szenerie noch nicht einmal mit der Kamera einfangen, wie ich es sonntags immer am Teich im Central Park gemacht habe. Ich bleibe auch nicht stehen, um zu bewundern, wie der Dunst vom Pine Creek aufsteigt. Ich kann mit dieser Art von Outdoor-Sport einfach nichts anfangen.

Tucker hingegen ist auf diesen Pfaden absolut zu Hause, und ihn dort in seiner natürlichen Umgebung zu sehen, veranlasst mich zu der Überlegung, ob es sich überhaupt lohnt, meinen Gefühlen ihm gegenüber noch eine Chance zu geben. Ich könnte auf die Knie sinken und ihn anflehen, bitte, lass uns versuchen, mehr gemeinsam zu haben; bitte, lass uns die gleichen Dinge mögen ... aber er scheint kaum zu merken, dass ich überhaupt da bin. Als wir unten in der Schlucht ankommen, zeigt er mir die meterhohen Steinpyramiden, die Paare manchmal zusammen am Flussufer bauen, als Zeichen dafür, dass sie gemeinsam auf Reisen waren und den Elementen getrotzt haben. »Huh«, sage ich, und wir stehen beide fasziniert mit verschränkten Armen da. Nach einer Minute dreht er sich langsam um, um wieder nach oben zu marschieren. In mir macht sich die Erkenntnis breit, dass dies das Ende des Weges für uns ist. *Sackgasse*, steht in großen Buchstaben vor uns. *Steiler Aufstieg.*

Der Rest des Wochenendes verstärkt das Gefühl, dass uns Welten trennen. Zum Abendessen finden wir ein beeindruckend städtisch wirkendes italienisches Restaurant. Tucker setzt sich an die Marmortheke, damit er auf den Fernseher an der Wand College-Football sehen kann. Ich blicke auf die Bistrotische hinter uns, beobachte andere Paare und Gruppen von Freunden, die miteinander tuscheln und lachen und Wein trinken. »Tucker«, sage ich, »sollen wir zusammen die sizilianische Pizza nehmen?« »Nein«, entgegnet er. Er will Chicken Wings, und ehrlich gesagt ist auf der Theke nicht genügend Platz, als dass wir beide etwas bestellen könnten.

Der Barkeeper sagt zu uns: »Wollen Sie sich nicht lieber an einen Tisch setzen? Ich bringe Ihnen Ihr Tablett gerne dorthin.«

Ich blicke Tucker an. »Schatz, direkt hinter uns ist gerade ein Tisch frei geworden. Von dort kannst du den Fernseher immer noch sehen.«

»Nö, ich sitze gut hier«, erwidert er, den Blick auf den Flachbildschirm hinter dem Kopf des Barkeepers gerichtet.

Bei der Vorspeise können wir uns zumindest auf einen Kompromiss einigen, und für einen kurzen Moment sieht es so aus, als ob das Abendessen doch noch eine Wendung zum Guten nehmen würde. Tucker ist so beeindruckt von seinem ersten Bissen Calamari, dass er sich sogar vom Fernsehbildschirm losreißt und mich ansieht. »Wow!«, sagt er. »Du hattest recht, das schmeckt gut!« Als Hauptgang bekommt er einen Pizza-Burger, und ich bestelle Pasta mit winzigen Muscheln, die auf der Speisekarte so beschrieben wird wie ein Gericht, das ich letztes Jahr in Portofino gegessen habe. Chris hat mir in einer seiner letzten E-Mails ausführlich die Vielfalt des thailändischen Essens beschrieben, und obwohl ich eigentlich gehofft hatte, dieses Wochenende frischen Fisch zu essen, werde ich mit diesem Gericht entschädigt. Die weißen Spaghetti erinnern mich an Grandpas berühmte Spaghetti mit Anchovis. Ich nehme den ersten Bissen zu mir, und die Weißwein-Butter-Sauce läuft mir übers Kinn. »Oh, mein Gott, Tucker«, sage ich, »das musst du unbedingt probieren.«

»Nein, danke«, erwidert er. »Um Muscheln zu essen, muss ich in der richtigen Stimmung sein. Hey, dein BH ist zu sehen.«

»Oh.« Ich ziehe meinen Pullover hoch, so dass mein Büstenhalter bedeckt ist. Unwillkürlich frage ich mich, ob es wohl normal für einen jungen Mann ist, so auf Football fixiert zu sein, dass er noch nicht einmal den Ausschnitt seiner Freundin bewundern kann. Himmel, selbst ich fand, dass meine Brüste in diesem BH gut aussehen …

Ich rede mir ein, dass mein Freund sich nur zurückhält und dass er, sobald wir wieder in der Hütte sein werden, die Tür hinter uns zuschlagen und über mich herfallen wird, mich leidenschaftlich küssen, mir den Pullover über den Kopf ziehen und mich gegen die Wand drücken wird, um ungehemmten Urlaubssex mit mir zu haben. Aber stattdessen verkündet er, ihm sei kalt, und lässt sich Wasser für ein Bad ein. Ich sehe ihm zu, wie er in die Wanne steigt und sich darin breitmacht, als käme er gar nicht auf die Idee, dass jemand anderer sich vielleicht zu ihm gesellen möchte. »Oh«, sagt er. »Willst du auch hinein?« Als er mir endlich Platz gemacht hat, verknoten sich unsere Beine dermaßen, dass ich mich hinknien muss, um frei zu kommen. Schließlich gelingt es mir, mich gemütlich an seine Brust zu kuscheln, aber da sagt er, dass der Dampf im Badezimmer und das Gewicht meines Körpers ihm die Luft zum Atmen nähmen.

Am nächsten Morgen, nachdem der Wecker geklingelt hat, kratzt er sich und murmelt, wir müssten uns beeilen und schnell packen, weil wir sonst zu spät zu den Steelers kämen. Ich beschließe, es ist an der Zeit, Tucker seine Grenzen aufzuzeigen. Er fragt mich, ob zehn Minuten genug für mich seien, um im Haupthaus Frühstück zu holen und mich bei den Eigentümern für ihre Gastfreundlichkeit zu bedanken. Er will in der Zwischenzeit schnell packen. Er steht bereits neben dem Truck, als ich mit einem Blaubeer-Muffin, einer Banane und einem Kaffee aus dem Haus komme.

»Du hast fünfzehn Minuten gebraucht«, sagt er. »Jetzt muss ich rasen, um rechtzeitig zum Spiel zu Hause zu sein. Oh, und warum hast du denn Kaffee mitgebracht?«, jammert er. »Ich will ihn nicht halten, wenn ich fahre.«

Ich starre ihn an. »Dann halte ich ihn eben«, erwidere ich und versuche, die Beifahrertür mit der Hüfte aufzuhalten. »Ich wollte dir nur etwas Warmes zu trinken besorgen, wegen deiner Erkältung.« Tucker lauscht bereits einem Spiel im Radio, und als einer der Spieler einen Punkt macht, packt er mich an der Schulter und schüttelt mich. Der Inhalt des Kaffeebechers ergießt sich über uns beide und den Gepäckhaufen, den er idiotischerweise zwischen uns aufgebaut hat. Ich wische mit Papiertüchern mein Gesicht und Tuckers T-Shirt ab, aber im Wagen stinkt es jetzt wie in der Mülltonne von Starbucks.

Zehn Minuten später stehen wir auf dem hinteren Parkplatz einer Tankstelle und schrubben verzweifelt die Sitze ab. Wir arbeiten schweigend, aber plötzlich hört Tucker auf und zeigt anklagend mit dem Finger auf mich. »Ich wollte dieses Wochenende überhaupt nicht wegfahren«, schreit er. »Das war reine Verschwendung von Geld und Zeit!«

Ich stemme die Fäuste in die Hüften. Dann werfe ich den Putzlumpen zu Boden und knalle von innen die Beifahrertür zu. »Mach deine Tür zu«, sage ich zu ihm. Er blickt mich an, dann putzt er weiter. *»Ich habe gesagt, mach deine gottverdammte Tür zu!«*

Ich reagiere wie eine Irre, packe seinen Türgriff und ziehe die Tür so fest zu, dass sie gegen Tuckers Hüfte knallt. Die Fenster sind geschlossen, aber so laut, wie ich schreie, bin ich wahrscheinlich auf dem gesamten Parkplatz zu hören, als ich mir Tucker vornehme. »Wie kannst du es wagen, so mit mir zu sprechen? Wir haben das Wochenende gemeinsam geplant, und ich habe alles getan, damit wir mal wieder Zeit für uns haben.« Außerdem merke ich an, dass ich gar nicht wüsste, warum er sich über das Geld aufregen würde, schließlich hätte ich in den letzten drei Monaten alles bezahlt, und wenn er nicht endlich anfangen würde, die Schule genauso wichtig zu nehmen wie die National Football League, dann sollte er besser dafür sorgen, dass seine nächste Freundin ebenso großzügig ist wie ich.

Er schlägt mit den Fäusten aufs Lenkrad. »Ich tue mein Bestes für dich!«, grollt er. Zwei Typen in neonorangefarbenen Kapuzenjacken springen aus ihrem Truck, um einen Reifen zu inspizieren, aber als sie das Theater hinter unseren Fenstern mitbekommen, fahren sie sofort wieder vom Parkplatz. »Und weißt du was? Es ist vorbei!«

»Oh, es ist vorbei! Na gut.« Ich will die Tür öffnen. »Ich fahre nicht mit dir nach Hause.« Tucker betätigt hastig die Kindersicherung. »Tucker, lass mich sofort hier raus.«

»Bis nach Hause sind es noch zwei Stunden, Krissy, wie willst du denn da hinkommen?«

»Ich rufe meinen Dad an, und er kommt mich abholen.« Und um meine Bemerkung zu untermalen, reiße ich mir das Steelers-Trikot vom Leib. Zum Glück trage ich einen Rollkragenpulli darunter. Ich knülle es zu einem Ball zusammen. »Nimm du es. Ich hasse Football. Ich habe es nur gekauft, weil du ständig gesagt hast, wie scharf Mädchen in diesen Trikots aussehen.« Ich hole aus, um es ihm ins Gesicht zu werfen. »Wer sagt so was schon zu seiner Freundin?«

Er hält meinen Arm fest und umklammert mein Handgelenk. Mit zusammengebissenen Zähnen zischt er: »Du wirfst wie ein Mädchen.«

»Ich bin ein Mädchen!« Ich reiße mich los und drücke mit der anderen Hand mein misshandeltes Handgelenk an die Brust.

Tucker legt den Rückwärtsgang ein und fährt viel zu schnell

vom Parkplatz. Als wir auf der Straße sind, schlage ich mir die Hände vors Gesicht und heule, so sehr schäme ich mich für das Ungeheuer, das diese Beziehung aus mir gemacht hat. Bei meiner ersten Highschool-Liebe habe ich mich genauso aufgeführt und jede Kontrolle verloren. Das ist das Ende – wir haben jeden Respekt voreinander verloren. »Sieh uns doch an, Tucker«, stoße ich zwischen zwei Schluchzern hervor. »Wir sind nicht glücklich!«

»Doch, das sind wir.« Er atmet tief durch die Nase und stößt dann ruhig die Luft aus. »Du solltest bloß nichts mehr sagen.«

In den nächsten beiden Stunden schaue ich konzentriert aus dem Fenster und kämpfe tapfer gegen die Tränen an. Ich starre in den grauen Sonntagsnebel und die kahlen Bäume, deren Äste sich zum Himmel recken und um Sonne betteln. Als wir in Treasure Lake ankommen, ist mein Gesicht zu rot und verschwollen, um sofort nach Hause zu gehen. Tucker versucht mich aufzuheitern, indem er vorschlägt, Pizza zu bestellen, aber ich habe keinen Hunger.

Schweigend fahren wir zum Steg, und als ich mich neben ihn setze, bittet er mich, näher zu rücken. Ein Teil von mir möchte … aber ich zögere. Ich habe das Gefühl, wir sollten gar nicht zusammen hier sein. Ich habe das Gefühl, die ganze Welt hätte unseren Streit gehört, und die Scham ist nur eines der Symptome, die mir zeigen, dass diese Beziehung zu Ende geht. Mein Kopf hämmert, mein Herz tut weh, und mein Handgelenk pocht, so fest hat Tucker zugepackt. Das ist nicht die Art von Liebe, die ich von meiner Familie erfahren habe. Bevor er das Haus am Bootssteg verlässt, umarmt er mich, schluchzt an meinem Hals und sagt, es täte ihm leid. »Was kann ich machen, damit du mir verzeihst?«, fragt er.

Ich schüttele den Kopf und löse mich von ihm. »Ich weiß

nicht.« Unwillkürlich halte ich mein Handgelenk fest, obwohl es gar nicht mehr weh tut. »Tucker«, sage ich, »ich will nicht melodramatisch sein, deshalb sage ich es einfach. Ich wollte ein schönes Wochenende mit dir verbringen, und du stimmst mir ja sicher zu, wenn ich sage, es war furchtbar.«

Er blickt zu Boden.

»Wir haben keinen Spaß mehr miteinander. Du hast an diesem Wochenende höchstens dreimal gelächelt. Und eigentlich wollte ich immer das Gegenteil von dem, was du wolltest.«

»Warum hast du das denn nicht gesagt?«

»Weil ich es versuchen wollte, für dich. Ich dachte, vielleicht könnten mich die gleichen Dinge interessieren wie dich, aber wir sind nicht ...« Ich suche nach dem richtigen Wort. »... nicht miteinander verbunden. Ich habe einfach das Gefühl ... es fällt mir schwer, das zu sagen. Aber ich habe das Gefühl, wir sind zu verschieden.«

»Du willst Dinge, die ich dir nicht geben kann«, sagt er.

»Nein. Ich will Dinge, die du mir nicht geben *willst*. Das ist ein Unterschied. Wir wollen nicht das Gleiche.«

»Wie meinst du das?«

Ich sage ihm, dass ich keine Lust habe, an den Wochenenden vor dem Fernseher zu hocken und Footballspiele anzusehen. Wenigstens freitags abends will ich eine Pause von der ewigen Pizza und den Chicken Wings und mich mit einem Glas Wein und Käse oder Sushi entspannen.

»Hey, Sushi habe ich gemocht, als du mich dazu gebracht hast, es zu probieren.«

»Tucker, du hast gesagt, es sei klein und roh.« Die beiden Merkmale, die Sushi für viele Leute zu einem phantastischen Gericht machen, sind ausgerechnet die beiden Merkmale, die für Tucker unverzeihliche Mängel darstellen. Ich sage ihm, dass er jedes Mal sehnsüchtig seufzt, wenn wir an einem Haus vorbeifahren, das einsam auf einem Hügel liegt, während mich der Gedanke, so weit von anderen Menschen weg zu sein, eher in Panik versetzt. Er mag Trucks, ich ziehe Autos vor. Ich mag leidenschaftlichen, dynamischen Sex, am liebsten die ganze Nacht, während er sich als der 4-Minuten-raus-rein-Mann entpuppt hat. Ich habe im Ausland gelebt, er hält einen Reisepass für überflüssig. Er ist ein bisschen »Country«; ich bin eher »Rock and Roll«. »I say Tomato«, und er sagt … McDonald's. Unser Lebensstil ist völlig unterschiedlich, erkläre ich ihm.

»Vielleicht«, sagt er. »Ich dachte, ich hätte ein bisschen von deinem alten Leben in diesem italienischen Restaurant gestern Abend mitbekommen.«

»Wirklich?«, frage ich. »Wann denn?«

»Die Kellnerin hat zu dir gesagt, sie habe immer schon in New York leben wollen, und du hast ihr erzählt, wie wundervoll es war, dass dir niemals langweilig war, und dass jedes Mädchen, das dorthin wolle, es auf jeden Fall versuchen sollte. Und dann kam der Besitzer und fing an, Italienisch mit dir zu reden.« Das hatte ich ganz vergessen. »Und deine Augen glänzten, als wärst du in einer Fernsehsendung zu Gast, und du hast mit den Händen geredet. Ich habe diese Seite an dir zwar noch nie erlebt, aber du kamst mir irgendwie … irgendwie mehr wie du selbst vor.«

»Wow.« Er ist ein aufmerksamerer Beobachter, als ich gedacht hätte.

»Und jetzt brauchst du jemanden, der Ziele hat und glücklich ist mit dem, was er tut … aber ich … ich bin eben noch nicht so weit.«

Alles, was er sagt, ist wahr, aber ich möchte doch gerne widersprechen – irgendwie hat er das Ganze umgedreht. Jetzt macht *er* Schluss mit *mir*. Er schaut zu Boden, und ich mustere ihn, dieses schmale Gesicht, das mir so vertraut geworden ist. Tucker weiß noch nicht, was er mit seinem Leben anstellen will, und er gibt sich selbst die Schuld daran. Ich kann ihn nicht noch zusätzlich mit meinen eigenen Plänen und Erwartungen belasten. Von nun an muss sich jeder von uns um sich selber kümmern.

Heute Abend lege ich meine Vitamintabletten und meine Handlotion auf den Nachttisch im Gästezimmer, als ich mich zum Schlafengehen fertigmache. Seit der Highschool vermeide ich es, nach einer Trennung in meinem eigenen Bett zu schlafen. Ich muss morgens aufwachen und eine andere Szenerie vor Augen haben, das Licht, das in einem anderen Winkel einfällt, das Gefühl, dass ein neuer Tag mir eine neue Perspektive bringt. Dummerweise riecht das Kissen, das ich aus meinem Bett mitgenommen habe, nach Tucker, weil er vor dem Wochenende bei mir geschlafen hat.

Ich weiß, dass diese Trennung richtig ist; ich wusste von Anfang an, dass das mit Tucker und mir nicht für die Ewigkeit war, aber das ändert nichts an der Tatsache, dass ich gerade schon wieder einen Mann verloren habe, der mir etwas bedeutet hat. Ich werde mich einsam fühlen, wenn er gegen Mittag nicht anruft; wenn wir an den Freitagabenden nicht mit unseren Freunden ausgehen, nicht an den Hochzeiten teilnehmen, zu denen wir eingeladen sind. Ich bin nicht wieder nach Hause zurückgezogen, um hier einsam zu sein, und doch bin ich es und liege in unserem großen Gästebett. Auf dem Nachttisch steht ein paar Jahre altes Foto von Grandpa und Grandma, das auf dem

Debütantinnenball meiner Cousine in St. Louis aufgenommen wurde. Grandpa trägt einen Smoking mit Satinweste und Fliege und Grandma ein langes, blaues Kleid. Tropfenförmige Ohrringe baumeln von ihren Ohrläppchen, und die Kette ist aus den gleichen Kristallen. Grandpa hat den Arm schützend um ihre Schultern gelegt, und eng aneinandergeschmiegt stehen sie entspannt da. Ich blicke Grandpa an und sage: »Ich möchte jemanden wie dich.« Warmherzig, attraktiv, selbstsicher. Er erwidert mein Lächeln, ein Versprechen, dass es solche wundervollen Männer gibt.

Ich kann kaum glauben, dass ich wegen der Trennung so traurig bin. Ich habe sie doch kommen sehen. Es gibt keine Verwirrung, ich brauche nichts zu analysieren, und doch brenne ich darauf, es jemandem mitzuteilen: »Tucker und ich haben uns getrennt.« Mom will ich es nicht erzählen, weil sie mich von Anfang an davor gewarnt hat … und es Chris zu mailen, erscheint mir unpassend. Kann ich Grandma anrufen? Nein. Es ist fast drei. Sie schläft bestimmt.

Aber dann übermannt mich doch der Schlaf, denn als ich aufwache, strahlt die Sonne durch das Fenster des Gästezimmers. Meine Augen sind schwer und brennen, und mein ganzer Körper schmerzt, weil ich zu wenig geschlafen habe. Ich könnte ja liegen bleiben, aber es sieht nicht so aus, als ob die Sonne das zulassen würde. Von unten dringen Geräusche aus der Küche, Türen werden geschlagen, ein Holzlöffel schabt über einen Pfannenboden.

Ich brauche Kaffee.

In der Küche geht Mom, von den Hunden auf Schritt und Tritt verfolgt, ihren Pflichten nach. Sie ist noch im Schlafanzug. »Guten Morgen, Sonnenschein«, sagt sie, als ich sie küsse. »Oh, oh, da hat aber jemand gar nicht gut geschlafen.«

»Nein.« Ich nehme mir einen Löffel. »Aber ich möchte mal deine Soße probieren.«

»Wir haben auf Grandpas Geburtstag alles aufgegessen, und ich wollte neue Soße für Grandma machen, damit sie sie einfrieren kann.«

Ich sage Mom, dass ich sie ihr heute Nachmittag vorbeibringen werde, und dann rufe ich Grandma an, um sie zu fragen, ob sie etwas braucht, weil ich gleich in die Stadt fahre.

»Nein«, erwidert sie, »ich brauche nur dich.«

Ich verzichte auf den Hollywood-reifen Auftritt vor Grandmas Haustür, den ich mir schon ausgemalt habe. *Unser Wochenende war schrecklich. Wir haben gestritten, und er hat mir weh getan, hier, sieh dir die blauen Flecken an …* Dann hätte ich mir die Nase mit dem Ärmel abgewischt (bei großen Gefühlen spielen gute Manieren keine Rolle). *Und ich habe noch nicht einmal einen Fisch gefangen!* Mit diesen Worten wäre ich weinend zu Boden gesunken. *Bitte heile mich!*

Stattdessen zieht Grandma mich einfach hinein, wischt sich die Hände an der Schürze ab und sagt: »Ich backe gerade Muffins für dein …« Sie bricht ab und mustert mich. »Du siehst aus, als hättest du seit Tagen nicht geschlafen.«

Unter ihrem Blick spüre ich, wie mir ein riesiger Pickel am Kinn wächst. Das wird bestimmt einer von denen, die Celeste früher immer als »unverschämten Untermieter« bezeichnete, weil sie sich wochenlang halten und sich weigern, sich ausdrücken zu lassen.

»Der Wochenendtrip muss ja ganz schön anstrengend gewesen sein, was?«

»Ja, Grandma.« Wie soll ich ihr nur sagen, dass ich begriffsstutzig bin und offensichtlich nichts von dem begreife, was sie mir über Männer und Frauen beibringen will. »Ich muss etwas verstehen, und du musst es mir erklären.« Heute habe ich sogar ein Notizbuch dabei, weil ich mir gedacht habe, wenn ich Grandmas Lektionen aufschreibe, dann behalte ich sie wenigstens.

Grandma fragt mich, ob ich etwas trinken möchte.

»Nein, danke.«

Ob sie mir etwas zu essen anbieten kann.

»Das ist sehr großzügig von dir, Grandma, aber ich habe keinen Appetit.«

Ob ich einen Bleistift mit Radiergummi möchte.

Nein, ich schreibe einfach alles auf. Nichts wird ausradiert, und ich werde jedes Wort aufschreiben. Grandma muss mir erklären, wie ich lerne, Kompromisse einzugehen, ohne mich dabei selbst zu verlieren. Ich bitte sie, mir zu erläutern, warum manche Paare so gut miteinander auskommen. Ich erzähle ihr, dass ich am Wochenende versucht habe, Interesse an den Leidenschaften meines Partners zu zeigen, und dass wir am Ende beide verletzt waren. Wann wird meine Sehnsucht nach der Verbindung mit einer anderen Person endlich nicht mehr so schrecklich enden – vor allem für mich?

Ich beschließe, Grandmas Worte so lange aufzusaugen, bis mein Kopf voll ist. Ich bitte sie, sich so klar und direkt wie möglich auszudrücken, damit ich es endlich kapiere.

Wie sie mir erklärt hatte, hat Grandpa sich hauptsächlich um seine Karriere gekümmert. Sie meint, mittlerweile müsste mir klar sein, dass seine beruflichen Ziele für ihn oberste Priorität hatten.

Okay.

Aber sie hatte die Wahl, das zu akzeptieren oder eben nicht.

Diese Entscheidung traf sie jeden Tag aufs Neue. Es war eine unabhängige Entscheidung, und sie lebte damit, auch wenn sie ihn zu einem Termin begleitete und am Empfang auf ihn warten musste, weil sie nicht mit hineindurfte. Und sie durfte nicht mit hinein, weil sie eine Frau war.

Aber sie bereut nichts. Sie hat sich entschieden, dass das für sie in Ordnung war.

Sie wurde jedoch als Tochter einer alleinstehenden Mutter geboren und von vier Erwachsenen aufgezogen: von der Schwester ihrer Mutter, dem Bruder ihrer Mutter, ihrem Großvater und von ihrer Mutter, die allerdings am wenigsten mit ihr zu tun hatte. Meine Urgroßmutter gab deutlich zu erkennen, dass Grandmas Geburt nicht geplant gewesen war und ihre Existenz nur geduldet wurde. Sie war das Ergebnis einer Beziehung, über die sie nie reden durfte.

»Warte, Grandma«, werfe ich ein. »Wer hat dir denn verboten zu fragen?«

»Die Schwester meiner Mutter. Die Botschaft war: ›Frag nicht nach deinem Vater, sonst regt sich deine Mutter auf.‹«

»Ah, okay. Bitte fahr fort.«

Grandma enthüllt mir, dass sie eine ziemlich einsame Kindheit hatte. Sie wuchs in einem großen, viktorianischen Haus voller steifer Erwachsener auf, die mit dem süßen kleinen Mädchen, das sich danach sehnte, geliebt zu werden, nichts anfangen konnten. Grandma sagt, sie hätten immer Katzen gehabt, aber das Haus war so streng, dass die Katzen niemals einen Fuß nach draußen setzen durften. Sie ging zur katholischen Schule (selbst heute gibt es dort nicht viele Schüler, geschweige denn vor siebzig Jahren, als die gesamte Grundschule in einen einzigen Klassenraum passte). Freunde fand sie kaum, weil sie sehr schüchtern war.

Ich kann mich an meine Urgroßmutter erinnern. Sie starb, als ich neun Jahre alt war. Sie hatte immer lange, gefeilte Fingernägel mit feuerrotem Nagellack. Sie trug großen, auffallenden Schmuck und hatte glänzend geschminkte Lippen. Sie lächelte nie, und sie las ständig. Wenn wir sie besuchten, tippte sie mit den Fingernägeln auf die Armlehnen ihres Schaukelstuhls, als ob sie eine Königin sei und wir die gewährte Audienzzeit bereits überschritten hätten. Mein Dad hat mir vor ein paar Jahren erzählt, dass sie manchmal tagelang am Stück geschlafen habe, und er meinte, wenn er heute so darüber nachdenken würde, hätte sie sicher unter einer ernsthaften Depression gelitten. Wer auch immer Grandmas Vater sein mochte, anscheinend hatte Grandma Leona sich selbst verloren, als er sie verlassen hatte. Ihr ganzes Leben lang war sie nur noch der Geist einer Frau.

»Als ich klein war«, Grandma hebt bedeutungsvoll die Stimme, »wollte ich sechs Kinder.«

»Wirklich?«

Sie nickt. »Ja. Das war mein Ziel. Ich wollte viele Kinder und viel Trubel. Und ich war auch sechsmal schwanger, aber das Kind, das nach deinem Dad gekommen wäre, verlor ich. Ich wollte einfach sichergehen, dass ich später kein so einsames und langweiliges Leben führen müsste wie als Kind.« Ihre Stimme wird wieder leise. »Ich habe einfach keine glücklichen Erinnerungen an meine Kindheit.«

Das habe ich verstanden.

Grandma erinnert mich daran, dass sie mir vor ein paar Wochen gesagt hat, ich müsse erst einmal selbst wissen, was ich will, bevor ich mich einem anderen zuwenden kann.

Genau …

Hier ist also die Gleichung: Sie wusste, was sie wollte – Kinder, und Grandpa wusste, was er wollte – Erfolg. Und als sie sich zusammentaten, konnten sie beide ihre individuellen Ziele verfolgen. Und der Preis, den sie dafür zahlte? »Ich akzeptierte all das als Teil meines Lebens«, sagt Grandma. »Ich wollte nie etwas anderes.«

Als sie fortfährt, bittet sie mich zunächst, ihr zu versprechen, nie jemandem zu sagen, von wem sie spricht. Dann erzählt sie mir von einem Paar, das eine sehr unglückliche Ehe führte. »Alles musste nach ihrem Kopf gehen«, sagt Grandma. »Sie hat alle Entscheidungen für ihn getroffen, und er war einfach schwach. Aber wenn er nicht mit ihr zusammen war, dann war er eigentlich ein begabter Mann.«

»Bei seiner Arbeit, meinst du?«

»Nicht nur bei seiner Arbeit, eigentlich in allem. Ihre Familien hatten einen unterschiedlichen Hintergrund, und da ihre sehr traditionell war, musste er seine Art zu leben für sie aufgeben.«

»Nenn mal ein Beispiel.«

»Zum Beispiel die Art, wie sie Weihnachten feierten. Es musste immer so sein, wie es bei ihr zu Hause gewesen war, und er konnte nie mit seiner Seite der Familie zusammen sein. Und alle mussten immer auf sie warten, damit sie einen großen Auftritt hatten.« Grandma streckt die Brust raus. »Jeder sollte tun, was sie wollte. Sie war eine selbstsüchtige, egoistische Person.« Der Mann, erklärte Grandma, stellte seine Bedürfnisse immer hintenan. Er ignorierte die Pläne und Wünsche, die er für sein Leben gehegt hatte, und verlor sich selbst.

»Hat er sein ganzes Leben lang so gelebt?«

»Nein, nicht sein ganzes Leben lang«, erwidert sie. »Schließlich war er ihr ständiges Nörgeln leid und drehte den Spieß um. Er erzählte ihr einfach nichts mehr, und solange sie nicht wusste, was er so trieb, kamen sie gut miteinander klar. Dein Grandpa hätte so jemanden nie geheiratet.«

Wie musste denn die Frau sein, die Grandpa heiraten wollte? Oder, genauer formuliert, welche Eigenschaften suchte er denn bei seiner Partnerin? Ich überlege auch, ob die Redensart »Der richtige Zeitpunkt ist alles« ein Klischee ist oder ob sie einen wahren Kern beinhaltet. Manchmal hatte es ja durchaus so ausgesehen, als hätte ich den perfekten Partner gefunden, aber dann trennten sich unsere Wege schmerzhaft (zumindest mir tat es weh, vielen Dank, Adam Hunt). Konnte es einfach sein, dass es der falsche Zeitpunkt war? Ich frage Grandma, ob sie von vorneherein wusste, dass es zwischen ihr und Grandpa etwas für immer war.

»Ich mochte ihn schon in der Schule«, sagt sie, »aber er behauptete, er habe mich gar nicht gekannt ... das zeigt dir ja am besten, dass wir uns auf unterschiedlichen Ebenen befunden haben. Wenn wir schon in der Highschool miteinander gegangen wären, hätte es nicht funktioniert. Bei einer Beziehung ist es wichtig, dass zwei Menschen zusammenwachsen. Dein Grandpa brauchte ein paar Jahre, um reifer zu werden und zu wissen, was er aus seinem Leben machen wollte.«

»Und es passierte, als er Soldat war.«

»Ja. An jenem Samstagabend kam ich an der Eisdiele vorbei, das habe ich dir ja erzählt, und wir unterhielten uns.«

Grandma sagt, dass Grandpa sie an jenem Abend quasi verzaubert hat. Er war der attraktive, charismatische Junge, den sie von der Schule kannte, aber er gab ihr außerdem das Gefühl, einzigartig zu sein. »Weißt du, Kris, du möchtest bestimmt jemanden, der emotional und intellektuell auf deinem Niveau ist.« Wenn der für mich richtige Partner kommt, erklärt sie mir, dann werden wir sicher nicht die *ganze* Zeit ernsthafte Gespräche führen, aber wenn wir es tun, muss ich spüren, dass er mich auch wirklich hört und versteht – nicht nur die Worte, die ich sage, sondern auch die Botschaften dahinter. Das alles wird er sehen, und danach wird er seine Entscheidung treffen. Meine Hoffnungen sind für ihn keine Bedrohung oder Abschreckung; er wird mir nicht das Gefühl geben, dass ich anstrengend oder kompliziert bin. Im Gegenzug werde auch ich auf seine Ziele eingehen, als ob sie mir genauso wichtig wären wie meine eigenen – und manchmal sogar noch wichtiger als meine eigenen. Und das bringt mir letztendlich die Erfüllung.

Als ich über Grandmas Worte nachdenke, stelle ich fest, dass ich genau das bei Tucker vermisst habe.

»Und jetzt kommt das Wichtigste.«

»Okay.«

»Du weißt, dass ich mir Gedanken darüber gemacht habe, was Grandpa tat, wenn er von zu Hause weg war …«

»Du meinst, du hattest ihn in Verdacht, Zeit mit anderen Frauen zu verbringen?« Ich hatte mich schon öfter gefragt, ob Grandma nicht misstrauisch war, wenn Grandpa so viel auf Reisen war.

»Nein, nein!«, wehrt sie ab. »Ich sage, ich habe mir Gedanken darüber gemacht. Und deshalb haben wir, sobald sich eine Gelegenheit bot, kurz miteinander gesprochen. Wenn alles okay war, ging jeder wieder an seine Arbeit.« Wie würde der Lehrsatz dazu lauten? »Du lebst dein Leben, und er lebt das seine.«

Wow, das gefällt mir.

Während sie die Muffins in eine Plastikdose packt, damit ich sie mit nach Hause nehmen kann, fährt sie fort: »Hier zum Beispiel: Die Muffins unten haben Datteln und Walnüsse – sie sind für deine Mutter. Die einfachen sind für deinen Dad, er hat Nüsse schon als Kind gehasst. Wenn deine Mom Muffins backt, tut sie dann in alle Walnüsse hinein?«

»Nein. Sie macht ein paar ohne alles für Dad, und in den restlichen Teig gibt sie Beeren oder Nüsse für sich.«

»Genau. Du siehst also: Deine Mom und dein Dad sind nicht immer einer Meinung, aber sie zwingen dem anderen ihre Vorlieben nicht auf.«

»Aber sie teilen die gleichen Werte«, überlege ich laut. »Und deshalb essen sie beide auch gerne Vollkorn-Muffins – um gesund zu bleiben.« Ich denke an den frischen Fisch, von dem Chris mir vorgeschwärmt hat, im Gegensatz zu den fettigen Chicken Wings, die Tucker gegessen hatte. Mir wird immer klarer, warum ich mich mit jemandem wie Chris, der es liebt, Neues auszuprobieren, der gerne liest und in fremde Länder reist, mehr verbunden fühle. Football und Pick-up Trucks inspirieren mich eben nicht so … und das ist im Wesentlichen der Grund, warum Tucker und ich uns getrennt haben.

Grandma legt den letzten Muffin in den Plastikbehälter und schließt den Deckel. »Denk dran, ohne alles unten, Datteln und Walnüsse oben.«

»Okay.« Aber ich konzentriere mich nicht wirklich darauf, sondern denke über unser Gespräch nach.

Grandma lacht über meine angestrengte Miene. »Es ist ganz leicht, Liebes«, sagt sie und umarmt mich. »Du musst nur ein Individuum sein und deinen Partner auch so lassen, wie er ist.«

Auf der Heimfahrt versuche ich, Grandmas Lektion zu wiederholen, aber auf Italienisch. Meine Übersetzung ist zwar nur auf Vorschulniveau, aber ich genieße die rollenden R. Schon im Lokal am Abend zuvor ist mir klargeworden, wie sehr ich es vermisse, Italienisch und mit Händen und Füßen zu sprechen. Allein im Auto, versuche ich mich an einem einseitigen Gespräch mit meiner Urgroßmutter Angeladea (was übersetzt etwa »Engel Gottes« heißt). Vermutlich ist sie die einzige Person, die mein Italienisch im Himmel hören kann. Ich frage sie, woher sie wusste, dass mein Urgroßvater der richtige Mann für sie war.

Angela war Grandmas Schwiegermutter, und in den ersten Jahren von Grandmas Ehe mochte Angela ihre Schwiegertochter nicht. Grandma sagt, sie weiß nicht, warum, aber vielleicht mochte Angela lieber Frauen mit Rückgrat. Als ich ein Kind war, erklärte meine Urgroßmutter mir einmal mit ihrem schweren italienischen Akzent, ich solle keine Kinder bekommen, bevor ich das College beendet hätte. Und ich solle auf jeden Fall nur einen Mann heiraten, der nett zu mir ist. Grandpa hat wahrscheinlich seine Unabhängigkeit und sein Pflichtbewusstsein von seiner Mutter geerbt, und es gibt zwei Geschichten über Angela, an die ich gerne denke.

Als meine Eltern gerade geheiratet hatten, besuchten sie Angela in der Wohnung, in der sie lebte, nachdem mein Urgroßvater Zaccharia Ende der 1970er Jahre gestorben war. Ihr Papagei krächzte während ihres Besuchs ständig »Hurensohn! Hurensohn!«. Grandma Angela schaute meine Eltern an und sagte: »Ich weiß nicht, wer dem Vogel beigebracht hat zu fluchen.« Dad antwortete: »Das musst du gewesen sein, Grandma! Er spricht mit deinem Akzent!« Daraufhin warf sie den Kopf zurück und lachte, bis ihr die Tränen über die Wangen liefen.

Die andere Geschichte ist genauso hinreißend, zeigt jedoch noch mehr von Grandma Angelas Charakterstärke. Nachdem sie und Grandpa Zachary (wie er dann in den USA hieß) sich mit ihrem fast ein Dutzend Kindern auf einer Farm in Pennsylvania niedergelassen hatten, betätigte Grandpa Zach sich als Unternehmer. Für einen Immigranten war er sehr erfolgreich, aber er war häufig von zu Hause weg (das hat Grandpa wahrscheinlich von seinem Dad), und Grandma Angela stellte fest, dass am Haus einiges zu reparieren war. Die Wasserpumpe im Hof war viel zu langsam und musste erneuert werden, damit sie die Wäsche für ihre zehn Kinder waschen konnte. Grandpa Zach schob die Reparatur immer wieder auf, und als er eines Tages unterwegs war und Angela mit Babys, Abendessen und Wäsche jonglierte, lief das Wasser auf einmal gar nicht mehr. Sie ging mit einer Axt nach draußen und hackte auf die Pumpe ein, bis sie völlig kaputt war. Angela rieb sich zufrieden die Hände. Als Grandpa Zachary nach Hause kam, erklärte sie ihm in aller Ruhe: »Die Wasserpumpe ist heute kaputtgegangen. Wir brauchen eine neue.« Am darauffolgenden Tag installierte er mit seinen Freunden eine brandneue moderne Wasserpumpe.

Angela war eine liebenswerte, freundliche Frau, aber wenn es sein musste, war sie stark. Sie zeigte allen, dass die Bedürfnisse einer Frau genauso wichtig sind wie diejenigen eines Mannes ... ich frage mich, ob es ihr als Schwiegermutter nicht vielleicht auf die Nerven ging, dass Grandma Glo in ihrer Ehe nie den Mund aufmachte.

Ich stelle mir vor, wie Angela vom Himmel herunterschaut und lacht, über meine schlechte Männerwahl und über mein schlechtes Italienisch. Und vielleicht sagt sie: Du machst es schon richtig. Der beste Weg, in den Himmel zu kommen, ist, furchtlos zu sein und so zu tun, als ob du schon da wärst. Du bist einzigartig. Du existierst als die Person, die du bist, und der richtige Mann wird in dein Leben treten.

»Ah«, sage ich auf Italienisch, »vielleicht hast du recht, *Nonna*.« Dank der Frauen, die vor mir waren, bin ich bei dieser Unterhaltung nicht allein.

7

Du musst verzeihen können

Meine Eltern streiten sich selten. Zwar erinnere ich mich an ein paar unangenehme Wortwechsel, als ich ein Kind war – Mom gab zu viel Geld für Kleider aus, Dad blieb zu lange mit seinen Kumpels weg. Aber im Großen und Ganzen gehen sie liebevoll und zärtlich miteinander um.

Deshalb finde ich es bis zum heutigen Tag auch seltsam, dass es an Weihnachten immer Streit gibt. Der Weihnachtskonflikt beginnt für gewöhnlich mit dem Baum. Dad schlägt den Baum selber, und wenn er zurückkommt, steht Mom schon in der Tür, um den Baum zu begutachten. Hm. Warum hast du dieses Jahr einen größeren genommen? Hatten sie nur Blautanne? Wie sieht der denn aus, ist ein Bär darüber hergefallen? Unser Baumschmuck ist gar nicht groß genug, um die kahlen Stellen zu verdecken.

Und dann eskaliert es für gewöhnlich, und beim Schmücken ist der Spaß vorbei. Wo ist denn das ganze Lametta geblieben? Der Christbaumständer ist ja gar nicht verdeckt. Wer hat die Strümpfe für die Hunde verlegt? Der elektrische Nikolaus, der bei uns immer auf die Baumspitze kommt, setzt dem Ganzen noch die Krone auf. Er wackelt verführerisch mit den Hüften und winkt wie ein Irrer.

Als ich dreiundzwanzig wurde, war ich der Begeisterung für Weihnachten vollends entwachsen. An Heiligabend fuhr ich nach einem langen Arbeitstag acht Stunden mit dem Zug von New York nach Hause. Dort angekommen, schlüpfte ich als Erstes in meinen Trainingsanzug. Ich schaffte es irgendwie, über drei Feiertage acht Pfund zuzunehmen, bis ich mich dann schließlich tränenreich wieder von der Familie verabschieden musste. Die Geschenke ließ ich zu Hause, sie hätten weder in den Zug noch in mein winziges Apartment gepasst. Damals wurde mir klar, warum so viele Menschen Angst vor den Feiertagen haben: Gleichgültig, wie sehr man seine Familie liebt, es stellt auf jeden Fall eine Herausforderung dar, tagelang auf engstem Raum mit allen zusammen zu sein.

Aber im Jahr zuvor lebte wenigstens Grandpa noch. Über Thanksgiving war ich in Mailand und versuchte mich mit ein paar Freunden an einem Kürbiskuchen-Rezept. Die Italiener verwenden nur frischen Kürbis, deshalb mussten wir ihn kochen und pürieren. Weil wir keinen braunen Zucker bekamen, nahmen wir Ahornsirup. Die kleinen Kuchen schmeckten lecker, und ich war dankbar dafür, dass meine Freunde um mich herum waren, aber sie waren eben nicht meine Familie. Mom hatte mich am Morgen ihrer Zeit angerufen, als sie gerade den Truthahn aus dem Backofen zog und auf das Eintreffen der Familie wartete. In Italien war es bereits Nachmittag. Ich brachte gerade die Kinder, die ich betreute, zu ihren verschiedenen Sportkursen und schwor mir, während ich den Vespas auf der Straße auswich, nie wieder Thanksgiving außerhalb von Amerika zu feiern.

Zu Weihnachten flog ich nach Hause. Ich machte mich sorgfältig zurecht, bevor wir zu meiner Tante gingen, weil ich ein halbes Jahr lang von zu Hause weg gewesen war und wirklich gut aussehen wollte, wenn alle mich sahen. Ich trug ein schwarzes Wickelkleid, das ich mir in Venedig gekauft hatte, und mit Strass besetzte Satinpumps. Meine Haare steckte ich auf, und eine passende Kette fand ich in Moms Schmuckkasten. Ich wurde mit großem Hallo begrüßt, und als wir an Tante Loris riesigem Weihnachtsbaum Fotos machten, blickte ich durchs Zimmer zu Grandpa, der über den Aufruhr, den seine Enkel verursachten, lächelte. Es war jedoch nicht zu übersehen: Er saß im Rollstuhl.

Beim Essen stimmte ich in die allgemeine Fröhlichkeit mit ein, zwinkerte Grandpa zu und tat so, als sei dieses Weihnachtstreffen so wie die anderen zuvor, aber insgeheim wussten wir alle, dass es das letzte Weihnachten mit Grandpa sein würde. Als er einen Monat später starb und ich dasselbe schwarze Kleid anzog, um die Trauerrede zu halten, wurde mir klar, warum ich mich an Weihnachten mit solcher Sorgfalt zurechtgemacht hatte: Ich wusste, dass er mich zum letzten Mal sehen würde.

Dieses Jahr versetzt es mir einen Stich ins Herz. Wie kann die Familie feiern, wenn die Person, die wir am meisten geliebt haben, nicht mehr da ist? Tante Anna, die Frau von Grandpas jüngstem Bruder (und meine Großtante; als ich acht war, hat sie mir beigebracht, wie man Gnocchi macht), schickt mir vor Thanksgiving eine E-Mail.

Hallo Liebes,

ich hoffe, du und deine Familie feiert ein wundervolles Thanksgiving mit deiner Grandma. Sie sagt, der Gedanke an die Feiertage stimmt sie melancholisch. In solchen Zeiten vermissen wir unsere Liebsten am meisten.

Pass gut auf dich auf. Gott segne dich.

Alles Liebe,

Tante Anna und Onkel Frank

Als Teil ihres Trauerbegleitungsprogramms haben die Schwestern im Hospiz Grandma erzählt, dass manche Familien für die Verstorbenen einen Stuhl am Tisch frei lassen und ein Gedeck auflegen. Grandma sagt, dass sie das auf keinen Fall aushielte. Ich hingegen frage mich, ob es nicht einen Versuch wert wäre, aber ich kann sie ja nicht dazu drängen. Wenn es mir schon schwerfällt, Weihnachten ohne Grandpa zu verbringen, wie mag es dann erst Grandma gehen. Sie meidet Kaufhäuser, weil sie sagt, sie kann die Dekoration und die Musik nicht ertragen. Der Geist der Weihnacht löst bei ihr das genaue Gegenteil dessen aus, was beabsichtigt ist.

Zwei Sonntage vor Thanksgiving gehe ich mit ihr zu einem Trauervortrag im Krankenhaus. Der Titel ist »Feiertagshoffnung«, und es geht darum, wie man mit den Festlichkeiten im ersten Jahr nach dem Tod eines Angehörigen zurechtkommt. Grandma meint, der Vortrag richte sich wohl speziell an Witwen, aber ich merke ihr an, dass sie nicht alleine dorthin gehen möchte. Da mich der psychologische Aspekt interessiert, begleite ich sie.

Bei den etwa ein Dutzend Personen, die um den Tisch herumsitzen, sind alle Altersgruppen vertreten. Ich höre, wie die Frau, die uns gegenübersitzt, zu ihrem Mann sagt, sie glaube, sie halte das nicht durch. Ich bekomme mit, dass sie ein Kind verloren haben. Auf einem langen Tisch an der Wand liegen bunte Prospekte über die verschiedenen Phasen des Trauerns. Grandma nimmt ein paar und flüstert mir zu, dass ihr die meisten viel zu ernst seien. Ich nehme mir je einen der unterschiedlichen Prospekte.

Die Vortragende ist eine große Frau etwa Anfang sechzig. Ihre Haut ist jedoch so wettergegerbt, dass sie älter aussieht. Sie hat einen Doktor in Erziehungswissenschaften und arbeitet normalerweise mit trauernden Kindern, doch nachdem sie sich gesetzt hat, erklärt sie, warum ihre Augen so traurig sind. Sie war achtundzwanzig und hatte zwei kleine Kinder, als ihr Mann plötzlich an Krebs starb, und dann ist ihr Sohn mit siebenundzwanzig bei einem Jagdunfall ums Leben gekommen. Sie sagt, sie kann sich in Trauernde gut hineinversetzen, weil sie die Erfahrung bereits zweimal gemacht hat. Noch dreißig Jahre nach dem Tod ihres Mannes treten ihr die Tränen in die Augen, als sie erzählt, dass er kurz vor Thanksgiving, als er schon im Sterben lag, den Krankenhaus-Nikolaus für seine Kinder engagiert hat.

Die Frau erzählt uns, bei ihren Tragödien sei ihr klargeworden, dass man sich um sich selbst kümmern muss und nicht auf das hören sollte, was andere Menschen für richtig halten. Sie erzählen einem, man solle Weihnachten genauso feiern wie immer, man solle den Kindern ein lächelndes Gesicht zeigen, man solle daran arbeiten, dass man den Verlust ein Jahr danach überwunden hat. Aber seit dem Tod ihres Mannes sind genau dreiunddreißig Jahre vergangen, und obwohl der Schmerz mit den Jahren geringer wird, kommt man über den Tod eines geliebten Menschen nie ganz hinweg. Sie sagt, dass man nach einem solchen Verlust nie mehr so wie vorher wird.

»Feiertage bedeuten Familie«, fährt sie fort, »aber dieses Jahr wird jemand nicht dabei sein, der sonst immer da war. Das lässt die Trauer wieder aufleben. Die Toten gehören auch nach ihrem Tod noch zur Familie.« Aus den Augenwinkeln sehe ich, wie Grandma sich unter ihrer Brille die Augen mit einem Taschentuch abtupft.

»Aber«, erklärt die Vortragende, »Hoffnung ist das Einzige, was uns durch die schweren Zeiten in unserem Leben trägt. Wir können hoffen, dass die Feiertage auch einmal wieder Freude bringen statt verzweifelter Traurigkeit. Und wir können eine besondere Kerze auf den Tisch stellen oder etwas an den Weihnachtsbaum hängen, um auszudrücken, was uns diese Person bedeutet.« Wir können sie zwar nicht mehr sehen, aber wir können mit einem Schmuckstück oder einer Pflanze ein sichtbares Zeichen setzen, dass der Verstorbene immer noch in unserem Herzen und unserem Heim präsent ist. Das trägt dazu bei, dass wir uns an unsere Toten erinnern, und hilft, die Hoffnung zu erhalten, dass man sich im Himmel oder in einem anderen Leben wiedersieht.

Am Ende ihres Vortrags hält sie eine kleine Zeremonie ab, zündet vier Kerzen an und spricht dazu ein paar Zeilen:

Wir zünden diese Kerzen dir zu Ehren an, du geliebter Mensch. Wir entzünden eine für Trauer, eine für Mut, eine für Erinnerungen und eine für Liebe.

Diese erste Kerze repräsentiert unsere Trauer. Der Schmerz, dich verloren zu haben, sitzt sehr tief. Er erinnert mich an die Tiefe meiner Liebe zu dir.

Diese zweite Kerze repräsentiert unseren Mut, uns dem Kummer zu stellen, einander zu trösten, unser Leben zu ändern.

Diese dritte Kerze ist unsere Erinnerung an dich – die Zeiten, in denen wir gelacht haben, die Zeiten, in denen wir geweint haben, die Zeiten, in denen wir wütend aufeinander waren, die dummen Dinge, die du getan hast, die Fürsorge und die Freude, die du uns geschenkt hast.

Diese letzte Kerze ist das Licht der Liebe. Tag für Tag werden wir an diesem Weihnachtsfest den besonderen Platz in unserem Herzen ehren, der immer für dich reserviert ist. Wir danken dir für das Geschenk, das du jedem von uns mit deinem Leben gemacht hast.

Ich tätschele Grandmas Schulter. Wie die anderen in der Gruppe schnieft auch sie laut. Die Frau geht an den Tischen entlang, um die Votivkerzen anzuzünden, die vor jedem von uns stehen. Ich sitze am Ende des Tisches, deshalb zündet sie meine Kerze zuerst an. »Wir entzünden diese Kerze zur Erinnerung an …«

Oh, ich muss antworten. »George Gasbarre.«

Sie tritt zu Grandma. »Wir entzünden diese Kerze zur Erinnerung an …«

»Grandma holt tief Luft. »George … Gasbarre.«

Dann darf sich jeder eine durchscheinende Kugel aus einer Schachtel nehmen. Sie bittet uns, die Kugel zu öffnen, eine kleine Nachricht für unseren geliebten Toten zu schreiben und sie hineinzustecken. Ich sage zu Grandma: »Was für eine Farbe möchtest du haben?«

»Grün oder blau.«

»Ich auch. Nimm du doch zuerst, und ich nehme dann die andere.«

Grandma wählt die grüne Kugel, wahrscheinlich weil es sie an Grandpas Firmenlogo erinnert und weil es seine Lieblingsfarbe war.

Und mich erinnert die Farbe Blau an Grandpas Augen – und auch ein wenig an Chris' Augen.

Ich falte meinen Zettel so, dass niemand die Worte lesen kann, aber Grandma überrascht mich, weil sie den Text nach außen durchscheinen lässt. Ich frage mich, ob sie wohl gerne wissen möchte, was ich geschrieben habe. Auf meinem Zettel steht, dass ich alles, was ich tue, für ihn tue, dass ich weiß, dass er sich um jedes Detail in meinem Leben kümmert, und dass ich ihn liebe.

Einen Teil dessen, was Grandma geschrieben hat, kann ich lesen: *Du bist das Licht meines Lebens.*

Am Freitag darauf – eine Woche vor Thanksgiving – sind wir kaum vom Flughafenparkplatz herunter, als Chris schon seine Mailbox abhört. Er muss dieses Wochenende Patientenanrufe der vergangenen sechs Wochen abhören, und ich versuche, Mitgefühl zu zeigen, aber in Wahrheit macht es mich so nervös, endlich wieder neben ihm zu sitzen, dass ich seine Worte kaum höre. Seine Reisekleidung steht ihm gut: eine coole Cargohose aus Nylon und eine enge schwarze Jacke. Auf seinen glatten Haaren sitzt seine alte College-Baseballkappe. Er müsse nur rasch diesen einen Anruf machen, flüstert er mir zu, und dann würde er mir alles über die Reise erzählen. Ich nicke und trinke einen Schluck aus meinem Becher mit Eiskaffee.

In den ersten beiden Minuten seines Anrufs versucht er hektisch, den Ton meines Navigationssystems leiser zu stellen. Schließlich bedeutet er mir, dass es ihn wahnsinnig macht, und zeigt auf das kleine Kästchen auf meinem Armaturenbrett.

»Ich brauche es aber«, flüstere ich. »Ich kenne mich in Newark nicht aus.« Resigniert lässt er den Kopf gegen die Kopfstütze sinken, bleibt aber dann für den Rest des Telefonats ruhig. Er vereinbart für Montag ein Treffen mit einem Kollegen. Als er auflegt, wendet er sich mir zu und will wissen, was es Neues gibt.

»Nun, ich habe zwei Geschichten in den letzten sechs Wochen verkauft, was mich ziemlich glücklich macht«, sage ich. »Und dann, na ja, das ist nicht ganz so glücklich ... Tucker und ich haben uns getrennt.«

»Das tut mir leid.« Ein Teil von mir hofft, dass er nicht aufrichtig ist. Ich erwidere, es sei schon okay für mich. Diese Dinge passierten eben, und ich sei seitdem viel ausgeglichener.
»Na, das sagt ja alles«, erwidert er.

»Das finde ich auch. Ich habe sechs Pfund abgenommen, nur weil ich mich nicht mehr von Pizza und Bier ernähre.«

»Ich wollte gerade sagen, du siehst phantastisch aus.«

»Ja?«

»Ja, super.«

»Obwohl … es ist mir ja peinlich, das zu erwähnen, aber was, glaubst du, ist mit meinem Gesicht los?«

»Du hast ein paar Pickel mehr, was?«

»Ich nehme das Mittel, das du mir gegeben hast, aber aus irgendeinem Grund hilft es nicht.«

»Nimmst du die Pille?«

Was soll das denn? »Äh, nun … im Moment nicht.«

»Bis wann hast du sie genommen?«

»Bis vor … zwei Wochen.«

»Nun, wir sollten überlegen, ob du sie wieder nehmen solltest, weil die Hormone bei der Regulierung helfen …«

»Chris, ich möchte die Pille wirklich nur nehmen, wenn es nötig ist. Mit meinem Zyklus ist alles in Ordnung.« Oh, mein Gott. Ich habe nicht nur seine Frage beantwortet, sondern ihn auch noch ganz nebenbei darüber in Kenntnis gesetzt, dass ich in der Lage bin, Kinder zu kriegen.

Nur für den Fall, dass er sich das gefragt haben sollte.

Einen kurzen Moment sitzen wir schweigend nebeneinander. »Okay«, sagt er dann. »Das sind ja eigentlich hervorragende Neuigkeiten. Das können nicht viele Frauen von sich sagen.«

»Ich hasse es, der Natur ins Handwerk zu pfuschen. Aber …« Ich tippe vorsichtig auf den sprießenden Pickel an meinem Kinn. »Den hier muss ich wirklich wegbekommen.«

Er schlägt mir vor, morgen zu ihm in die Praxis zu kommen. Dann ist Samstag, und er hat nur einen Termin. »Und jetzt«, er greift in den Rucksack, der zwischen seinen Beinen auf dem Boden steht, »vergiss alles, was du jemals über Schokolade gehört hast. Es stimmt nicht.« Er holt eine braune, glänzende Schachtel mit rosa Schleifenband heraus. »Tut mir leid, aber es lohnt sich wirklich. Dunkle Schokolade aus Indonesien. Kris, sie schmeckt phantastisch.«

Ich stecke mir einen dunklen Würfel in den Mund, der laut Chris Orangenlikör enthält. Ich beiße hinein. Ja, Orange. Ich lasse sie mir gemeinsam mit der Schokolade auf der Zunge zergehen. Nachdem wir die kleine Schachtel leer gegessen haben, wenden wir uns den Snacks zu, die ich mitgebracht habe – Bananen, Orangen und Bio-Graham-Cracker.

»Diese Graham-Cracker sind gut!«, sagt er.

»Ja?« Ich strecke die Hand aus, und er legt ein paar bärenförmige kleine Cracker hinein.

Während der fünfstündigen Fahrt erzählt er mir von seiner Reise – wie herzlich ihn die Verwaltung des Krankenhauses aufgenommen hat, wie sie ihn überall herumgeführt haben und wie anders die Sitten und Gebräuche dort sind. Die Kultur in Südostasien sei so offen und direkt, wie man es in ganz Amerika nicht fände. »Selbst die Leute von der Klinikverwaltung, Kris. Mitten in einem geschäftlichen Gespräch legen sie dir auf einmal die Hand auf den Arm.« Er legt seine Hand auf meine und lässt sie dort liegen. Ich fühle mich wie elektrisiert.

Unwillkürlich räuspere ich mich und sage leise: »Sie müssen sehr freundlich sein.«

»Ja, das sind sie.« Er zieht seine Hand wieder zurück.

Zu Hause fahren wir am Krankenhaus vorbei, weil er nach einer sechzehnjährigen Patientin schauen möchte, die mit dem Truck ihres Freundes gegen einen Baum gefahren ist. Chris stellt mich einfach als Krissy vor und macht keine Anstalten, meine Anwesenheit zu erklären. Er nimmt dem Mädchen den Verband ab, um ihren gebrochenen Kiefer zu inspizieren. »War da vielleicht ein bisschen Alkohol im Spiel, Süße?«, fragt er das Mädchen, das seinen tätowierten Arm schützend um eine Akustikgitarre gelegt hat.

Durch ihre verdrahteten Zähne antwortet sie: »Weiß nicht.«

»Verstehe.«

»Ja, vielleicht ein bisschen Alkohol.«

»Okay. Ich muss nur wissen, was, weil dein Körper dann bei der Behandlung möglicherweise anders reagiert. Ich will dich nicht anzeigen.«

»Okay.«

Chris bittet das Mädchen, etwas für uns auf ihrer Gitarre zu spielen. »So gut bin ich nicht«, antwortet sie. Sie trägt ein Led-Zeppelin-T-Shirt und weite Jeans mit ausgefranstem Saum.

»Bitte«, schmeichle ich. »Ich höre so gerne Gitarre.« Ich sehe ihr an, dass sie überlegt, aber dann zuckt sie mit den Schultern und schlägt ein paar Akkorde an. Bei der letzten Note spielt sie ein melancholisches, einsames Vibrato.

»Siehst du?« Ich lächele sie an. »Das war großartig.«

»Ist das von dir?«, fragt Chris ungläubig.

»Ja.« Sie kichert verlegen. Chris schüttelt ihr die Hand und verspricht, am Wochenende noch einmal nach ihr zu schauen. »Oh, hey«, fügt er dann hinzu. »Warst du in der letzten Zeit häufig auf der Toilette?«

Sie überlegt kurz. »Ja, ich glaube schon.«

»Okay. Ich sage den Schwestern Bescheid, dass sie deine Infusion abmachen sollen. Du hast ein bisschen zu viel Flüssigkeit.«

»Hey, Doktor«, sagt das Mädchen. »Sie müssen mich hier

bald herauslassen. Ich bin nicht versichert. Und meine Eltern haben auch so schon genug Probleme.«

»Wir kümmern uns darum, Schätzchen«, erwidert Chris. Ich höre es gerne, wenn er so liebevoll mit seinen Patienten redet. »Du musst schnell wieder gesund werden, und dafür muss ich dich noch eine Woche hierbehalten.«

Arm in Arm verlassen wir das Krankenhaus, und es bereitet mir diebische Freude, dass alle Krankenschwestern die Hälse recken und sich fragen, wer wohl die Frau an der Seite von Dr. Christopher ist.

Durch diese Krankenhausflure bin ich in der Woche zuvor auch mit Grandma gegangen, als wir auf dem Weg zu dem Trauervortrag waren. Da jedoch sind wir an jeder Ecke stehen geblieben und haben uns ratlos die Köpfe gekratzt, weil wir nicht wussten, in welche Richtung wir gehen sollten. »Dein Großvater wusste immer, wo wir hingehen mussten.«

»Ich weiß«, erwidere ich. »Das habe ich leider nicht von ihm geerbt.« Ich war jedoch beeindruckt, als sie uns instinktiv zum richtigen Raum führte. Mit Chris ist es allerdings etwas ganz anderes. Schnell eilen wir durch die Gänge, und mit seinem Ausweis kann er sogar festverschlossene Türen öffnen. Während ich neben ihm herlaufe, ist es nicht so sehr sein Status, der mich beeindruckt, als vielmehr sein Wissen und sein Können. Woher wusste er, dass das minderjährige Mädchen getrunken hatte? Und wie hat er sie dazu gebracht, ihm das zu gestehen, obwohl sie sich dadurch in diese missliche Lage gebracht hat und noch nicht einmal krankenversichert ist? Und wie kam er darauf, sie zu fragen, ob sie sich unwohl fühlt, weil sie zu oft auf die Toilette gehen muss? Chris hat eine Art, mit den Patienten umzugehen, die dafür sorgt, dass ich mich einfach *sicher* bei ihm fühle.

Wenn mir je etwas passieren sollte, beschließe ich, möchte ich zu ihm gebracht werden. Auf dem Parkplatz bittet er mich, ihm die Autoschlüssel zu geben, damit er uns nach Hause an den See fahren kann. Es beunruhigt mich nicht, dass er seit mehr als einem Tag nicht mehr geschlafen hat; ich vertraue ihm blind.

Er setzt mich zu Hause ab, und ich frage mich, warum er aussteigt, als ich zum Haus gehe. »Kris?«, ruft er mir nach.

Ich drehe mich um.

»Ich habe etwas für dich.« Er hält etwas in Händen, das in Papier eingeschlagen ist.

Ich blicke ihn an. »Was ist das?« Er legt mir den Beutel in die Hände. »Soll ich ihn gleich aufmachen?«

Er nickt.

Ich ziehe einen weichen Schal heraus, der sich bis zu meinen Füßen ausrollt. Er ist dunkelgrau, bestickt mit winzigen rosafarbenen und blauen Blütenknospen, die durch eine zarte, grüne Ranke miteinander verbunden sind. Unwillkürlich drücke ich ihn an die Nase. Er riecht ein wenig nach ihm. »Chris«, flüstere ich. »Danke. Das ist der schönste Schal, den mir ein Mann je geschenkt hat.« Es stimmt.

»Er ist aus reiner Kaschmirwolle.«

»Ich hätte mir selbst keinen schöneren aussuchen können.«

Er sagt, er habe ihn in einer asiatischen Hauptstadt entdeckt und er habe ihn gleich an mich erinnert. Ich umarme ihn. Am liebsten würde ich weinen! *Sei nicht albern! Denk daran, was wir sind!* Trotzdem muss ich mich zwingen, mich von ihm zu lösen. Als ich mich wieder zum Gehen wende, eilt er zu seinem Auto zurück.

»Chris?«

Er dreht sich um.

»Deine Familie ist ja nicht hier. Hast du am Donnerstag schon etwas vor?«

»Donnerstag … was ist denn am Donnerstag?«, fragt er.

»Thanksgiving.«

»Ach ja, Thanksgiving! Mmh …« Er überlegt und teilt mir mit, dass er am Freitag wieder nach New Jersey muss, aber Thanksgiving noch nichts vorhabe.

»Du bist herzlich zu uns eingeladen. Wir essen bei meiner Tante und meinem Onkel, aber erst am Abend, damit man den Tag noch hat, um alles zu erledigen, was so anfällt.«

Er meint, das klänge perfekt, bedankt sich für die nette Einladung und verspricht, etwas mitzubringen.

Ich renne durchs Haus, als stünde ich in Flammen, während Chris in seinem SUV wegfährt. »*Mom!*«, brülle ich. »*Chris kommt an Thanksgiving!*«

Am nächsten Morgen gehe ich online und bestelle eine Seidenbluse, mit der ich schon lange liebäugele. Sie ist grün und hat romantische Puffärmel. Mit einer schwarzen Hose wird sie das perfekte Thanksgiving-Outfit sein. *Danke für diesen netten, gebildeten Mann, der diesen wichtigen Feiertag mit meiner Familie verbringt.* Und obwohl mich die Wildlederstiefeletten, die mir ebenfalls ins Auge stechen, ein kleines Vermögen kosten, bestelle ich sie auch gleich. Thanksgiving ist schon in fünf Tagen – ich sollte mir besser schon mal Unterwäsche und Schmuck herauslegen.

Am Sonntag ruft meine Tante an und fragt, ob es irgendetwas gäbe, was Chris nicht isst, und ob er einen Lieblingscocktail hätte. »Er ist wie ich, er isst alles. Aber er trinkt kaum Alkohol«, erwidere ich. Ich klemme mir das Telefon zwischen Wange und Schulter und ziehe einen Push-up-BH aus der obersten Kommodenschublade. Kaum hat meine Tante aufgelegt, ruft Grandma an und redet aufgeregt auf mich ein. »Ich weiß, Grandma, ich bin auch ganz aus dem Häuschen! Der arme Kerl hatte gar nichts vor!«

Donnerstagmorgen gehe ich laufen, dann mache ich mein Zimmer sauber. Chris und ich wollten noch ein paar Unterlagen durchsehen, bevor wir zu meiner Familie gehen, und mein Wohnraum soll perfekt aufgeräumt sein, da er ihn zum ersten Mal zu sehen bekommt. Da ich schon mal dabei bin, räume ich auch meine persönlichen Akten und meinen Schrank auf und werfe Dinge weg, die ich schon seit dem College entsorgen will.

Gerade als ich meine Putzsachen zusammenpacke, stelle ich fest, dass ich einen Anruf verpasst habe. Ah, das ist er, wahrscheinlich will er die Uhrzeit bestätigen.

»Hi, Kris!« *Jaaa!* »Ich wünsche dir ein frohes Thanksgiving. Ich verbringe meinen Tag damit, mich auf diesen Wangenknochen-Kurs in Philly vorzubereiten …« Seine Stimme wird leiser, und er klingt müde. »Und hör mal, ich sage es nicht gerne, aber rechnet heute Abend nicht mit mir. Ich bin heute Nacht zu einer Operation gerufen worden, und ich bin völlig erschöpft.« *Oh nein …* »Ich lege mich jetzt etwas hin und rufe dich später an, um dir Bescheid zu sagen, ob ich kommen kann.«

Mir wird das Herz schwer. Wie ein Zombie gehe ich hinunter in die Küche. »Er weiß nicht, ob er kommen kann«, sage ich betrübt zu meiner Mutter, die gerade braunen Zucker auf einen Berg von Süßkartoffeln sprenkelt.

»Oh nein! Oh, Liebes … was hat er gesagt?«

Ich schüttele den Kopf. »Er ist gestern Nacht zu einer Operation gerufen worden, und er ist müde und muss sich auf seine Reise morgen vorbereiten …«

»Aber es ist doch Thanksgiving«, erwidert Mom, sichtlich

erschüttert. »Irgendwann muss er sich doch auch einmal von der Arbeit erholen. Kommt er definitiv nicht?«

»Nun, er hat sich die Möglichkeit offengelassen, aber, ehrlich gesagt, glaube ich nicht daran.«

»Ja«, sagt Mom, »du hast recht. Wir sollten uns nicht zu viel erhoffen.«

Die ganze Zeit hätte ich beim Kochen oder Backen helfen können, und stattdessen habe ich mein Zimmer fein säuberlich aufgeräumt.

Wieder einmal habe ich meine Zeit verschwendet.

Ich trage die Bluse trotzdem und denke, dass meine Familie den schönen Anblick viel mehr verdient hat als irgendein blöder Typ, der doch nicht auftaucht. Gerade als ich mit Mom und Dad das Haus verlasse, bekomme ich eine SMS, in der Chris schreibt, dass er immer noch halb schläft. *Feiere mit uns*, schreibe ich zurück.

Onkel Phil kommt lächelnd auf mich zu. »Leistet Chris uns Gesellschaft?«, fragt er.

»Nein, Onkel Phil. Gerade hat er endgültig abgesagt.«

Bevor wir uns am Buffet bedienen, spricht Onkel Phil ein Dankgebet. Wir senken alle die Köpfe. Als ich in der Schlange zum Essen anstehe, frage ich mich, neben wem ich wohl heute sitzen werde, nachdem sich mein Date als Flop erwiesen hat. Am Tischende sitzt eine einsame Gestalt: Grandma. Sie blickt mich an, als ich meinen Teller neben sie stelle, und wir grinsen uns schief an. Sie hat Tränen in den Augen, und ich sehe ihr an, dass sie erleichtert ist, jetzt jemanden neben sich zu haben.

Die heutige Absage macht mich so schwach, dass ich kaum mein Fleisch schneiden kann. Ich habe Angst, in Tränen auszubrechen, wenn mich jemand anspricht. Ob es Grandma ähnlich geht? Wir wirken wohl beide sehr abweisend, so viel negative Energie strahlen wir aus. Ich konzentriere mich so sehr darauf, meine Tränen zurückzudrängen, dass ich kaum essen kann. Schließlich bricht Grandma das Schweigen: »Er kommt nicht.«

»Nein«, flüstere ich.

Sie tupft ihren Mund ab und legt die Serviette neben ihren Teller. Dann greift sie nach meiner Hand, die auf meinem Schoß liegt, und flüstert: »Ich weiß, wie du dich fühlst, Liebes. Aber letztlich wirst du ihm verzeihen. Verzeihen bedeutet Frieden.« Eine Träne rollt mir über die Wange und fällt auf meine Seidenbluse.

Um uns herum herrscht Trubel im Haus meiner Tante. Grandma und ich sind die einzigen stillen Gestalten inmitten einer Geräuschkulisse aus dem Klingen der Gläser, dem Knistern des Feuers und dem Summen der Gespräche. Dies ist der Preis, den ich dafür zahle, dass ich einen Mann wie meinen Großvater will – heute Abend ist keiner von beiden da.

Wie durch einen Nebel dringt die Stimme meiner Tante an mein Ohr, die vorschlägt, ich solle ein Glas Champagner trinken. Grandma jedoch schirmt mich ab von den gutgemeinten Ratschlägen der anderen Familienmitglieder und Freunde und weist sie kühl zurück. *Macht ihr keine Vorschläge, wie sie mit ihrer Niederlage umgehen soll,* sagt ihr eisiger Blick, und sie tun ihr den Gefallen und achten gar nicht auf mich.

Grandma und ich machen weiter wie bisher. Unbewegt sitzen wir im Trubel, am liebsten wären wir unsichtbar.

Wirklich, Weihnachten wird dieses Jahr nicht einfach werden, denn ich habe seit heute Abend das Gefühl, wir zwei Gasbarre-Frauen sind Witwen der Hoffnung geworden. Trotzdem formuliere ich im Stillen ein kleines Dankgebet, weil wir zumindest in unserer Einsamkeit nicht allein sein müssen.

8

Du bist der Hauptgewinn

Schütze: Sternzeichen. Am 22. November tritt die Sonne in dieses Sternzeichen ein und verlässt sie am 21. Dezember, am Winteranfang, wieder. Schütze ist ein starkes, positives Zeichen. Besondere Merkmale dieses Sternzeichens sind soziale Kompetenz, körperliche Energie, Selbständigkeit, Aufrichtigkeit um jeden Preis und Sehnsucht nach Abenteuer und Anregung. Eine Person, die im Zeichen des Schützen geboren ist, braucht die Gesellschaft anderer, ist aber auch stolz darauf, unabhängig leben zu können, und sucht einen romantischen Partner, der positiv, gebildet, ehrgeizig, charmant, gesellig, risikofreudig, achtsam und spontan ist.

Grandmas Geburtstag fällt auf den 11. Dezember, genau zehn Tage vor meinen Geburtstag, dem Winteranfang. Meine Mom hat mir erzählt, dass Grandma meine Eltern bei meiner Geburt darauf hingewiesen hat, meinen Geburtstag immer sorgfältig von Weihnachten zu trennen, da jedes Kind Anspruch auf ein eigenes Fest habe.

Es gibt Ähnlichkeiten zwischen Grandma und mir, die immer stärker zutage treten, während wir beide mit unserem unfreiwilligen Single-Status zu kämpfen haben. Bis jetzt habe ich nie besonders darauf geachtet, dass mein Geburtstag auf den letzten Tag von Grandmas Sternzeichen fällt, aber vielleicht sollte ich mir dieses Zeichen, das uns beide verbindet, einmal genauer ansehen. Wir sind zwei energische, unabhängige Frauen ... die sich im Moment jedoch beide nach männlicher Gesellschaft sehnen. Schützen sind jedoch oft viel zu stur, um das auszusprechen, was sie brauchen, und zu ungeduldig, um abzuwarten, was als Nächstes passiert.

Seit meiner Kindheit feiert meine Familie Grandmas Geburtstag im Saal der kleinen, holzgetäfelten Kneipe *Pine Inn*, die am Ortsrand liegt. Grandpa hat dort immer offizielle Sitzungen und Betriebsfeste abgehalten. Unsere ganze Familie kennt die Eigentümer seit Jahrzehnten, deshalb feiern wir Grandmas großen Tag dort eher wie ein Familienfest. Es ist kein extravagantes Lokal, aber wir sind dort unter uns, und es ist eine Familientradition. Dieses Jahr erklärt Grandma uns, sie möchte nicht feiern, doch nach Thanksgiving besteht Onkel Phil darauf, dass ihr achtzigster Geburtstag mit einem großen Fest begangen werden sollte.

Zwei Wochen vor ihrem Geburtstag findet ein Familienrat statt; wir fragen uns, ob wir überhaupt über ihren Kopf hinweg planen dürfen. Grandma hat sich noch nicht entschieden, ob sie ein Fest will, und sie wird immer störrischer, je mehr mein Vater oder Onkel Phil sie bedrängen. Ich rufe sie eines Nachmittags an. »Grandma, ist es wegen Grandpa?« Sie schweigt. Vorsichtig mache ich ihr klar, dass die Weigerung, sich feiern zu lassen, das Schlimmste ist, was sie machen kann – im Grunde genommen schiebt sie Großvater die Schuld zu, dass sie sich an ihrem Geburtstag so elend fühlen wird. »Wenn es andersherum wäre und du wärst gestorben, dann hätte Grandpa sicher kein Fest ausgelassen, nur weil du nicht da wärst«, sage ich zu ihr.

»Er liebte Partys, und er liebte es auch, wenn wir alle zusammen waren. Wir möchten doch nur deinen Geburtstag feiern, weil du es verdient hast, gefeiert zu werden. Du schadest dir nur selber, wenn du auf die Party verzichtest. Grandpa ist im Geiste bestimmt dabei!« Ich schweige. Dann füge ich hinzu: »Und wenn nicht, dann ist er selbst schuld.« Unwillkürlich muss sie lachen.

Zwei Tage später schickt Onkel Phil eine Rundmail und informiert die gesamte Familie, dass Grandma dem Fest zugestimmt hat. Er hat bereits Hotelzimmer für uns alle in Pittsburgh gebucht. Wir fahren zwei Stunden dorthin, und als wir ankommen, verschwinden all die glücklichen Paare zu zweit in ihren Zimmern. Ich hänge mich bei Grandma ein. »Lass uns gehen, Zimmergenossin!«, sage ich und ergreife ihre Reisetasche. Tante Marie ist auch schon eingetroffen, und Grandma stößt einen kleinen Freudenschrei aus, als sie ihre Älteste, ihre einzige Tochter, sieht.

Onkel Phil hat dafür gesorgt, dass wir drei Frauen uns ein Zimmer teilen, in dem Platz für uns alle ist. Tante Marie und Grandma haben jede ihr eigenes Schlafzimmer mit Bad, und ich schlafe auf der Couch im Wohnzimmer und teile das Bad mit Grandma. Ich muss darauf achten, dass ich meine Toilettenartikel immer sofort wegräume. Zu Hause ist ihr Bad makellos sauber und ordentlich.

Ich schlüpfe in mein neues schwarzes Kleid mit Seidenrüschen, und Grandma zieht das silberne Kleid an, das sie auf dem Debütball meiner Cousine in St. Louis getragen hat. Als die Familie sich zu Drinks in unserer Suite einfindet, steckt mein Dad Grandma eine rote Rose ans Kleid. »Siehst du?«, flüstere ich ihr zu. »Du bist wunderschön.«

Wir sind siebzehn Personen und müssen mit einem Shuttlebus auf den Mount Washington fahren. Der Restaurantbesitzer nimmt uns die Mäntel ab und geleitet uns zu einem Tisch mit einer grandiosen Aussicht auf die Skyline von Pittsburgh und auf den Point State Park, wo der Allegheny und der Monongahela River in den Ohio River münden. Die Aussicht gilt als die zweitschönste in ganz Amerika.

Das vorherrschende Muster am langen Tisch ist Junge-Mädchen, Junge-Mädchen … bis zu Grandma, die neben mir sitzt. Unsere Kellner flirten unschuldig mit ihr, küssen ihr die Hand und schenken ihr mit theatralischem Entzücken Champagner ein. Als ich mich zu ihr beuge, um sie zu fragen, was sie als Vorspeise möchte, stelle ich fest, dass sie gerade einer komischen Geschichte lauscht, die mein Onkel, der ihr gegenübersitzt, erzählt. Mom tritt mich unter dem Tisch, damit ich ihre Unterhaltung nicht störe. Wie jedes Mitglied unserer Familie ist auch Grandma davon überzeugt, dass sie es an ihrem Ehrentag verdient hat, verwöhnt zu werden, wenn schon nicht von Grandpa, dann wenigstens von uns. Eine Frau ist viel zu kostbar, als dass sie sich eine schöne Zeit verderben ließe, nur weil es mit einem Mann nicht geklappt hat.

Als wir nach Mitternacht zum Hotel zurückkehren, versammeln sich wieder alle in unserer Suite mit Kuchen und Geschenken. Wir singen Happy Birthday, und ich wappne mich schon gegen ihre Tränen, aber Grandma lächelt und pustet dann das Meer von Kerzen auf dem Geburtstagskuchen aus. Ich habe das Gefühl, dass Grandpa uns in diesem Moment wirklich dankbar ist. Schließlich haben sich alle verabschiedet, und Grandma geht ins Badezimmer. Als sie herauskommt, stehe ich in ihrem Schlafzimmer.

Ich schüttele noch einmal ihre Kissen auf. »Leg dich ins Bett, Grandma.«

»Findest du nicht, es ist viel zu groß für eine Person?«, fragt sie mich.

»Es ist ein Queen-Size-Bett«, erwidere ich. »Es gehört dir ganz alleine.«

Als ich früh am nächsten Morgen aus dem Fitnessstudio zurückkomme, steht sie schon alarmiert in der Tür. »Ich habe dich nirgendwo gefunden«, sagt sie.

»Ich war im Fitnessstudio.«

»Im Fitnessstudio? Ach, du liebe Güte, wofür das denn?« Sie schenkt mir eine Tasse Kaffee ein. »Du bist wunderschön, so wie du bist.«

Grandmas achtzigster Geburtstag ist ein Abend, an den ich mich noch lange erinnern möchte, aber meinen neunundzwanzigsten Geburtstag möchte ich lieber so schnell wie möglich vergessen. Zunächst einmal: Wer will schon sonntags Geburtstag feiern, wenn wir doch montags alle wieder arbeiten müssen? Dad hat keine Lust auf *Luigi's*, und als wir trotzdem dorthin gehen, meckert mein Bruder daran herum, wie ich mein Messer halte. »Das ist aber nicht die Art, wie die Europäer ihr Essen schneiden«, sagt er.

»Doch! Ich habe schließlich ein ganzes Jahr dort gelebt, während du nur einen Sommer lang dort studiert und höchstens einen Italiener, wenn überhaupt, kennengelernt hast. Und der wollte lieber amerikanischer Rapper sein. Also wusste er ja noch nicht einmal …«

»Hört auf, ihr zwei«, unterbricht Mom unseren Streit, als seien wir immer noch Kinder. Dad wirft uns einen bösen Blick zu. Grandma sitzt am anderen Ende des Tisches und versucht angestrengt, etwas von der Unterhaltung mitzubekommen. Die gesamte Familie ist unruhig und gereizt, und selbst als mir ein Ständchen gesungen wurde, will keine fröhliche Stimmung aufkommen.

Drei Tage später ist Weihnachten. Ich lasse es apathisch über mich ergehen, und auch Grandma ist still, als wir alle in unserem Wohnzimmer sitzen. Ihre Unterschrift auf der Karte mit dem jährlichen Sparbetrag, den jedes Enkelkind bekommt, wirkt einsam und verlassen ohne Grandpas Namen daneben. Ich werfe ihr einen Blick zu. Sie sitzt alleine an der Bar. *Es wäre besser, wenn du hiergeblieben wärst, weißt du das, George?*, denke ich.

Ich bin neidisch, als die Verlobte meines Cousins den Papierwolf bekommt, den ich zum alljährlichen Wichteln beigetragen habe. Was, sie bekommt einen tollen Papierwolf *und* einen Verlobungsring? Ich hätte etwas Alkoholisches schenken sollen. Träge blicke ich von meinem Glühwein auf (den ich schon wieder alleine gemacht habe und alleine trinke, na bravo!), um sie zu informieren: »Mit dem Ding kannst du sogar Kreditkarten schreddern.« Der Diamant an ihrer linken Hand funkelt, als sie das Geschenkpapier zu einem Ball zerknüllt. Sie strahlt über beide Ohren. Jemand hat dieses Jahr das beste Weihnachten aller Zeiten, und dieser Jemand bin definitiv nicht ich.

Am Weihnachtsmorgen sind Mom und Dad gerade in Dads Arbeitszimmer auf der Suche nach einer Geschenkquittung, als mein Handy klingelt. »Kris?«, brüllt Mom. »Ich glaube, dein Handy klingelt.«

Sie weiß nicht, dass ich im Nebenzimmer stehe und bereits auf die Nummer auf dem Display starre. Es ist Chris, von dem ich seit Thanksgiving nichts mehr gehört habe. »Ja, ich weiß«, sage ich, drücke auf die Aus-Taste und laufe nach oben.

Als ich eine halbe Stunde später wieder herunterkomme,

sind meine Eltern immer noch im Arbeitszimmer und hören sich die *König-der-Löwen*-CD an, die ich Dad in den Strumpf gepackt hatte. »Wer hat angerufen?«, will Mom wissen.

»Es war … Chris.«

»Oh, siehst du? Er denkt an dich, das ist aber nett! Was hat er denn gesagt?«

»Ich habe den Anruf verpasst.«

»Und, hat er eine Nachricht hinterlassen?«

Oh Mann! »Ja.«

»Und?« Meine Eltern schauen mich beide erwartungsvoll an. Ich komme wohl um die Wahrheit nicht herum. Also gebe ich ihnen die Nachricht in verkürzter Form wieder. Chris hat mir mitgeteilt, dass er bei seinem Bruder in Chicago sei und gerade an mich hätte denken müssen, deshalb habe er für mich gebetet. Er sei sich sicher, dass Gott noch Großes mit mir vorhabe. Außerdem lese er gerade einen Roman, der sein Leben verändert hätte.

Mir ist schon letzten Monat aufgefallen, dass er jedes weltliche Ereignis auf Gott und das Universum bezieht, um keine aktiven Entscheidungen treffen zu müssen. Er will keine Verantwortung tragen; niemand soll von ihm abhängig sein, und er will noch nicht einmal an Thanksgiving auftauchen. Und wenn er das nicht will, dann interessiere ich ihn auch nicht. Ich habe das Gefühl, ihm in den letzten vier Monaten meine Gesellschaft förmlich aufgedrängt zu haben.

»Rufst du ihn zurück?«, fragt Mom.

»Wahrscheinlich nicht.«

Daraufhin wirft mein Dad ein: »Es ist nicht fair von dir, ihn zu verurteilen.«

»Wie bitte?«

»Du kennst noch lange nicht alle Antworten.«

Ich kann es kaum noch erwarten, hier wieder auszuziehen, denke ich und stampfe wütend nach oben. Als ich die Tür zuknalle, die den ersten Stock vom Erdgeschoss trennt, erwarte ich beinahe, dass mein Vater mir wie in meiner Pubertät nachgelaufen kommt: »Nur weil du wütend auf die Welt bist, brauchst du deine Wut noch lange nicht an der Einrichtung auszulassen!« Ich bin tatsächlich in dieser Stimmung, aber als Erwachsene habe ich gelernt, dass dieses Elend einfach nur daraus resultiert, dass ich von meinem eigenen Leben frustriert bin. Dieser Selbsthass entsteht immer nur, wenn etwas mit meinem Chef oder einem Partner schiefgelaufen ist, und da ich im Moment nirgendwo angestellt bin, muss es wohl meine Frustration darüber sein, dass Chris sich mir gegenüber nicht so verhält, wie ich es gerne hätte. Aber ich weiß trotzdem nicht, wie ich wieder bessere Laune bekommen soll.

Zurückrufen werde ich ihn jedoch nicht. Dads Kritik – »Du kennst noch lange nicht alle Antworten« – beschämt mich, aber nach der Enttäuschung an Thanksgiving werde ich mich hüten, zu viel von mir preiszugeben. Selbst wenn ich ihm nächste Woche im Supermarkt begegnen würde, würde ich lediglich kurz stehen bleiben und ihn gelassen ansehen, und dann würde ich weitergehen. (Ich werde jedoch sicherheitshalber jeden Tag Lippenstift auftragen und hohe Stiefel anziehen, falls ich das Glück haben sollte, ihm zu begegnen.) Ich würde mich freuen, wenn er Interesse an mir zeigte, aber es würde mir mehr Macht verleihen, wenn ich mein Verlangen nach ihm nicht so offen vor mir hertragen würde.

Kenneth, ein Freund aus Highschool-Tagen, und sein Freund geben in ihrem Haus in Pittsburgh eine Silvesterparty. Da ich weiß, dass ich dort noch weitere ehemalige Klassenkameraden treffen werde, fahre ich hin. Auf der Fahrt dorthin enthüllt meine Freundin Margie mir, dass der Junge, mit dem sie seit der Highschool zusammen ist, sich als Krimineller und Polygamist entpuppt hat. Als sie ihn im Oktober im Gefängnis besucht hat, waren noch drei weitere Verlobte von ihm da. Margie ist eine der nettesten, unkompliziertesten Frauen, die ich kenne, und ich kann es kaum glauben, dass ihr ein Mann so etwas antut. »Margie, du hast doch hoffentlich den Kontakt zu ihm abgebrochen?«, frage ich sie.

»Ja selbstverständlich. Was glaubst du denn?«

»Gut. Und lass dich nicht unterkriegen – eines Tages wird ein anständiger Mann kommen und dir sagen, dass du die schönste Frau der Welt bist und er ohne dich nicht leben kann.«

»Ja.« Ihre Stimme wird leise. »Glaubst du wirklich?«

Ich blicke Margie an. »Auf jeden Fall.«

Kenneth nimmt unsere Mäntel mit großer Geste entgegen. Abgesehen davon, dass ich kaum einen der Gäste kenne, die sich in seiner Küche zusammendrängen, komme ich mir vor wie in der Highschool, als er berühmt für seine extravaganten Partys war. Seine Eltern hatten sich scheiden lassen, als wir in der Junior High waren, und er wurde von seinem Großvater großgezogen, einem reichen Kohlenhändler bei uns im Ort. Kenneth verblüffte mich mit seinen teuren Vorspeisen, wenn er zum Abendessen einlud. »Kaviar, für *mich*?«, fragte ich ihn bei einem der ersten Abendessen während der Highschool, zu dem ich eingeladen war.

»Natürlich, Liebling, für wen sonst?« Er stellte sein Silbertablett ab, und wir prosteten uns mit Grapefruitsaft zu. Obwohl allgemein bekannt war, dass er sich nicht zu Mädchen hingezogen fühlte, gab er mir immer das Gefühl, so unsäglich kostbar wie ein Kronjuwel zu sein. Noch mehr als zehn Jahre nach unserem Examen weiß ich eines ganz genau: Jede Frau braucht einen Mann wie Kenneth in ihrem Leben. Seine Familie hat ihn mehr oder weniger im Stich gelassen, und doch gilt Kenneths einzige Sorge dem Wohlergehen seiner Mitmenschen, so selbstlos und edel ist er. Und ich, ich fühle mich alleine und bin verwirrt, obwohl meine Familie so intakt und fest miteinander verbunden ist?

Kenneth geht herum und versorgt alle Gäste mit Richard Nixons Champagner, wie er sagt. Dann schlägt er leicht mit einer Gabel gegen sein Glas. »Ich möchte euch alle an diesem Silvesterabend im Jahr 2009 willkommen heißen und bitte euch jetzt in den Salon, wo uns eine Partie Schrottwichteln erwartet.« Wir jubeln wie die Fünftklässler, die gerade einen schmutzigen Witz begriffen haben, als wir die anrüchigen Geschenke auspacken. Um Mitternacht werfen wir Konfetti und Luftschlangen durch Kenneths Küche, und während über den Fernsehschirm Bilder von den Feuerwerken in Sydney, Paris und Hongkong flimmern, überkommt mich ein merkwürdiges Gefühl: Ich bin *in diesem Moment* ganz hier. Und als Ryan Seacrest verkündet, dass es jetzt in New York Mitternacht ist, da wünsche ich mir niemanden hierher, der nicht da ist. Auf dem Bildschirm leuchten die Anzeigetafeln am Times Square auf, und um mich herum lachen die Leute und fallen sich gegenseitig in die Arme. Es gibt keinen Grund, warum ich mit meinem Leben nicht völlig zufrieden sein sollte. Meine Freunde, meine Arbeit, meine Familie, meine Interessen – das alles ist mehr als genug für ein glückliches Leben. Im Stillen gelobe ich mir, dieses Jahr Spaß zu haben und mir nicht mehr ständig Gedanken darüber zu machen, dass ich mich alleine unvollständig fühle. Ich spreche ein Gebet für Grandma, die heute Abend mit Freunden zu Abend essen und früh zu Bett gehen wollte.

Um mich herum umarmen sich alle und blasen in Plastiktröten und strahlen vor Glück. Es ist an der Zeit, wieder Freude zu empfinden an den Menschen, mit denen ich mein Leben teile. Ich bin vollkommen und lebendig. Ich habe zwar keine Beziehung, aber ich werde geliebt … und vor allem bin ich in der Lage, andere zu lieben.

Der Januar vergeht wie im Flug. Ich fahre nach Cleveland, um Freunde aus dem College zu besuchen, und nach Upstate, New York, um mich mit Emma, meiner besten Freundin seit Kindergartentagen, zu treffen. Möglicherweise sehe ich sie zum letzten Mal, wie ich sie kenne; sie und ihr Mann haben beschlossen, dass sie dieses Jahr ein Baby wollen. Aber trotz all der Besuche bei alten Freunden stelle ich fest, dass in einer emotionalen Phase häufig eine einzelne Freundin am besten eine bestimmte Sehnsucht erfüllt … im Moment ist das bei mir Celeste. Von ihr fühle ich mich besser verstanden als von jedem anderen.

Celeste hat ihren Kindermädchen-Vertrag in Italien beendet und wohnt seit Oktober wieder bei ihren Eltern in Ohio. Da wir beide die gleiche Erfahrung gemacht haben, möchten wir unbedingt ein bisschen Zeit miteinander verbringen. Sie nimmt die dreistündige Fahrt auf sich, um mich am Valentinswochenende zu besuchen, und am Samstag schauen wir rasch bei Grandma vorbei. Grandma lacht sich kaputt über unsere Geschichten von unserer Zeit in Italien. Ich spüre, dass dieser Besuch mit meiner besten Freundin aus dem College die Antwort auf Grandmas stumme Bitte um Gesellschaft war. Sie schaltet das Licht an, als sie vom Wohnzimmer in die Küche geht, und mir wird klar, dass sie im Dunkeln gesessen hat, bevor wir kamen.

»Nehmt euch von diesem Erdnuss-Konfekt«, sagt sie und weist auf die Pralinenschachtel, die Celeste und ich ihr mitgebracht haben. Wir beugen uns über Grandmas Kücheninsel, und sie setzt sich an den Küchentisch, um den übergroßen goldenen Umschlag zu öffnen, den wir ihr überreicht haben. Sie schlägt die Karte auf und erzählt uns etwas über den heiligen Valentin, der der Legende nach ein Heiler war und der wegen seines Glaubens an Gott ins Gefängnis geworfen und gefoltert wurde. Valentin hielt sich auch nicht an das römische Gesetz, nach dem die Bürger nicht heiraten durften, weil verheiratete Männer schlechte Soldaten waren, und er hielt insgeheim Hochzeitszeremonien ab für die Paare, die ihr Leben zusammen verbringen wollten. Asterius, der Valentins Zelle bewachte, wollte unbedingt, dass Valentin seiner blinden Tochter das Augenlicht wiedergab, und Valentin versprach, es zu versuchen. Er und die Tochter wurden während der Behandlung gute Freunde (sehr enge Freunde anscheinend – obwohl das auf der Karte nur angedeutet wird), und weil sie intelligent, aber ungebildet war, begann Valentin, sie zu unterrichten. Eines Tages fragte sie ihn, ob Gott ihre Gebete wirklich hören würde, und Valentin erklärte ihr, dass Gott immer das tun würde, was das Beste für uns sei, wenn wir nur an ihn glaubten – die Liebe Gottes müsse man sich nicht verdienen. Kurz vor seiner Hinrichtung gab Valentin ihr einen Liebesbrief mit einer Blume und der Botschaft, Gott zu suchen. Sofort nach Valentins Tod erlangte sie ihr Augenlicht wieder. Als sie in den Spiegel blickte, sah sie, wie schön sie war. In seinem Liebesbrief hatte Valentin geschrieben, dass sie die schöne rote Rose in seinem grauen, elenden Leben gewesen sei, und in jenem Moment begriff sie, dass all ihre Unsicherheit, nicht geliebt zu werden, unnötig gewesen war.

In der Karte, die ich Grandma gegeben habe, steht ein Gebet an den heiligen Valentin.

Lehre mich, großzügig zu lieben und unendliche Freude im Teilen zu finden. Befähige mich, das Beste in anderen hervorzubringen und meine Liebe in die Welt zu senden.

Vielleicht liegt das Geheimnis zur Zufriedenheit darin, dass man aufhört, sich zu fragen, was einem fehlt; wir müssen aufhören, nach der Liebe zu suchen, und anfangen, uns selbst zu akzeptieren und die Menschen zu lieben, denen wir begegnen. Zwei Wochen liegt der erste Jahrestag von Großvaters Tod zurück, und dieses Gebet an den heiligen Valentin erinnert mich daran, wie mein Herz in den ersten Wochen nach Grandpas Tod vor Liebe überfloss. Als ich nach der Beerdigung nach Italien zurückfuhr, konnte ich einfach nicht anders, als allen alten Damen im Ort die Türen aufzuhalten, die Kinder, die ich beaufsichtigte, ständig zu küssen und Celestes Rechnung in der Bar zu übernehmen, wenn ihr Chef mal wieder vergessen hatte, sie zu bezahlen. Dass ich meinen Großvater verloren hatte, machte mich fürsorglicher anderen gegenüber, und ich stellte fest, dass ich weniger nach Liebe hungerte, wenn ich sie anderen schenkte.

Am Sonntag nach dem Valentinstag fährt Celeste nach Ohio zurück, und Mom packt mir einen herzförmigen Hackbraten für Grandma ein. Ich weiß, wie sehr Grandma es hasst, alleine zu essen, deshalb leiste ich ihr Gesellschaft. Sie blickt mich an und lässt Messer und Gabel sinken. »Du kommst mir irgendwie anders vor.«

»Ja?«

»Du hast abgenommen, nicht wahr?«

Ich nicke und schlucke einen Bissen Kartoffelpüree hinunter. »Ein bisschen, fünf Pfund vielleicht. Nach den Feiertagen sind die Pfunde einfach so gepurzelt.«

»Aber das allein ist es nicht.« Sie mustert mich aufmerksam. »Du wirkst glücklicher.«

Ich ziehe die Nase kraus. »*Wirklich?*«

»Mm-hm.«

»Nun, du übrigens auch. Vielleicht liegt es daran, dass du dein erstes Jahr ohne Grandpa überstanden hast.«

»Ja, damit hat es vermutlich etwas zu tun. Aber du …«, sagt sie nachdenklich. »Irgendetwas ist ganz anders.«

Macht uns Zufriedenheit attraktiver? Ich erinnere mich noch gut an das erste Video, das ich von Bon Jovi gesehen habe. Zunächst sah er einfach nur gut aus, so wie immer, aber als er dann beim Refrain plötzlich übers ganze Gesicht strahlte, da bekamen alle anwesenden Mädchen – na ja, mein Babysitter, ihre Freundin und ich – ganz weiche Knie. Jeder sieht besser aus, wenn er glücklich ist und Wärme und Selbstsicherheit ausstrahlt. Deshalb benutzen wir das Wort »anziehend« – die positive Ausstrahlung einer Person zieht uns an wie ein Magnet.

Aber ich frage mich natürlich, ob das auch bei großen Entfernungen funktioniert. Ich erzähle Grandma, dass Chris seit Ende Januar wieder in Asien ist und dass wir uns vorher noch versöhnt haben. Er hat sich als Erster gemeldet, weil er Unterlagen gesucht hat, an denen ich gearbeitet hatte. Dieses Gespräch war nur kurz, aber herzlich, und er gab mir zu verstehen, dass er tief in meiner Schuld stehe, weil ich immer bereit sei, ihm zu helfen … Allerdings bin ich nie ganz sicher, ob er solche Aussagen aufrichtig meint oder sie nur tätigt, weil er sich gerne dabei zuhört.

Ein paar Tage später rief er mich um sieben Uhr morgens an. Verschlafen ging ich ans Telefon, und er entschuldigte sich sofort, dass er mich so früh geweckt hatte. »Nein, nein, schon gut. Was ist denn los?«, fragte ich.

»Mach dir keine Gedanken«, flüsterte er. »Schau später in deine E-Mails.«

Nach der ersten Tasse Kaffee setzte ich mich an den Computer, um seine Nachricht zu lesen. Oh wow, er hatte seine Facharztprüfung bestanden, einer der Gründe, warum er sich in den letzten Monaten so rargemacht hatte. Er meinte, ich wüsste sicherlich zu schätzen, was das für ihn bedeutete, und ich sei die erste Person, die er angerufen habe.

Bei mir steht eine Flasche Cakebread Cabernet Sauvignon für dich, schrieb ich zurück. Er hatte seinen Lieblingswein einmal erwähnt, und ich hatte die Flasche schon vor Monaten gekauft, in der Hoffnung, dass wir sie zusammen trinken könnten. *Ich schicke sie dir, wenn du wieder zurück bist.*

»Selber schuld.« Grandma zuckt mit den Schultern.

Ich schiebe meinen Teller weg. *Selber schuld.* »Selber schuld, weil er die Flasche Wein nie mit mir getrunken hat?«

Sie nickt.

»Glaubst du wirklich?«

»Ich bin stolz auf dich«, sagt sie. »Du hast alles richtig gemacht.«

»Mit ihm, meinst du?«

»Ja, mit ihm.«

Ist sie nicht ein bisschen zu freigebig mit ihrem Lob? Ich würde nicht sagen, dass ich alles richtig gemacht habe – im Gegenteil. Meine Eltern hatten mir das Gefühl vermittelt, ich sei kaltherzig, weil ich an Weihnachten nicht mit ihm reden wollte. Und jetzt, fast drei Monate nach dem Thanksgiving-Desaster, habe ich immer noch den Eindruck, dass es nichts weiter als dumme Ausreden waren, mit denen Chris sich vom Essen entschuldigt hat. *Ich muss lernen. Ich reise morgen. Ich hatte eine Operation.* Mir ist immer noch peinlich, dass ich so viel Energie in die Vorbereitung gesteckt habe, dass meine gesamte Familie gespannt auf sein Erscheinen gewartet hat. Und warum kann ich nicht aufhören, daran zu denken? Ja, ich habe ihm verziehen ... aber trotzdem spüre ich jedes Mal wieder die Enttäuschung, wenn ich daran denke.

Celestes Mutter hat mir einmal den nützlichsten Ratschlag gegeben, den ich je bekommen habe. Als ich vor einiger Zeit Celeste in Ohio besucht habe, sagte ihre Mom: »Denk auf dem Heimweg daran, dich auf der mittleren Spur der Autobahn zu halten, wenn du nicht weißt, welche Spur du nehmen sollst.« Diese Regel hat mir oft geholfen, vor allem auf der italienischen Autobahn, wenn ich der Verzweiflung nahe war, weil ich die Straßenschilder kaum lesen konnte, geschweige denn mit diesen Autos mit Gangschaltung zurechtkam, die all meine Aufmerksamkeit erforderten. *Halt dich auf der mittleren Spur*, rief ich mir dann ins Gedächtnis, und sofort spürte ich, wie mein Blutdruck sich wieder normalisierte. Als Celeste hier war, habe ich von der verqueren Situation mit Chris erzählt, und bevor ich heute Nachmittag zu Grandma ging, bekam ich eine E-Mail von Celeste, in der sie mir mitteilte, dass sie gut nach Hause gekommen sei. Außerdem schrieb sie:

Ich habe meiner Mom kurz von deiner Jungs-Situation berichtet, und sie hat gesagt, dass Du Dich mit der Einladung zu Thanksgiving schon weit aus dem Fenster gelehnt hast. Jetzt solltest Du Dich zurückhalten. Wenn dem Mann was an Dir liegt, muss er den nächsten Schritt machen. Meine Mom hat auch gesagt: »Sag Krissy, sie soll immer daran denken, dass sie die Frau ist, also der Hauptgewinn. Nicht er ist der Hauptgewinn, sondern Krissy!«

Ich hoffe, das hilft Dir.

Ich glaube schon, dass es hilft, aber erst muss ich es noch meinem Coach zeigen. »Was hältst du von diesem Ratschlag, Grandma?«

Grandma ist völlig einverstanden damit. Selbst in Zeiten von E-Mails und »diesen kleinen Nachrichten, die ihr Kinder euch mit euren Handys schickt«, sollte eine Frau in einer Beziehung zurückhaltend agieren. Als sie jung war, wollte keine Frau einem Mann hinterherlaufen. »Halt dich zurück. Das war früher so, und wenn du mich fragst, ist es heute noch genauso. Männer wollen nicht ständig behelligt werden.«

»Hm. Und wenn der Mann denkt, dass das Mädchen ihn anrufen wird?«

»Hör mal, du hast mich nach meiner Meinung gefragt, und ich sage dir, dass Cecilias Mutter recht hat …«

»Celeste.«

»Celeste. Ihre Mutter hat recht. Du bist der Hauptgewinn. Er muss *dich* gewinnen. Wenn er anrufen will, wird er schon anrufen. Wenn er dich sehen will, wird er dich sehen. Männer halten sich immer noch für diejenigen, die das Sagen haben. Es liegt in ihrer Natur.« *In ihrer Natur?* Seit wann ist Grandma Laienpsychologin?

Mir gefällt das.

Aber wenn man nun gar nicht anders kann, als auf einen Mann zuzugehen? Grandma erzählt mir, dass es zu ihrer Zeit die einfachste Methode war, einen Hinweis fallenzulassen, wohin man später noch gehen wollte. »Ohne aufdringlich zu sein, ließen wir einfach durchblicken, wo wir zu finden sein werden.« *Ah, so etwas wie ein Facebook-Status-Update.* »Und als ich die ersten Male mit deinem Großvater ausging, glaubte ich wirklich, dass er auch noch andere Mädchen traf. Also verabredete ich mich mit meinen Freundinnen. Schließlich wollte ich nicht zu Hause herumsitzen.« Erst Jahre später fand sie heraus, dass Grandpa sich mit seinen Kumpels immer nur in ihrer Nähe aufgehalten hatte. »Das war noch etwas, was ich von deinem Großvater gelernt habe: Wenn ich etwas wissen wollte, habe ich durch Drängen nichts erreicht. Gib einem Mann Zeit, sich zu öffnen. Dann findest du eine ganze Menge heraus.«

Gib einem Mann Zeit, sich zu öffnen. Ich lasse mir ihre Worte durch den Kopf gehen. Sie erinnern mich daran, dass selbst Monate nach einer Trennung, wenn die Wunden längst verheilt sind, etwas in deinem Herzen immer noch hofft, dass er sich meldet. Die übliche, wenn auch unwahrscheinliche Hoffnung, dass der Konflikt beigelegt werden und man wieder zueinanderfinden könnte. Gute Freunde haben mir eingebläut, dass ich Gold wert bin, und obwohl ich das mittlerweile wirklich begreife, fühle ich mich manchmal immer noch seltsam leer.

Und ich weiß, dass ein Teil von mir ihn zurücknehmen würde. Wenn er wieder anrufen würde, müsste ich mir immer noch überlegen, wie ich mich am Telefon verhalte: fröhlich oder lässig? Soll ich ihm berichten, was alles passiert ist, oder soll ich ihm weiter böse sein? Ich bin nicht bereit, erneut auf ihn zu zählen, aber ich mag ihn immer noch … und ich habe Angst, dass ich möglicherweise lange allein bleibe, wenn ich nicht lerne, Kompromisse einzugehen.

Obwohl es vielleicht besser ist, alleine zu sein, als die falsche Person an der Seite zu haben.

9

Erkenne eine offene Tür

Ende März öffnet sich auf einmal die Tür zu einer geheimen Welt, die so voller Sonne ist, dass das letzte Wintergrau vertrieben wird – sowohl auf dem Barometer als auch im Gemüt. Ich verspüre neue Energie und halte mich strikt an meine Silvester-Vorsätze – »Lebe im *Jetzt*, Mann!«, wie es in *Wayne's World* heißt. Ich habe sogar das Gefühl, zum nächsten Schritt bereit zu sein.

Ich beginne, mir eine Wohnung in Brooklyn zu suchen, und dann auf einmal schickt Isabella, die Mutter meiner italienischen Familie, eine E-Mail, in der sie mich bittet zurückzukommen, weil die kleine Francesca mich so sehr vermisst. Ich vermisse sie auch alle, und es fällt mir schwer, das freundliche (und finanziell interessante) Angebot abzulehnen … Ich muss immer noch in der Nähe meines Heimatortes sein.

Eines Nachmittags Anfang April ruft Emma an, als ich gerade am Strand bin. »Ich habe Neuigkeiten. Bist du bereit?« Ich bitte sie, kurz zu warten, damit ich mich auf einen Felsen setzen kann; sie ist bestimmt schwanger. Mit ruhiger Stimme berichtet sie mir, dass sie im Herbst eine Tochter erwartet. Die Vorstellung, wie sie zärtlich über eine Babywange streichelt, veranlasst mich zu einem Freudenschrei. Emma erzählt, sie habe die Herztöne des Babys gehört und auf dem Ultraschall seine Finger und Zehen gesehen.

»Sie ist ein Teil von euch beiden, von dir und Sean«, sage ich. »Ich hätte geweint, wenn ich ihr Herz gehört hätte.«

»Nein, geweint habe ich nicht, aber im Ernst, Krissy … es war so cool.«

Fünfundzwanzig Jahre lang haben Emma und ich alles geteilt. Als sie vier Jahre zuvor geheiratet hat, haben Mom und ich die Brautparty ausgerichtet und den Empfang vorbereitet. Dann habe ich ihren Strauß gehalten, als sie mit dem Mann vor dem Altar stand, nach dem sie schon auf der Highschool verrückt war (heute ist er ein bekannter Koch, dem ich das Rezept für eine phantastische Salsa verdanke).

Egoistisch, wie ich bin, hatte ich gehofft, sie würde mit ihrer Schwangerschaft wenigstens so lange warten, bis ich verheiratet wäre. Dieses Baby ist die erste Erfahrung in ihrem Leben, die sie *ohne* mich machen wird, und die sechs Stunden Autofahrt, die uns trennen, könnte dazu führen, dass ihr kleines Mädchen und ich vielleicht nur gute Bekannte werden. Ich kann mich noch an die Sommerferien vor der achten Klasse erinnern, als wir uns geschworen haben, dass unsere Kinder uns Tante Emma und Tante Krissy nennen werden.

Zu Hause schicke ich eine Bewerbung an eine Werbeagentur außerhalb von Albany, ganz in der Nähe von dem Ort, in dem Emma und Sean wohnen. Eine Woche später gibt die Agentur den Job jemand anderem, da sie es für ein finanzielles und moralisches Risiko halten, mich so weit umziehen zu lassen.

Ich versichere ihnen, dass ich ihre Entscheidung verstehe, aber innerlich wächst meine Sorge, weil ich nicht weiß, womit ich in Zukunft meinen Lebensunterhalt verdienen soll. Und deshalb sage ich rasch zu, als Chris am ersten Freitag im Mai anruft, um zu fragen, ob ich am Samstag den Empfang in seiner Praxis machen könne.

Als er am Morgen durch die Eingangstür stürmt, bin ich bestürzt: Seine Haare sind kurz und mit Gel zurückgekämmt. In engen grauen Hosen und auf Hochglanz gewienerten Schuhen tritt er auf die Empfangstheke zu und ergreift meine Hände. »Wir haben uns lange nicht gesehen«, sagt er. Fünf Monate und acht Tage, um genau zu sein. Das letzte Mal stand er lächelnd in meiner Einfahrt und versprach mir, zu Thanksgiving ein Dessert mitzubringen. Aber ich kann ihm einfach nicht böse sein. Er ist ein guter Freund. »Du hast ja die Haare ganz kurz!«, merke ich sanft an.

»Ich repräsentiere jetzt auch mein Land.« Er nimmt eines der Vollkorn-Schokoladenplätzchen, die ich für seine Angestellten gebacken habe, und dann folgen sie ihm alle in den Behandlungsraum, um den Tagesablauf durchzusprechen. »Deine Haare sind auch kurz«, ruft er mir über die Schulter zu.

Ich fasse mir in den Nacken. Als ich Italien für immer verließ, umarmte mich Celeste zum Abschied und bat mich, ihr zu versprechen, dass ich mir die Haare erst abschneiden lasse, wenn ich Mutter bin. »Es ist das Schönste an dir«, hatte sie gesagt. Ich brach dieses Versprechen jedoch, nachdem mir Grandma erklärt hatte: »Du bist der Hauptgewinn.« Die Schönheit einer Frau, hatte ich gedacht, hat nicht zwangsläufig etwas mit ihrem besten körperlichen Merkmal zu tun. Zu Frühlingsbeginn fühlte ich mich so leicht und unabhängig wie schon lange nicht mehr, und ich hatte gelesen, dass es ein Akt emotionaler Befreiung sein könne, wenn man seine Haare abschneidet. Ich wollte eine Veränderung, und ich wollte ein frisches Aussehen, das zeigte, wie ich mich fühlte.

Mittags taucht Chris mit einer Kreditkarte auf und bittet mich, für uns sechs Mittagessen zu besorgen. Ich ordere großzügig und komme aus *Rubys Kiosk* mit einem Rücksitz voller Truthahn-Burger, Brokkolisuppe und Salat. In der Praxis baue ich alles im Pausenraum auf und gebe Chris seine Karte und den Beleg. »Wir lassen die anderen zuerst essen«, sagt er. »Dann können wir zwei gemeinsam Pause machen.« Als die letzte seiner vier Assistentinnen aus dem Pausenraum zurückkommt, bittet Chris sie, sich an den Empfang zu stellen, und winkt mir, ihm zu folgen.

Das Essen, das ich ausgesucht habe, sei perfekt, erklärt er und schaufelt sich Salat auf seinen Teller. Er zieht sich einen Stuhl heran und setzt sich mir gegenüber. »Schön, dich zu sehen, Kris.«

Ich nicke fröhlich. »Ja, ich freue mich auch, dich zu sehen.«

Er blickt zu Boden. »Dies ist mein letzter Samstag in dieser Praxis.«

»Du meinst für immer?«

Er nickt und sieht gedankenverloren aus dem Fenster. »Für immer.« Ich bin froh, dass er auf den Tisch blickt, weil er einen Löffel für seine Suppe sucht. Ich muss meinen Gesichtsausdruck wieder unter Kontrolle bringen. Ich sehe bestimmt so aus wie eine Geliebte, die auf dem Bahnsteig zurückbleibt. Ich greife in meine Haare und frage mich, ob ich mich vielleicht weniger verletzlich fühlen würde, wenn ich sie nicht abgeschnitten hätte. Als er mich ansieht, reiße ich mich zusammen. »In einem Monat ist die große Eröffnung meiner Praxis in Asien«, sagt er. »In den nächsten Wochen behandele ich meine Patienten in der Praxis eines Freundes.«

Wir schweigen beide, dann sehe ich ihn an. »Ich bin traurig, dass du gehst.«

Das scheint ihm neue Energie zu verleihen. Er springt auf und nimmt sich noch einen Truthahn-Burger. »Wie geht es deiner Familie?«

Ich erzähle ihm, dass Grandma ein paar gute Monate gehabt hat, jetzt aber wieder in ein Loch gefallen ist. »Sie geht jetzt endlich einmal in der Woche in eine Witwengruppe. Aber der Mutter meiner Mutter geht es auch nicht gut. Sie kann kaum noch etwas sehen und deshalb nicht mehr kochen oder im Garten arbeiten. Meine Eltern sind dieses Wochenende auf Geschäftsreise, deshalb gehe ich heute Abend mit ihr in die Kirche.«

Chris' Augen leuchten auf. »Hey, weißt du was … ich glaube, ich habe etwas, womit ich sie aufheitern kann.« Er sagt, seine Großeltern seien nächsten Monat hier, weil seine Grandma eine neue Hüfte bekommt. »Sie sind aus Indianapolis, und ich habe sie hier mit ein paar guten Ärzten zusammengebracht.«

»Wie nett von dir.« *Warum erzählt er mir das?*

»Was hältst du davon, wenn wir einen Großeltern-Brunch organisieren?«

Meint er das ernst? »Ja, ha, ein Großeltern-Brunch.« Ich lache ein bisschen, weil ich mir meine pedantische Grandma und meine extravagante Nana nicht gut im selben Raum vorstellen kann – ganz zu schweigen in Gegenwart von jemandem wie Chris.

»Ja, genau, ein Großeltern-Brunch. Wenn du heute Abend deine Großmutter siehst, lade sie für morgen ein. Und ruf deine andere Grandma an. Ich melde mich morgen früh, damit wir in irgendeinem netten Lokal reservieren können.«

Das wird eine Katastrophe. Chris' Großmutter ist wahrscheinlich noch sittsamer als Grandma und blickt auf uns Landeier herab. Außerdem ist mir klar, dass ich alles vorbereiten darf, weil Chris als Mann damit hoffnungslos überfordert ist. Und wenn der Brunch ein Reinfall wird, muss ich es ausbaden.

Ich kann nicht zulassen, dass dieser Großeltern-Brunch stattfindet.

Nana allerdings findet die Idee großartig. Sie sagt, sie sei seit Jahren nicht mehr bei einem Brunch gewesen – sie ist zwar bekannt dafür, dass sie gerne übertreibt, aber diese Aussage wird wahrscheinlich einen wahren Kern haben. Gemeinsam gehen wir nach oben in ihr Schlafzimmer, ich halte sie an meiner Hand. Dort öffnet sie ihren Kleiderschrank. »Such mir etwas zum Anziehen aus, Baby«, sagt sie. »Ich würde sogar Highheels tragen, um deinen Freund kennenzulernen.«

Bei Grandma dauert es ein bisschen länger, bis ich sie an Bord habe. Sie weiß nicht, ob sie in Stimmung ist, neue Leute kennenzulernen. »Ruf mich morgen früh an. Ich sage dir Bescheid, bevor du reservierst.« Aber zehn Minuten später klingelt mein Telefon, und sie sagt, es täte ihr leid, sie wolle keine Spielverderberin sein, und sie würde teilnehmen.

Und gnade dir Gott, wenn du wieder im letzten Moment einen Rückzieher machst, Christopher. Ich komme mit meinen Großmüttern zu diesem Brunch, ob du nun erscheinst oder nicht.

Ich liege noch im Bett, als das Telefon klingelt. »Dann wollen wir mal loslegen, Kris.« Es ist Chris. »Was hältst du von ein Uhr?«

Ein Uhr ist okay, erkläre ich und reserviere beim Country Club. Ich durchwühle meinen Kleiderschrank, um etwas Passendes zum Anziehen zu finden, ziehe ein weißes Hemdchen zu einem engen, mit bunten Blumen bestickten Rock an. Beim Jackett bin ich mir nicht sicher. Hektisch blicke ich mich um. Ich kann es mir nicht leisten, Nana zu spät abzuholen. Schließlich schlüpfe ich in eine pflaumenfarbene Strickjacke und in braune Pumps, die ebenfalls zum Rock passen. Puh!

Grandma wartet schon in ihrem Wagen, als ich mit Nana beim Country Club vorfahre. Wir gehen gemeinsam hinein. Der riesige Saal ist völlig leer, nicht eine Menschenseele sitzt an den Tischen. In der Nähe des Buffets befindet sich ein Tisch mit einer Reservierungskarte, auf der GASBARRE steht. Eine Kellnerin im Frack späht um die Ecke. »Sie erwarten noch drei weitere Personen, nicht wahr?«

»Ja«, antworten wir unisono.

»Sie haben doch nicht geschlossen, oder?«, frage ich. »Ich habe angerufen.«

»Nein, wir haben geöffnet. Aber Brunch ist um zwei Uhr vorbei, und wenn die anderen drei wesentlich später kommen, müssen wir leider schließen.«

»Ich verstehe, aber mein Freund ist Chirurg, und seine Großeltern kommen von außerhalb ...« Ich versuche ihr zu erklären, dass Chris immer zu spät kommt und man nichts daran ändern kann, aber die Kellnerin verschränkt die Arme.

Ich wusste, dass es ein Alptraum werden würde.

»Was kann ich Ihnen zu trinken bringen?« Die Mienen von Grandma und Nana hellen sich auf.

»Nana, was möchtest du haben?«

»Ich habe seit fünf Jahren keinen Chianti mehr getrunken«, sagt sie.

»Grandma?«

»Nur einen Heidelbeersaft bitte.«

»Und ich bitte einen Mimosa.«

Grandma wirft ein: »Ja, ich hätte lieber auch einen Mimosa.«

Durch das Fenster mit Blick auf den Golfplatz sehe ich, wie

die Tür zu einem großen Pick-up Truck zugeschlagen wird. Drei Schatten nähern sich dem Saal, und dann biegt schließlich Chris um die Ecke. Unwillkürlich halte ich den Atem an. Er trägt einen hellgrauen Anzug und eine Brille mit schwarzem Rahmen. Ich bin so verwirrt, dass ich mich förmlich zu einem Lächeln zwingen muss – es wirkt bestimmt gekünstelt. Er kommt strahlend auf mich zu, und ich erhebe mich von meinem Stuhl. Seine Großmutter ist einen Kopf größer als meine beiden Großmütter, und ihre Haut strahlt, auch ohne eine Spur von Make-up. Sie trägt einen mit Vögeln bestickten Pullover, der mich an ein Kleidungsstück von Grandma erinnert. Chris' Grandpa humpelt hinterher, auf einen Stock gestützt.

Chris küsst mich zur Begrüßung auf beide Wangen. Er lächelt zufrieden. »Ah, das habe ich dir mitgebracht.« Er reicht mir einen Scheck für die gestrige Arbeit, und ich bin beeindruckt, dass er mich sofort bezahlt. Ich stelle mich seinen Großeltern vor, und er tut das Gleiche bei Grandma und Nana. Der Koch hinter der Omelette-Theke zwinkert mir zu. Nachdem alle etwas zu trinken bestellt haben, schwärmen wir zum Buffet aus. Chris und seine Großeltern halten sich an Salat und Suppe, während Grandma und Nana sich am anderen Ende der Tafel über French Toast, Pfannkuchen und Doughnuts hermachen. »Liebes, komm her«, sagt Nana, und als ich ihr helfe, Sirup über die Pfannkuchen zu gießen, spüre ich Chris' Blick auf meinen nackten Beinen.

Als wir alle am Tisch sitzen, schlägt Chris vor, ein Dankgebet zu sprechen, und er sieht mich dabei an. Grandma und ich schlagen das Kreuzzeichen, und ich spreche ein Tischgebet.

Herr, segne dieses Essen und alle, die daran teilnehmen. Amen.

Dann füge ich hinzu: »Und danke für die Familie und die neuen Freunde, die heute hier sind.« Chris zwinkert mir zu. *Gut gemacht.*

Seine Großeltern berichten von ihrem letzten Angeltrip, und Chris sagt, er habe Lachs von seinem Großvater zu Hause und würde mir davon etwas abgeben. Nana zieht das Gespräch an sich und erzählt der Runde, was ich für eine großartige Sängerin bin. »Sie hätte zum Broadway gehen können!«

Ich werfe Chris einen verlegenen Blick zu. »Nein, keineswegs«, entgegne ich. »Ich habe auf dem College Theater gespielt, aber das war es dann auch schon.«

»Du bist für zwei Auftritte außerhalb der Schule bezahlt worden!«, fügt Nana hinzu. »Sie ist immer so bescheiden.«

Chris lässt die Gabel sinken. »Was, Chris? Vergeudest du etwa ein von Gott gegebenes Talent?«

Ich werde rot und spüre, wie mir der Schweiß ausbricht. »Nein, nein, da gibt es kein Talent, was zu vergeuden wäre. Und außerdem singe ich nur im Auto.«

»Und unter der Dusche wahrscheinlich«, wirft Chris' Grandma ein.

»Ja, genau, auch unter der Dusche.«

»Was war das berühmteste Stück, in dem du jemals mitgespielt hast?«, fragt Chris.

»Das mit diesem französischen Künstler …«, sagt Nana. »Du weißt schon … George Sowieso. Er hat die ganze Zeit gearbeitet, bis seine Geliebte ihn verlassen hat, weil es ihr bis hier stand …«

»*Sunday in the Park with George*«, sage ich.

»Georges Seurat!« Chris ist ganz begeistert. »Ich liebe sein Werk.«

Chris fragt Nana nach ihrer Religion, und ich vergrabe mein

Gesicht in den Händen, als sie in einem dreiminütigen Monolog erklärt, wie wichtig es sei, den Teufel zurückzuweisen. »Und wissen Sie, dass in der Bibel steht …« Gerade als sie einen Vers aus der Schöpfungsgeschichte rezitiert, unterbricht Grandma sie einfach und rettet mich vor dem Wahnsinn, indem sie Chris nach seiner Arbeit fragt. Ich bin beeindruckt, als er seine Antwort auf ein Minimum beschränkt. Anscheinend soll es bei diesem Treffen tatsächlich um unsere Großeltern gehen.

Ich sage zu seiner Großmutter, dass sie sicherlich stolz auf ihren Enkel und seine erfolgreiche Arbeit ist. Sie antwortet, dass die gesamte Familie stolz auf ihn sei, aber dass es schöner wäre, wenn er nicht so weit entfernt wohnen würde. Chris' Grandpa verwickelt Grandma in ein Gespräch über den Zweiten Weltkrieg, und sie stellen fest, dass er zur gleichen Zeit in Deutschland war wie mein Großvater. Plötzlich hängt Grandma an seinen Lippen und kichert wie ein Schulmädchen über seine Geschichten vom Krieg. »Welchen Rang hatte Ihr Mann, als er die Armee verlassen hat?«, fragt er. Obwohl er schon über achtzig ist, hat er, genau wie Chris, eine perfekte Nase, als habe ein Künstler sie geschaffen.

»Er war Corporal«, sagt Grandma.

»Beeindruckend«, wirft Chris' Großmutter ein. Grandma schweigt.

»Ja, er war wirklich beeindruckend«, sage ich. »Nicht wahr, Grandma?«

Sie nickt. »Ja.«

Die Kellnerin kommt mit zwei Rechnungen an den Tisch. »Kann ich Ihnen noch etwas bringen?«

»Nein, danke«, erwidere ich und nehme die Rechnung für uns entgegen.

»Wie wäre es mit einem Taxi, Schätzchen?«, fragt Nana

und tut so, als sei sie Marilyn Monroe. »So betrunken war ich nicht, seit mein dritter Mann gestorben ist!« Chris, der gerade Bargeld auf den Tisch legt, hält inne und lächelt diskret.

Gemeinsam verlassen wir das Lokal. Chris küsst meine beiden Großmütter auf die Wangen, und ich umarme seine Grandma und wünsche ihr alles Gute für die Operation. Ich höre, wie er zu Grandma sagt, ihre aquamarinblaue Jacke würde perfekt zu ihren Augen passen. Dann kommt er zu mir und küsst mich zärtlich erst auf die rechte, dann auf die linke Wange. Seine Hände gleiten über meine Arme, und – ich weiß, ich bilde mir das ein – unsere Fingerspitzen berühren sich. Verlangen steigt in mir auf, als er mit seinen Großeltern zum Pickup geht, der offensichtlich seinem Grandpa gehört.

Ich hake mich bei Grandma und Nana ein, als wir die Stufen hinuntergehen. »Na, was meint ihr, Mädels?«

Nana sagt: »Sein Jackett war zerknittert.« Ich hatte eigentlich das Essen gemeint, nicht Chris, dessen Jackett definitiv nicht zerknittert war … und ist sie nicht sowieso fast blind? »Du weißt doch, wie anspruchsvoll ich bin, wenn es um die Verehrer meiner Enkelinnen geht.« Okay, jetzt mal langsam: Chris ist ein gutaussehender, fürsorglicher, international gefragter Chirurg. Wie viel besser kann es denn noch werden? Und wer hat behauptet, er sei mein Verehrer?

»Ich fand es perfekt«, entgegnet Grandma, bevor sie in ihren Wagen steigt. Mir ging es vor allem um ihre Meinung zu Chris.

Ich fahre mit Nana in den Supermarkt, kaufe Milch, Brot und eine Stange Zigaretten für sie, und dann fahre ich sie nach Hause. Dort räume ich ihre Einkäufe weg, küsse sie zum Abschied und mache mich wieder auf den Weg. Kaum sitze ich im Auto, klingelt mein Handy. Es ist Grandma. »Liebes?«

»Grandma! Ich bin ja so froh, dass du anrufst. Ich habe beim Mittagessen ganz vergessen, dir etwas zu erzählen. Du wirst es nicht glauben: Emma bekommt ein Baby!«

»Ach ja? Wie wundervoll. Haben sie es lange versucht?«

»Ja, sie sind jetzt seit fünf Jahren verheiratet.«

»Ach herrje! Ich werde in der Messe eine Kerze für sie anzünden. Liebes, ich rufe an, weil ich dir nur schnell sagen wollte … heute war der schönste Nachmittag, den ich seit langem gehabt habe.«

»Oh, Grandma, das freut mich.«

»Und es gibt wohl noch jemanden, der ihn ebenso genossen hat wie ich.«

»Wer, ich?« *Oh nein, sieht man mir meine Verliebtheit so deutlich an?*

»Ja, du wahrscheinlich auch. Aber ich habe eher deinen Freund gemeint.«

»Du meinst Chris?«, rutscht es mir heraus. Die eigentliche Frage dahinter lautet: *Glaubst du, er mag mich, Grandma?*

»Ja, ich spreche von Chris.«

»*Wirklich?*« Ich biege auf den Parkplatz vor der Post ein, damit ich mich auf das Gespräch konzentrieren kann.

»Ja. Und ich finde auch, er war heute Nachmittag wesentlich entspannter als beim ersten Mal, als ich ihn gesehen habe.«

»Das ist aber eine interessante Beobachtung.«

»Und ich finde, ganz besonders entspannt wirkt er im Gespräch mit dir. Er hat dich oft angelächelt.«

»Ach was.« Mein Herz klopft, und ich wünsche mir, dass Grandma, die Liebesexpertin, recht hat.

»Ich habe so eine Vermutung, dass du eine Seite an ihm zum Vorschein bringst, die die meisten anderen Leute nicht sehen können. Ach, du liebe Güte, auf der Basis eines Brunchs kann ich sicher kein abschließendes Urteil fällen … aber ich habe es so empfunden. Außerdem sieht er sehr gut aus im Anzug, nicht wahr?«, fragt sie kichernd.

»Wahrscheinlich haben wir beide den gleichen Geschmack.«

»Ja«, erwidert sie. »Ich würde sagen, wir lieben den gleichen Typ Mann.«

»Grandma, danke, dass du angerufen hast und … und mir all das erzählt hast.«

»Ja, Liebes, was ich dir eigentlich sagen wollte …« Sie wird ernst. »… es war so ein schöner Nachmittag, dass ich zu Hause vor Freude geweint habe.«

Ich lade Chris und seine Großeltern in der Woche darauf zu einem Muttertagsessen ein. Allerdings ist er mittlerweile wieder wie vom Erdboden verschluckt – er antwortet lediglich auf die E-Mail, die ich ihm geschrieben hatte, um ihm zu berichten, dass Grandma Glo sich sehr wohl gefühlt hatte.

»Freut mich, dass es Grandma Flo gefallen hat«, erwiderte er. »Wenn ich mich nur erinnern könnte, welche von beiden sie war.«

Flo?

Ich bin enttäuscht, aber im Nachhinein muss ich mir eingestehen, dass ich mir sowieso nicht hätte vorstellen können, dass er mir wirklich nahegekommen wäre.

Am Muttertag in Nanas Küche ist es dann auch definitiv besser, dass Chris nicht anwesend ist. Wir drei Generationen sind zusammen zur Messe gegangen und anschließend in Nanas Haus. Moms marineblauer Anzug mit der langen Kristallperlenkette steht im seltsamen Kontrast zu der altmodischen Atmosphäre bei Nana. Mom zeigt auf die Körperlotion, die auf dem Küchentisch steht. »Der Duft, den du ausgesucht hast, hat ihr gefallen«, flüstert sie. Dann ruft sie in Richtung des Schlafzimmers meiner Großmutter: »Hey, Ma, wer hat denn den Kuchen auf deiner Anrichte geschickt?«

»Punk«, erwidert Nana, womit sie ihren Bruder meint, einen Exknacki, der in einem Wohnwagen am Ortsrand lebt. »Er wollte eigentlich hierbleiben, aber ich habe ihm gesagt, dass du kommst.« Nanas Geschwister und deren Kinder meiden meine Mutter und ihre berufliche Verbindung zu Recht und Gesetz.

»Pass auf dein Portemonnaie auf«, murmelt Mutter mir zu. »Onkel Punk könnte wiederkommen.«

In diesem Augenblick taucht Nana aus ihrem Schlafzimmer auf. Sie trägt ihr pfirsichfarbenes Golf-Shirt, das sie schon in der Kirche anhatte, mit grünen Shorts aus Pannesamt, an deren Saum Glöckchen hängen. Mom und ich wechseln einen entsetzten Blick. Fassungslos krächzt Mom: »Was zum Teufel hast du denn da an?«

»Das ist sehr schick«, erklärt Nana und rückt ihren roten elastischen Hosenbund zurecht. »Ich zeige euch mal diesen Tanz, den ich vor ein paar Wochen in Punks Krankenhauszimmer aufgeführt habe, als Jesus ihn von den Toten errettet hat – ich schwöre euch, es war wie bei Lazarus.«

»Krankenhauszimmer? Ein Tanz für wen?«, fragt Mom.

»Na ja, für die Schwestern.«

Mom lässt den Kopf in die Hände sinken. »Bitte sag jetzt nicht, dass Ruth McGee auch dort war.«

»Doch natürlich! Ich schwöre dir, alle Krankenschwestern waren im Zimmer, um das zu sehen. Und jetzt schau zu, damit du die Show nicht verpasst.« Nana hüpft bereits rhythmisch auf und ab. »Freundschaft«, singt sie, »Freundschaft. Wenn du mich brauchst, bin ich da …«

Mom und ich reißen die Augen auf und bestaunen die Kabarettnummer vor unseren Augen. Mom tastet nach ihrer Handtasche, um ihren Fotoapparat herauszuholen.

Am Schluss der Vorführung wackelt Nana mit dem ganzen Körper, und die Glöckchen klingeln.

Dann blickt Nana an sich herunter und fängt so heftig an zu lachen, dass sie sich die Knie halten muss. Ihre Beine sind weiß und stämmig, und die Haut ist schlaff, wo früher einmal Muskeln waren. Insgeheim stelle ich fest, dass ich Nanas dicke Beine geerbt habe. Habe ich denn gar nichts von Grandmas zierlicher Figur mitbekommen?

Es dauert eine Weile, bis Mom sich von ihrer Verblüffung erholt hat. »Du willst doch nicht etwa behaupten, du hättest das vor Leuten aufgeführt, die wir *kennen*?«

»Na klar«, erwidert Nana. »Sie haben ein Wunder an Punk vollbracht. Er war durch seine Diabetes so aufgequollen wie ein Wal. Ich wollte mich erkenntlich zeigen.«

Mom schüttelt nur den Kopf. »Du lieber Himmel. Kannst du verstehen, warum ich deinen Vater geheiratet habe?«, wendet sie sich an mich. Dann sagt sie zu Nana: »Die Blumen und die Körperlotion hätten wir uns schenken können. Du brauchst eher eine Dauerkarte fürs Sonnenstudio.«

Die Uhr in Dads Wagen zeigt 6.22, und Grandma schaut Golf auf Grandpas großem Bildschirm, als ich bei ihr an der Tür läute. Ich umarme und küsse sie und überreiche ihr die Körperlotion, die mit dem gleichen Geschenkpapier verpackt ist wie die für Nana. Ich weise auf den Fernseher. »Haben sie heute gespielt?«

Sie zuckt mit den Schultern. »Ich weiß nicht.« Sie lässt den Fernseher nur laufen, weil Grandpa sonntags nach der Kirche immer Golf geguckt hat. »Setz dich. Möchtest du ein Glas Wein?«

»Ja, danke – wenn du auch eins trinkst.«

Sie lächelt verschwörerisch und senkt die Stimme. »Dein Onkel Paul und deine Tante Martha waren heute hier. Wir haben eine Flasche Zinfandel geleert. Aber ich trinke noch ein Glas mit dir.«

Ich folge ihr in die Küche und schenke mir das Glas Wein selber ein. Dad grillt heute für Mom, und wir wollen um acht Uhr essen. Ich blicke auf die Uhr. Schon kurz nach halb sieben.

»Möchtest du Spaghetti essen?«

»Nein, nein, danke, Grandma. Dad macht in einer Stunde Hot Dogs für Mom.«

»Oh.« Sie ist enttäuscht, weil das bedeutet, dass ich nicht lange bleibe. »Hot Dogs?« Aber sie tut so, als mache es ihr nichts aus, und wir gehen wieder ins Wohnzimmer. Ich setze mich neben sie und proste ihr zu.

»Fröhlichen Muttertag, Grandma.«

»Oh, danke, Kris. Hey, bevor ich es vergesse, hat Carisa dich erreicht?«

»Ja.« Ich trinke einen Schluck. »Sie hat mir eine E-Mail geschickt. Sie wollte mich fragen, wie sie am besten mit dem Schreiben anfängt. Weißt du was, Grandma? Dieses Mädchen ist die geborene Schriftstellerin. Hast du ihren Blog gelesen, als sie im Ausland studiert hat?«

»Ja, aber ich habe nicht alle Ausdrücke verstanden.«

»Oh Mann, ich war ganz besessen davon. Sie ist so witzig.« Carisa, meine zweitjüngste Cousine, verkörpert die Philosophie unserer Familie – arbeite viel, spiele viel – auf ihre eigene Weise: Vor allem spielt sie. Bevor sie auf eine staatliche Universität in Missouri wechselte, um näher bei ihren Eltern zu sein, war sie auf einem College nahe beim Haus meiner Großeltern in Florida. In der Woche, in der ich da war, bevor Grandpas Schmerzen in der Brust begannen, konnten wir nicht genug bekommen von den Schulgeschichten, die sie uns erzählte.

Mir wurde damals klar, wie sehr ich meine Cousins und Cousinen liebe, vor allem die Mädchen. Manchmal wünschte ich, ich könnte sie alle in einem Haus um mich versammeln und ihnen Ratschläge über das Leben und die Liebe geben – Dinge, die ich allein und auf die harte Tour lernen musste.

»Ich denke oft über euch Mädchen nach«, sagt Grandma und blickt in ihr Weinglas. »Carisa und ihr freier Geist, du mit deinen Projekten und deinen Reisen. Maggie kommt diesen Sommer nicht von der Schule nach Hause – Gabby auch nicht, sie haben beide Praktika. Trish zieht Anfang Juni nach San Francisco ... und, hast du schon gehört? Kenneth Cole hat Nicoletta befördert, und sie hat jetzt einen ganz normalen Vollzeitjob.«

»Das ist gut. Dann muss sie wenigstens nicht mehr am Wochenende oder abends Schaufenster dekorieren.«

»Das stimmt.« Grandma sitzt eine Weile still da, dann sagt sie: »Ich bin wirklich froh, dass ihr Mädchen euch beruflich alle so gut entwickelt. Nur manchmal macht es mich traurig, dass ihr alle eure eigenen Wege geht. Du gehst ja auch wieder.«

»Grandma, das ist bei Enkeln nun mal so. Wenn wir nicht gehen, dann machen wir nur unsere Eltern wahnsinnig. Sie brauchen auch mal Zeit für sich. Und du hast schon mehr Zeit mit deinen erwachsenen Enkeln verbracht als die meisten Großeltern.«

»Ich weiß. Ich war auch noch nicht fertig. Wenn ich so darüber nachdenke, finde ich es viel besser als in meiner Jugend.«

»*Besser* als in deiner Jugend?«

Sie blickt mich an. »Ja.«

Mehr sagt sie nicht. Ich knabbere ein paar Mandeln, lehne mich in Grandpas altem Lehnsessel zurück und denke über das nach, was sie gerade gesagt hat.

»Ich glaube, ich verreise«, verkündet sie plötzlich.

»Ja?« Ich stelle mein Glas ab. Seit Monaten sagen wir ihr alle, dass ihr eine Luftveränderung guttäte. Wir haben ihr sogar angeboten, ihr den Flug zu bezahlen, wenn sie Tante Marie in St. Louis besuchen will. »Grandma, das wäre bestimmt wundervoll für dich. Du wirst erstaunt sein, wie ein Urlaub deine Perspektive verändern kann.«

Voller Vorfreude schlägt sie sich auf die Knie. »Ja, das habe ich mir auch gedacht.«

»Weißt du noch, wie erholt ich von meinem ersten Urlaub in Italien nach Hause zurückgekommen bin? Ich kam mir vor wie ein neuer Mensch. Grandpa sagte, ich hätte dieses ›römische Leuchten‹.« Aber dann fällt mir etwas ein. »Grandma«, frage ich, »bist du überhaupt schon mal alleine verreist?«

»Nein, aber …« Sie redet schnell. »Aber Tricia sagte, wenn ich im Juni fahre, wenn sie nach Kalifornien zieht, können wir zusammen fliegen, und sie macht dann die Zwischenlandung in St. Louis mit, so dass ich eine Reisebegleiterin habe.«

»Das ist ja perfekt! Und wenn du zurückkommst, sind wir am vierten Juli alle am Bootssteg, und am ersten Wochenende im August haben wir unser jährliches Boccia-Turnier, und zwei Wochen danach ist schon Zachs Hochzeit.«

»Ich freue mich darauf, Onkel Bill auf Zachs Hochzeit wiederzusehen.« Onkel Bill ist Grandpas Lieblingsbruder. Er hat keine Kinder, und vor fünfzehn Jahren ist seine Frau – die Lieblingstante meines Vaters – an Krebs gestorben. Onkel Bill ist gerne mit unserer Familie zusammen, und obwohl er so weit weg wohnt, betrachtet er meine Cousins und Cousinen und mich als seine Enkel. Ich ziehe die Augenbrauen hoch. »Werdet ihr miteinander tanzen?«

»Kristine!«

»Das ist doch nur eine harmlose Frage, Grandma.«

Sie zuckt mit den Schultern. »Ich habe dir ja schon erzählt, dass ich alle Brüder von Grandpa attraktiv fand, oder?«

Ich tue schockiert. »Gloria Delores!«

»Ich muss nach vorne sehen«, erwidert sie. »Mein Puzzle-Club hat versucht, mir Florida schmackhaft zu machen, aber dort leben alle unsere Freunde noch in derselben Gegend, und da möchte ich ohne Grandpa nicht hin.«

»Dein Puzzle-Club?«

»Ja, das ist etwas Neues. Wir treffen uns einmal die Woche im Gemeindezentrum.«

»Sind da auch alleinstehende Männer?«

»Es reicht jetzt, junge Dame. Anscheinend steigt dieser Wein uns beiden zu Kopf.«

»Ach, Glo, ärgere dich nicht. Dann wirst du in St. Louis mit Tante Marie shoppen gehen und ins Museum, und Onkel David führt euch zum Essen aus und vielleicht auch mal zu einem Spiel der Cardinals.«

»Genau. Und ich fahre nicht nur für ein paar Tage. Ich glaube, ich bleibe zwei Wochen.« Ich denke daran, wie das meinen Dad entlasten wird. Er ruft Grandma meistens abends vor dem Essen an, nach einem vollen Arbeitstag und vor seinem Marathon-Training. Auch für meine Onkel wird es eine große Erleichterung sein, weil sie sich alle um ihre Mutter kümmern. Sie blickt mich an. »Ich brauche keine Antidepressiva mehr.«

Ich lächele sanft. »Das ist wirklich wunderbar, Grandma.«

Die Tabletten haben ihr über die schlimmste Trauerzeit hinweggeholfen, aber es stimmt: Wir gehören zu den Frauen, die sich nicht gerne von solchen Glücksquellen abhängig machen.

Als ich Grandma zum Abschied umarme, ist sie immer noch munter und aufgedreht. Noch nie zuvor hat sie mir gegenüber angedeutet, dass sie das Leben, das sie gelebt hat, nicht völlig akzeptiert, dass es Dinge im Leben ihrer Enkelinnen gibt, um die sie sie beneidet. Und sie hat auch noch nie so unabhängig gehandelt. Früher wäre sie nie auf den Gedanken gekommen, ohne meinen Großvater zu verreisen. Dieses Gespräch versöhnt mich noch mehr mit der Tatsache, dass Chris heute mal wieder nicht dabei war. Ich habe eine ganz neue Seite an meiner Großmutter entdeckt.

Eine Woche später ruft Chris mich an und fragt, ob ich für eine Woche in seiner Ausweichpraxis arbeiten kann. »Chris, es tut mir leid«, antworte ich. »Ich habe vier Auftragsarbeiten mit einem festen Abgabetermin, und das bei dir ist zu zeitintensiv.« Ich sage ihm, ich wüsste eine College-Studentin, die einen Sommerjob sucht, und zögernd schreibt er ihre Telefonnummer auf.

Zwei Abende später ruft er erneut an. »Hey, das Mädchen, das du mir empfohlen hast, ist ganz ordentlich, aber ich brauche wirklich dich«, erklärt er. »Niemand geht ein Projekt so gründlich an wie du.«

»Chris«, erwidere ich mit fester Stimme, »ich wünschte, ich könnte es machen.« Ich schweige, dann fahre ich fort: »Nächste Woche sehe ich ein wenig Licht im Tunnel. Wenn du dann mit Kylie immer noch nicht zurechtkommst, sag mir Bescheid, und ich werde sehen, was ich tun kann.«

»Toll, Kris. Ich brauche dich wirklich.«

»Ja, wir werden sehen«, entgegne ich. Na großartig, Grandmas Theorie funktioniert tatsächlich! Man darf den Männern nicht hinterherlaufen!

»Und, wann machen wir mal wieder einen Großeltern-Brunch?«

Ich lache. »Ich weiß nicht. Du fährst doch schon in zwei Wochen, oder? Wie lange wird es dieses Mal sein?«

»Für vier Monate.«

Iiih!

Eines Abends sind Mom und ich mit Dad zum Essen verabredet. Wir wollen gerade losfahren, als das Telefon klingelt. »Ruft er jetzt jeden Abend an?«, fragt Mom.

»So ungefähr.«

»Liebes, er braucht deine Hilfe.«

Ich greife zum Hörer. »Hallo, Dr. Christopher. Rufst du an, weil du meine Hilfe brauchst?«

Am nächsten Morgen ziehe ich ein blaues Kleid und pastellfarbene Highheels an. Chris holt mich vor der Haustür ab und öffnet mir die Wagentür. »Soll ich fahren, damit du telefonieren kannst?«, frage ich ihn.

»Gute Idee.« Wir wechseln die Plätze. »Weißt du«, sagt er, »du kannst eigentlich mein Auto den Sommer über behalten, während ich weg bin. Es ist bestimmt nicht lustig, auf die Autos der Eltern angewiesen zu sein.«

»Oh, Chris, danke«, erwidere ich. »Das ist echt nett von dir, aber das ist nicht nötig.« Es sei ihm eine Ehre, beharrt er, und schließlich gebe ich nach: »Okay, einigen wir uns darauf: Wenn du noch einmal darauf zu sprechen kommst, können wir darüber reden.«

An jenem Morgen sitze ich an seinem Schreibtisch und arbeite seine Liste ab – ich bezahle Rechnungen, buche Flüge und hole Anzüge vom Schneider ab. »Alles fertig!«, sage ich schließlich. »Du könntest heute Abend das Land verlassen, und alles wäre erledigt.«

Panisch reißt er die Augen auf und fragt besorgt, ob ich nicht morgen noch einmal wiederkommen könne. »Da ist noch mehr!«

Aber am nächsten Morgen brauche ich nur eine Stunde – den Rest des Tages verbringe ich damit, Änderungen an einem meiner Artikel vorzunehmen und meine E-Mails zu beantworten.

Mittags steckt er den Kopf zur Tür hinein. »Kris, können wir heute Abend essen gehen?« Die Frage trifft mich unvorbereitet, doch er erklärt mir, dass er heute Abend ein Essen mit seinem Steuerberater hätte und mich als Zeugen bräuchte.

»Ach so. Ja, ich kann mitkommen. Außerdem bist du mein Fahrer.«

»Apropos, du kannst wirklich mein Auto den Sommer über benutzen. Und meinen Laptop solltest du auch nehmen«, schlägt er vor. »Deiner sieht so aus, als würde er aus dem letzten Loch pfeifen.« Ich blicke auf meinen Mac. Der Bildschirm wird nicht mehr richtig hell, und seit letztem Sommer muss ich ein externes Keyboard benutzen, weil ich das integrierte mit einer Flasche Wasser zerstört habe.

»Okay«, erwidere ich. »Abgemacht.«

Bevor wir die Praxis verlassen, zieht er sich um. Er steht direkt hinter der nächsten Ecke, so dass wir uns weiter unterhalten können. Ich höre das Rascheln seiner Kleidung, das Geräusch des Reißverschlusses. Er kommt zu mir. »Brauche ich eine Krawatte?«

»Nein.« Ich lächele. »Das ist dein Steuerberater, kein Investor.«

Er trägt beide Aktentaschen, seine und meine, zum Auto. »Oh, Kris, das Ding schleppst du mit dir herum?«

»Schwer, was?«

»Ja, ein bisschen.«

»Ich habe einen starken Rücken.«

Als er sich hinters Steuer setzt, komme ich mir vor, als führen wir zu einem Date, nicht zu einem Geschäftsessen. »Wo soll er denn hinkommen?«

»Zu *Luigi's*«, erwidere ich. »Falls du Lust auf Italienisch hast.«

Er ruft seinen Steuerberater an und bestellt ihn zu *Luigi's*. Mir flüstert er zu: »Ich muss erst noch im Krankenhaus vorbeifahren.«

Ich nicke.

Auf dem Krankenhausparkplatz kommt Chris zur Beifahrerseite, um mir herauszuhelfen. »Deine Schuhe gefallen mir«, sagt er und zeigt auf meine Satinpumps.

»Oh, danke«, antworte ich. »Wir haben den gleichen Geschmack, was?«

»In Sachen Schuhe?«

»Im Allgemeinen.«

Sein Patient ist Anfang fünfzig und ist gerade für Implantate vorbereitet worden. »Dr. Christopher«, lispelt er, als Chris den Zungendepressor löst. »Es drückt. Anscheinend passen die Zähne nicht, die mein Zahnarzt gemacht hat.«

»Okay.« Chris zieht seine Gummihandschuhe aus und verschränkt die Arme. »Reden wir darüber.« Der arme Kerl sagt, die Implantate sehen viel zu groß aus, und er hat Angst, ein paar tausend Dollar für etwas ausgegeben zu haben, das ihm nicht gefällt.

»Darf ich mal unterbrechen?«, frage ich.

»Sicher, Kris«, entgegnet Chris.

»Liegt es vielleicht daran, dass Sie nicht wissen, was Sie sonst noch für Optionen haben?«

»Genau!«, erwidert der Patient.

Chris erklärt ihm, dass er als Arzt für Gesundheit und Zufriedenheit des Patienten sorgen möchte. »Und wenn ein Patient nicht glücklich ist, muss er es mir sagen. Und ich kenne Ihren Zahnarzt und weiß, dass er genauso denkt.«

Der Mann hat viel bessere Laune, als wir gehen. Er zwinkert Chris zu, als er mir die Hand schüttelt, und sagt: »Sie ist ein Knaller.«

Chris lächelt und schiebt mich aus der Tür.

Im Auto schnalle ich mich an. »Chris, du bist … du bist ein wundervoller Arzt.« Der Mann hatte solche Angst und hat sich gefragt, ob er hinterher auch gut aussehen würde und ob es sich gelohnt hatte, das ganze Geld auszugeben. »Ich meine, du hattest den ganzen Tag mit Patienten zu tun und warst auf dem Weg zu einem Geschäftsessen, und trotzdem hast du dir die Zeit genommen, ihm zuzuhören.«

»Es bedeutet mir sehr viel, dass du das sagst, Kris. Und ich war froh, dass du dich in das Gespräch im Krankenzimmer eingemischt hast.« Er biegt auf die Autobahn ab. Die Abendsonne scheint auf das Maisfeld vor uns, und mir wird bewusst, dass das die gleiche Strecke ist, die wir nach unserer ersten Verabredung nach Hause gefahren sind.

Ich habe das Gefühl, dass unsere Verbindung jetzt noch tiefer ist als damals, als wir Musik hörten und Kaugummi kauten, ein vertrautes Abendessen hinter uns hatten und der Wind uns durch die Haare blies. Als ich damals im Bett lag, versuchte ich, mir sein Gesicht ins Gedächtnis zu rufen. Im vergangenen Jahr gab es Momente, in denen ich das Gefühl hatte, ihn an jenem ersten Abend besser gekannt zu haben als an jedem anderen Punkt in unserer Freundschaft – diesen komplizierten Charakter, der so viel Unterstützung und Verständnis braucht. Wenn ich gerade nicht so froh wäre, neben ihm auf den Beifahrersitz zu sitzen, dann wäre ich jetzt ganz niedergeschlagen. Womöglich sehe ich ihn nie wieder, wenn er nächste Woche nach Asien fliegt.

Dabei fällt mir ein: »Hey, brauchst du jemanden, der dich am Dienstag zum Flughafen fährt?«

»Ja!«, antwortet er und ergreift meine Hand. »Danke, dass du gefragt hast!« Er drückt meine Hand und lässt sie dann wieder los. Ich blicke aus dem Fenster, obwohl ich seine Berührung im ganzen Körper spüre.

Vom Parkplatz aus ruft er einen Patienten an und bittet mich, schon mal ins Restaurant zu gehen, wo sein Steuerberater an der Bar wartet. »Er heißt Dick«, fügt er noch hinzu. *Na toll.*

Dick und ich machen Small Talk, aber als Chris kommt, schwirrt mir bereits der Kopf. »Er scheint zu glauben, dass ich deine Buchführung mache, Chris«, sage ich wütend. »Wenn es nicht anders ginge, würde ich es ja machen, aber ich fürchte, das übersteigt meine Fähigkeiten.« Er meint, ich solle mir keine Sorgen machen. Im Gespräch geht es um internationale Steuergesetzgebung und andere Themen, die mir völlig fremd sind.

»Wann wollen Sie Ihre Abrechnungen abgeben?«, fragt Dick.

Ich lehne mich an Chris. »Dick, er wird es erledigen, wenn es nötig ist. Chris lässt nie etwas unerledigt.« Irgendwie hat meine Hand die warme Stelle zwischen Chris' Schulterblättern gefunden. Dort bleibt sie liegen. Ich spüre seine trainierten Muskeln unter seinem Hemd. Chris rührt sich nicht …

aber *vielleicht* sind zwei Chardonnays auch genug für mich. Mir wird bewusst, dass ich vor acht Stunden zum letzten Mal etwas gegessen habe. »Ich bin am Verhungern«, flüstere ich.

Chris nickt. »Wir essen, wenn Dick gegangen ist.« Aber Dick geht nicht, und letztendlich schlingen Chris und ich auf unseren Barhockern etwas herunter.

Auf dem Weg nach draußen zeige ich ihm das Bild von mir und Giada De Laurentiis, das bei Luigi an der Wand hängt. »Unsere Familien stammen aus der gleichen Gegend in Italien.«

»Das ist unglaublich. Ihr beide könntet Schwestern sein.«

Lachend erwidere ich, dass er mir gerade das schönste Kompliment gemacht hat, weil Giada De Laurentiis in meinen Augen die schönste Frau im Universum ist.

»Ja, wie gesagt«, entgegnet er verlegen, »ihr beide könntet Schwestern sein.«

Zum ersten Mal hat er etwas über mein Aussehen gesagt. Bisher wusste ich nicht einmal, ob er mich attraktiv findet. Dabei teile ich mit jeder anderen Frau auf der Welt die Sehnsucht, dass der Mann, den ich will, mich begehrenswert findet; ich möchte für meine Schönheit und meinen Geist begehrt werden. Das ist das Grundbedürfnis jeder Frau, und ich finde, Chris hat ziemlich lange gebraucht, um es zu erfüllen … aber jetzt hat er es endlich getan. Er öffnet mir die Autotür und hält meine Hand, als ich einsteige, wie bei unserer ersten Verabredung. »Danke, Chris.«

In der Einfahrt vor dem Haus meiner Eltern tritt er nach hinten an seinen SUV und holt meine Tasche heraus. Gemeinsam gehen wir zur vorderen Veranda, und als ich die Haustür öffne und ins Haus trete, stellt er die Tasche hinein. Einen Moment lang bleibt er auf den Stufen stehen, die Hände in die Taschen gesteckt. »Gute Nacht, Kris.«

»Gute Nacht.« Ich schließe die Tür und blicke ihm nach, wie er zu seinem Wagen geht. Morgen helfe ich ihm zum letzten Mal in der Praxis … und danach weiß ich nicht, wann ich ihn wiedersehen werde.

Ich warte, bis er um die Ecke gebogen ist, bevor ich die Außenbeleuchtung ausschalte. Zum zweiten Mal an diesem Tag fühle ich mich wie bei unserer ersten Verabredung. Auch an jenem Abend hat er mir die Autotür geöffnet. Eine Geste, mit der er seine Sorge um mich und um mein Wohlbefinden und seine Freundlichkeit mir gegenüber demonstriert. Sie zeigt mir, dass er dazu fähig wäre, mit mir zusammen zu sein, aber seine Arbeit kommt immer an erster Stelle.

Dies ist das einzige Dilemma, das selbst Grandmas Ratschläge nicht lösen können. Ich ignoriere das Bellen der Hunde, als ich die Treppe hinaufhusche. Moms Standuhr schlägt Mitternacht. Chris und ich müssen morgen früh raus. Ich werde die Abschiedsgeschenke einkaufen, die er seinen Angestellten geben will, und ich weiß jetzt schon, dass die Verkäuferinnen mich neugierig mustern und sich fragen werden, was ich für Dr. Christopher bin, wenn ich beim Chocolatier, im Grußkarten-Shop und im Café, wo ich das Mittagessen für das Personal hole, seine Kreditkarte über die Theke reiche.

Ich erinnere mich daran, dass ich zu Grandma gesagt habe, er bräuchte eine Ehefrau. *Ich bin dazu geschaffen, die Rolle der Person zu spielen, die sich um dich kümmert*, möchte ich ihm am liebsten sagen. *Seit wir einander begegnet sind, haben wir Türen im Leben des anderen geöffnet … Warum lassen wir einander also nicht ein?*

10

Liebe durch bloße Existenz

Eines Nachmittags Anfang März rief Grandma mich voller Panik an. Sie hatte einen Schwindelanfall gehabt, und sie war in der Diele ohnmächtig geworden; irgendwie war es ihr jedoch gelungen, nicht hinzufallen. »Ich habe gerade beim Arzt angerufen, und sie meinen, ich hätte vielleicht einen kleinen Schlaganfall gehabt«, sagte sie zu mir. »Kannst du kommen und mich in die Praxis fahren?«

Zu Hause war gerade kein Auto, deshalb rief ich meinen Bruder an und bat ihn, von der Arbeit zu kommen und mich in die Stadt zu fahren. Ich saß während der Fahrt still auf dem Beifahrersitz, damit er sich auf die glatten Straßen konzentrieren konnte – der Winter hatte zum letzten Mal in diesem Jahr zugeschlagen, und der Himmel war so bleigrau wie der Schneematsch am Straßenrand. Ich hatte die Schläfe an die kalte Scheibe gepresst und spürte die gleiche Angst in mir aufsteigen wie damals auf dem Heimflug, als Grandpa im Sterben lag.

Als die Schwester am Empfang Grandma und mich aus dem Wartezimmer rief, verhielten sich die Krankenschwestern nicht sehr fürsorglich. Eine schob Grandma ein riesiges Thermometer mit einer Spiralschnur unter die Zunge und blickte gelangweilt zur Decke, während eine andere eine Blutdruckmanschette um Grandmas Arm legte. »Das ist kalt!«, sagte sie so erschreckt wie ein Kind, das den Fuß in zu heißes Badewasser steckt. Es verblüffte mich, wie wenig die Schwestern sich um das Wohlergehen meiner Großmutter kümmerten. Es war doch egal, ob sie schon zum dritten Mal innerhalb eines Monats in der Praxis war: Sie hatte Angst, und ich sah ihr an, dass die Ungeduld des Personals sie noch mehr durcheinanderbrachte. Am liebsten hätte ich Chris eine SMS geschickt und ihn gebeten herzukommen, damit die Krankenschwestern freundlicher ihr gegenüber wären. Natürlich schrieb ich ihm nicht, weil ich ihn nie bei der Arbeit störte, ich konnte mir jedoch vorstellen, wie sich ihr Benehmen schlagartig ändern würde, wenn er auf einmal auftauchte. Aber ich musste mich damit begnügen, selbst Anwalt meiner Großmutter zu sein, schließlich gehört es zum Job einer Krankenschwester, sensibel auf die Patienten einzugehen.

Die eine Schwester zog ihr Stethoskop aus den Ohren und löste die Blutdruckmanschette von Grandmas Arm. Sie meinte, Grandmas Blutdruck sei zu hoch – zwar nicht viel, aber sie wisse nicht, warum. Deshalb hätte der Arzt schon vor unserer Ankunft entschieden, dass er sie komplett untersuchen wolle.

Sie reichte uns ein blaues Krankenhaushemdchen mit Bändern am Rücken; genauso eines hatte Grandpa in Florida vor seiner Herzoperation getragen. »Es wird ein bisschen luftig im Rücken, Mrs Gasbarre«, sagte sie zu Grandma. »Vielleicht kann Ihre Enkelin Ihnen helfen, es zuzubinden.«

»Was soll sie alles ausziehen?«, fragte ich, als sich die beiden Schwestern zum Gehen wandten.

»Alles. Sie bekommt heute das komplette Programm«, antwortete die eine Schwester. »Und aus den Unterlagen geht hervor, dass der letzte Abstrich fünf Jahre her ist, deshalb werden wir das heute auch erledigen.«

»Grundgütiger Himmel«, flüsterte Grandma.

Die schwere Holztür fiel mit einem solchen Krach ins Schloss, dass Grandma und ich zusammenzuckten.

»Es ist kalt hier drin, nicht wahr?«, fragte sie.

Das Neonlicht leuchtete die Falten um ihre Augen unbarmherzig aus. »Ja, es ist ziemlich kalt.« Die sterile Atmosphäre des Raums machte ihn zu dem letzten Ort, an dem sich eine Frau gerne ihrer Kleidung entledigte.

Grandma seufzte laut und knöpfte ihre kleine, pinkfarbene Strickjacke auf. Vorsichtig faltete ich den hellblauen Krankenhauskittel auseinander, um ihr hineinzuhelfen. »Grandpa würde vermutlich sagen, es nützt ja nichts«, sagte sie. »Alles nur für die Gesundheit.«

Ich streckte die Hand aus und tat gleichmütig, wobei ich es vermied, meine Großmutter anzusehen. Ich hörte das Rascheln des Stoffes, als sie nach und nach, sehr langsam, ihre Kleidungsstücke auszog und über mein Handgelenk legte. Schließlich hielt ich ihr den Kittel hin. »Hier, Grandma, ich schaue nicht hin, aber zieh ihn bitte so schnell wie möglich an, damit du nicht frierst, okay?«

»Warte«, befahl sie, und dann fiel etwas aus Satin über meine Hand. Schockiert drehte ich mich um. Es war ein dünnes Seidenhemdchen. Um Fassung ringend, faltete ich es sorgfältig.

Ohne hinzuschauen, hielt ich ihr den blauen Kittel hin. Ihre Arme glitten in die Ärmel, und ich zog die Schnüre auf dem Rücken so eng zusammen, dass niemand ihren Körper sehen konnte. Züchtig zupfte sie den Kittel zurecht, als sie sich setzte. Dann wandte sie mir den Rücken zu. »Liebes, würdest du bitte meine Brassiere öffnen«, bat sie mich.

Brassiere. Dieses Wort benutzt heute niemand mehr. Ich rieb mir die Hände, damit sie warm wurden und ich den Haken durch die Lücken des Kittels öffnen konnte. Grandma schob die Träger herunter und entledigte sich ihres Büstenhalters durch die Ärmel des Krankenhauskittels. Zufällig sah ich, dass Grandmas Büstenhalter so ähnlich aussah wie meine. *Mein Gott, auch meine Großmutter trägt Bügel-BHs mit Spitze!* Sorgfältig schob sie die winzigen Schalen ineinander und steckte den Büstenhalter unter den gefalteten Kleidungsstapel, den ich über die Stuhllehne gehängt hatte. Dann schlüpfte sie wieder in ihre weißen Mokassins. Ich stellte fest, dass ich gewisse Verhaltensweisen meiner Großmutter geerbt hatte: Auch ich falte beim Arzt immer sorgfältig meine Sachen und lege sie aufeinander. Wenn der Arzt sieht, wie gut ich mich um meine Kleidung kümmere, kümmert er sich hoffentlich genauso gut um mich.

Als ich wusste, dass ich wieder hingucken konnte, ergriff ich ihre Hand, damit sie auf den Untersuchungsstuhl klettern konnte. Sie lehnte sich hintenan, und ihre kleinen Beine baumelten zu beiden Seiten herunter. Ich überlegte, ob ich die Situation durch eine flapsige Bemerkung entschärfen sollte, ließ es dann aber lieber sein.

Der Arzt nickte mir knapp zu, als er hereinkam, und fragte flüsternd: »Was macht ihr Gedächtnis?« Ich wackelte mit der Hand, um ihm zu bedeuten, dass es mal so und mal so war. Wir beide waren nicht ganz einer Meinung, was ihren Gesundheitszustand anging. Bei einem früheren Besuch in der Praxis hatte er ihr einen Vortrag darüber gehalten, dass Antidepressiva ihre Stimmungsschwankungen stabilisieren würden. Sie hasste die Nebenwirkungen und hatte Angst, abhängig zu werden, deshalb hatte ich ganz unschuldig gefragt, ob sie nicht zur Trauerbewältigung eher zu einem Psychotherapeuten gehen sollte. »Vielleicht würde das ja auch ihrem Gedächtnis guttun«, hatte ich gemeint. »Das wird auch nicht gerade besser.« Ich hatte nichts anderes sagen wollen als *Bitte, hilf uns!*, aber er hatte die Augen zusammengekniffen und in äußerst bestimmtem Tonfall erwidert: »Bevor wir darauf zurückgreifen, muss ich mich zunächst um die körperlichen Symptome kümmern.« Ich hatte im College Psychologie studiert und wusste daher, dass Psychologie unter Medizinern nicht immer hochangesehen ist ... Jedenfalls saß ich den Rest der Untersuchung kochend vor Wut dabei und sah mit an, wie er meiner Grandma zu unterstellen schien, dass sie sich ihre Symptome nur einbildete. Aber ich war eben keine Ärztin und konnte nur anwesend sein und meinem Vater und meinem Onkel von den Untersuchungsergebnissen berichten.

An diesem Tag jedoch schien der Arzt ein wenig zugänglicher zu sein als beim letzten Mal. Er zog den Vorhang vor den Untersuchungsstuhl. *Gott sei Dank!* Ich liebe Grandma, und ich bin nicht prüde, aber da ich weiß, wie schwer es ihr fällt, sich nackt zu zeigen, hätte ich sicher auch Probleme damit. Ich hörte, wie der Arzt hinter dem Vorhang zur Krankenschwester sagte, sie solle das Spekulum anwärmen, und dann ging eine Lampe an. »Ooh, ist das hell!«, sagte Grandma. Der Arzt bat sie, sich zu entspannen.

Während er sie untersuchte, drang die Erkenntnis langsam in mein Bewusstsein: Grandma ist tatsächlich eine *Frau*! Abgesehen von den letzten Monaten hatte ich sie immer nur in Beziehung zu den Menschen in ihrem Leben gesehen: als Ehefrau und Mutter, als Großmutter, als Bridgespielerin, als Gemeindemitglied, als nörgelnder Gast im Restaurant, als Patientin in der Arztpraxis. Ich habe sie immer nur als Teil ihrer

Umgebung wahrgenommen, als eine Figur in einem Szenario, ein Subjekt, das auf Außenreize reagierte ... aber niemals als Person mit Gedanken und Gefühlen, unabhängig von der Situation, in der sie sich befand. Ich hörte den Arzt fragen, ob es weh tue, wenn er hier drücke, ob sie dort Druck empfinde, ob sie bitte einmal tief Luft holen könne, damit er ihr Herz hören könne. Mein eigenes Herz schlug mittlerweile heftig, weil mir klargeworden war, dass Grandma und ich aus den gleichen Teilen bestehen. Wir haben Herzen, die schlagen (und brechen), einen Verstand, der Gedanken formuliert, die wir aussprechen oder für uns behalten, Körperteile mit lebenspendenden Funktionen. Wir haben beide geliebt, Liebe gemacht, uns manchmal sexy gefühlt und Leidenschaft erfahren. Wir haben beide nachts allein wach gelegen und geweint, weil wir nicht verstanden haben, warum unsere Geliebten nicht da sind. Hinter dem Vorhang lag Grandma ganz still und gehorsam, während der Arzt sie dieser kalten Prozedur unterzog. War sie gesund? Es kommt darauf an, wie man es sieht: Zählt ein gebrochenes Herz?

Im Wartezimmer hatte ich ihr noch versichert, dass der Arzt sich um alles kümmern würde, aber tief im Inneren war ich genauso besorgt wie sie. *Ein Schlaganfall?* Konnte es wirklich etwas Ernstes sein? Und wenn es darauf ankam, würde ich dann mein Leben hintenanstellen, um sie zu pflegen?

Im Spätsommer hatte Grandma etwas zu mir gesagt, was mir immer wieder unvermittelt in den Sinn kommt: Man muss entscheiden, was man im Leben will, und dann muss man es tun. Vorher kann man sich nicht an jemanden binden. Ganz gleich, in welcher Lebensphase sich eine Frau befindet, ob in einer Beziehung oder allein, in ihrem Herzen trägt sie eine Vision ihrer Zukunft. Grandmas Vision war es, ihren Helden bei seinem Abenteuer zu begleiten, einen großen Haushalt zu führen und schließlich das Alter zu genießen, sich mit Grandpa zurückzulehnen und sich an ihren Enkeln zu erfreuen. Meine Visionen unterschieden sich beträchtlich von ihren: Ich wollte in New York arbeiten und auf Reisen gehen, solange ich noch jung war – und jetzt kann ich diese Ziele schon auf meiner Liste abhaken. Ich kann beginnen, ernsthaft über meine Zukunft nachzudenken: Entweder finde ich einen Partner und unsere einzelnen Lebensstränge verbinden sich zu einer Liebesgeschichte, die besser ist als jeder Roman … oder ich finde keinen und lebe meine Geschichte alleine.

Grandpa und Grandma aber haben ihre Geschichte gemeinsam gelebt, und ich glaube fest daran, dass es solche Beziehungen immer noch gibt. Heutzutage drückt sich Liebe nur ein bisschen anders aus als zu ihrer Zeit, als sie Grandpa kennenlernte und ihn heiratete. Damals hatten zwei Menschen meist praktische Motive, um ein eigenes Leben zu führen, man braucht sich ja bloß meine Großeltern anzuschauen: Sie wollte gerne eine Familie haben, er brauchte Unterstützung, um erfolgreich im Beruf sein zu können. Damals wurden junge Leute anscheinend noch nicht ermuntert, besonders wählerisch in der Wahl ihrer Partner zu sein. Wenn man von jemandem umworben wurde, nahm man einfach seine freundliche Einladung an, Zeit miteinander zu verbringen. Um des gesellschaftlichen Friedens willen sagte die Frau ja, wenn der Mann beschlossen hatte, etwas Ernstes zu wollen.

Wenn dann ein Junge ein paarmal bei dem Mädchen zu Hause gewesen war und die beiden sich liebgewonnen hatten, dann begannen sie auch, mit ihren Freunden auszugehen. Wurden sie ständig miteinander gesehen, hieß es, sie gingen »fest« miteinander. Der Übergang zwischen Werbung und Beziehung war im Allgemeinen leicht zu erkennen, sowohl für die Gesellschaft als auch für das Paar selber. Und je ernster die Beziehung wurde, desto mehr wuchs die gegenseitige Anziehung. War das Paar dann bereit zu heiraten, so waren die Pläne für die Hochzeit und ihr gemeinsames Leben bescheiden. Schließlich arbeiteten die meisten Frauen nicht, und es war nur ein Einkommen verfügbar, das keinen großen Raum für extravagante Wünsche oder Urlaube ließ. Meine Großeltern zum Beispiel reisten in den Flitterwochen 1948 durch die Smoky Mountains in Tennessee. Sie machten Picknick und fotografierten sich am Straßenrand. Erst kürzlich hatte Großmutter sich dieses Album mit mir und ihren übrigen Enkeltöchtern angeschaut.

Auf den Fotos ist sie klassisch feminin gekleidet, in einem langen Mantel, darunter trug sie ein Kleid (die Farbe konnte man nicht erkennen, weil es ein Schwarzweißfoto war, aber sie erinnerte sich, dass das Kleid marineblau gewesen war). Ich muss daran denken, was sie wohl unter dem Kleid getragen hat: weiße Seide und Spitze, ein Satinhöschen. Sie blickt in die Kamera und steht ganz lässig da. Sie strahlt eine zarte, aber bewusste Sinnlichkeit aus.

Grandpa trägt auf diesen Fotos eine Hose mit Bügelfalte, ein weißes Hemd mit aufgerollten Ärmeln und eine Krawatte – eine Krawatte auf seiner Hochzeitsreise! Hinter ihm schlängelt sich der Tennessee Highway bis hinauf in die bewaldeten Berge, und er lehnt am hölzernen Geländer wie ein Model … nur Grandpa bringt es fertig, dass Tennessee so unwiderstehlich aussieht. Seine Pose ist der Inbegriff der Männlichkeit zu dieser Zeit: stark, hinreißend, *attraktiv* … mit der Fähigkeit, selbst in der schlichtesten Umgebung Liebe auszustrahlen.

Anscheinend lag damals die Romantik im Alltäglichen. Ich stelle mir vor, wie sich Paare langsam zu den Klängen aus einem Grammophon wiegen, nachdem sie die Kinder ins Bett gebracht haben; das Klimpern der Eiswürfel im Scotch-Glas eines Mannes, während er seiner Frau zusieht, die nach einem langen Tag die Haare löst. Mir gefällt der Gedanke, dass die Männer ihre Männlichkeit mit ihrem Charakter bewiesen statt mit ihrem Einkommen, und die Frauen gingen nicht so weit, wie ich dies in der Vergangenheit getan habe, um Männer auf sich aufmerksam zu machen. Allerdings habe ich das auch schon lange nicht mehr gemacht … und bei Chris sowieso noch nie.

Seine Aufmerksamkeit kann man sowieso nicht erringen, sie ist einfach da. Auf eine altmodische Art und Weise verwandelt sich die wachsende Vertrautheit zwischen uns langsam in Zuneigung; Chris ist sanft und stark zugleich … wie mein Grandpa. Natürlich spielt sein gutes Aussehen eine Rolle, aber je besser man ihn kennenlernt, desto anziehender wird er. Ich hatte Angst vor ihm, weil er eine Herausforderung darstellt: Er ist nicht der »Bad Boy«, der nach Zigaretten und Bier schmeckt, wenn ich ihn in einer Bar küsse; er ist niemand, der sich mit einer Frau abgeben würde, die sich beim ersten Date betrinkt. Er hält sich fern von sittlichen Ausschweifungen und stellt bei den Menschen, mit denen er sich umgibt, hohe Anforderungen an Verhalten und Charakter, und er findet Schönheit im Alltäglichen, sowohl bei einem nächtlichen Schwimmen im See als auch in den Augen einer alten Frau. Er ist vielschichtig, aber im Grunde genommen einfach zu verstehen.

Wenn ich damit beginnen würde, bei einem Mann nach dem wirklich Wichtigen Ausschau zu halten, nach Integrität und Verlässlichkeit … dann würde vielleicht auch ich eine dauerhafte Liebe finden, wie sie meiner Großmutter vergönnt war.

Endlich bin ich bereit, die Frau in einer Beziehung zu sein.

Bis jetzt hat mir die Gabe hierfür gefehlt. Ich weiß noch, wie ich Grandma erzählt habe, dass ich mich bei meiner Verabredung mit einem neunundzwanzigjährigen Geschäftsführer so betrunken habe, dass sogar meine Freundin mir einen Vortrag darüber gehalten hat, wie ich mich vor Männern zu benehmen hätte. »Du hast sein Bild von dir ruiniert«, sagte Grandma, und ich konnte ihr nur zustimmen. Sie erzählte mir, dass sie bei Verabredungen mit Grandpa höchstens ein Glas Wein in seiner Gegenwart getrunken hätte – aber damals galten Frauen, die sich in Anwesenheit von Männern betranken, sowieso als »leichte Mädchen«. Ich kann gar nicht mehr zählen, wie oft ich schon in Gegenwart von Männern betrunken war; ich glaube, nüchtern habe ich das letzte Mal in der Highschool einen ersten Kuss bekommen. Was sagt uns das über mich? Ohne Alkohol habe ich viel zu viel Angst, mich auf jemanden einzulassen. Hätte ich nur etwas mit Männern angefangen, die mir Respekt entgegenbrachten, hätte ich mir viel Liebeskummer erspart. In einigen Fällen ist es wahrscheinlich das Beste, dass ich mich kaum noch daran erinnern kann.

Je näher ich meiner Großmutter kam und je besser ich sie kennenlernte, umso klarer wurde mir, dass mir die typisch weiblichen Umgangsformen, die ich schon verloren glaubte, im Blut liegen. Eine Frau muss dazu imstande sein, einem anderen Menschen zu erlauben, sie zu umsorgen – und die gute Nachricht ist, dass es das noch gibt. *Ich habe Liebe verdient.* Mehr musste ich nicht lernen. Ich liebe den Satz von Descartes: *»Ich denke, also bin ich.«* Ich bin eine Frau, also bin ich wundervoll. Wir müssen nichts weiter tun, als zu existieren, um als die schönsten Geschöpfe der Welt zu gelten.

Aber damit ist natürlich die Latte für mein Benehmen hoch gelegt. Ich habe von Grandma gelernt, dass ich mich auch dementsprechend benehmen muss, wenn ich als intelligent, achtbar und erstklassig angesehen werden möchte. Ich zeige der Welt, wie sie mich behandeln soll, durch die Art, wie ich mit mir selbst umgehe.

Nach jenem Tag, als ich erfuhr, dass Grandma ein Seidenhemdchen unter ihrer Alltagskleidung trägt, begann ich, wieder Unterhemden zu tragen. Das hatte ich seit meiner Erstkommunion nicht mehr getan, aber es fühlte sich richtig an. Grandma hat mir beigebracht, dass – gleichgültig, ob ich in einer Beziehung bin oder nicht – einige meiner weiblichen Erfahrungen nur mich selbst etwas angehen. Eines Abends gestand sie mir, dass sie nie auf den Gedanken gekommen wäre, vor der Ehe Sex mit Grandpa zu haben. »Man muss sich ja schließlich hinterher auch noch in die Augen sehen können«, sagte sie.

Was habe ich *getan*? Ich habe mich einem Mann – vielen Männern – hingegeben, und es ist kein Wunder, dass ich mich danach manchmal wertlos gefühlt habe. Warum haben sie nicht angerufen, warum haben sie nicht versucht, mich wiederzusehen? Waren ihnen meine Gefühle egal, weil auch mir meine Gefühle für einen Moment, etwa nach zu viel Wein oder Schnaps mit Freunden, gleichgültig waren? Ich wollte begehrt werden, ohne dass diese Männer mich kannten oder wussten, was ich fühle – aber jetzt sehe ich ein, wie wichtig es ist, mich zurückzuhalten. Und Grandma hat während unseres Gesprächs auch noch hinzugefügt: »Magst du denn, was andere übrig gelassen haben?« Außer an Thanksgiving oder wenn es sich um Moms Spaghetti handelt, nicht so sehr. Grandma sagte, wenn eine Frau sich als etwas Besonderes sieht, dann tun es die Männer auch. »Du hast mehr von ihm und von der Beziehung«, erklärte sie.

Ich habe mir eingeredet, was für eine Ehefrau ich sein sollte. Ich dachte, ich müsste eine unglaublich gute Köchin und blendende Unterhalterin sein, immer schlagfertig, wild im Bett, liebevoll, Mutter einer ganzen Schar von Kindern, perfekt gestylt und leistungsorientiert ... aber ehrlich gesagt, war meine Großmutter keineswegs so, und sie führte trotzdem eine wunderbare Ehe. Ich habe geglaubt, ich müsste in allem gut sein, damit mich jemand lieben kann. Aber als mein Grandpa meiner Grandma zum ersten Mal begegnete, *ist sie einfach nur die Straße entlanggegangen*; sie hat nichts außergewöhnlich Tolles oder Bewundernswertes gemacht; sie war nicht auf einer Party und hat sich geistreich unterhalten; sie hat nicht das Kleid getragen, das ihre Designer-Freundin in New York für sie entworfen hat und das seit vier Jahren im Schrank hängt und auf die richtige Gelegenheit wartet, getragen zu werden. Sie wollte sich nach der Arbeit mit ihrer Mutter treffen ... sie war einfach nur da. Grandma hat mir beigebracht, dass ein Mann eine Frau nicht liebt, weil sie versucht, so zu sein, wie er sie gerne hätte, *er liebt sie einfach nur, weil sie da ist.*

Ich behaupte aber, dass es gut für eine Frau ist, sich von einem Mann inspiriert zu fühlen. Und ich weiß, Grandma würde mir zustimmen. In der Psychologie gibt es die Theorie, dass jeder Mensch mit dem Streben zur Welt kommt, sich neu zu erfinden; zu wachsen und sich zu entwickeln, um so gut wie möglich zu werden. Und auch in einer Beziehung sollte man versuchen, sich selbst zu verbessern. So hat es jedenfalls in der Beziehung meiner Großeltern funktioniert.

Als wir an jenem Tag das Krankenhaus verließen, sagte Grandmas Arzt ihr, sie solle sich keine Sorgen machen. Sie solle lediglich ein Medikament absetzen, das Schwindelgefühle verursachte. »Kein Schlaganfall?«, fragte sie ihn.

»Wir machen noch einen Termin für eine Computertomographie, aber ich bin mir ziemlich sicher, dass es kein Schlaganfall war.« Er schwieg einen Moment. »Und, Mrs Gasbarre, eins kann ich Ihnen versichern: Wegen Ihres Gedächtnisses mache ich mir im Moment keine Sorgen.«

Sie blickte ihn fragend an.

»Sie nehmen Ihre Medikamente, und wir behalten Sie im Auge, aber die Testergebnisse sind normal, und Ihre Symptome sind nicht schwerwiegend genug, als dass ich weitere Schritte einleiten müsste. Ich frage mal Ihre Enkelin: War Ihre Großmutter nicht immer ein bisschen schusselig?«

Grandma blickte mich scharf an. Ich zuckte mit den Schultern. »Na ja, vielleicht ...« Ich warf ihr einen Blick zu. »Doch, Grandma, das warst du. Vor allem seit Grandpa nicht mehr da ist.«

Grandma gab sich geschlagen. »Na ja, vermutlich.«

Das Ergebnis des Abstrichs, sagte der Arzt, würde uns in den nächsten Tagen mitgeteilt, aber bei Grandmas Vorgeschichte gäbe es keinen Grund zur Beunruhigung. Als wir hinausgingen, sagte ich zu Grandma: »Das schreit ja förmlich nach Eiscreme!«

»Es ist doch noch Winter.«

Ich blieb stehen und schüttelte spöttisch den Kopf. »Würdest du einen Schokobecher zurückgehen lassen, nur weil ein bisschen Schnee daraufliegt? Was würde wohl dein Mann dazu sagen ...«

Sie gab nach und fragte mich, ob ich ihr Auto fahren könne, weil die Straßen immer noch ein bisschen glatt seien. »Nein, warte mal«, sagte sie und blieb erneut stehen. »Wie willst du nach Hause kommen? Hat Jeff dich nicht bei mir abgesetzt?«

»Er kommt mich auch wieder abholen.« Ich fuhr also

Grandmas Auto, und wir hielten beim Drive-in Schalter, um uns Eiscreme zu holen. »Weißt du, Grandma, nur eins könnte diesen Nachmittag noch besser machen.«

»Noch besser!«, entgegnete sie lachend. »Hast du den Besuch beim Arzt so aufregend gefunden?«

»Immerhin hat sich herausgestellt, dass alles okay ist, oder?« Ich schiebe den Fahrersitz ein Stück zurück.

»Und was würde diesen Nachmittag noch besser machen?«

»Ein Besuch bei Grandpa.«

Sie saß ganz still.

»Möchtest du ihn gerne besuchen?«

»Ich weiß nicht.« Sie hielt ihr Eis in der Hand und wackelte mit den Füßen. »Ich hatte es so eilig, zum Arzt zu kommen, dass ich statt meiner Winterstiefel diese Mokassins angezogen habe.«

»Okay, hör zu. Meine Füße sind ein bisschen größer als deine, aber wenn es dir nichts ausmacht, dass ich deine Schuhe ein klein wenig nass mache, kannst du meine Stiefel nehmen.«

Sie blickte mich verwirrt an. »Du willst meine Schuhe anziehen?«

»Ja.«

Wir tauschten die Schuhe erst am Friedhof, damit meine Füße weniger Zeit hatten, sich zu beschweren. »Die sind aber hübsch«, meinte Grandma, als sie meine Wanderschuhe zuschnürte. Ich trage sie im Winter ständig, weil sie wasserdicht sind und warm. Meine Fersen ragten über Grandmas weiße Frühlingsmokassins hinaus, aber ich achtete sorgfältig darauf, sie nicht zu zerdrücken, als ich zur Beifahrertür ging, um Grandma hinauszuhelfen.

Sie hakte sich bei mir ein. Wenn sie das tat, musste ich immer daran denken, dass ich mich an dem Tag, als ich aus Italien angekommen war, um mich von Grandpa zu verabschieden, noch nicht einmal getraut habe, ihre Hand zu ergreifen. Wir sind uns seitdem sehr viel nähergekommen.

Vorsichtig ging sie durch den Schnee, wobei sie von Zeit zu Zeit aufblickte, um zu sehen, wie weit wir noch von Grandpas Grab entfernt waren. »Keine Sorge, Grandma, mit meinen Wanderschuhen kannst du mitten durch den Matsch laufen. Sie werden nicht nass.« Sie stützte sich schwerfällig auf mich, während durch meine Strümpfe die nasse Kälte an meinen Beinen emporkroch. Mit bloßen Händen schob ich den Schnee von Grandpas Grabstein, und wir standen schweigend an seinem Grab.

Um mich von der Kälte abzulenken, ließ ich meine Gedanken wandern. *Was denkt sie wohl?* fragte ich mich. Ob es eigentlich mehr als ein Mythos ist, dass alte Ehepaare ein äußerst aktives Sexleben haben? Es klingt vielleicht seltsam, aber ich fragte mich, ob Grandma die Intimität mit Grandpa vermisste. Ob sie auch weint, weil ihr seine Umarmungen, seine Berührungen, sein Atem an ihrem Mund fehlten. Mir fiel ein, dass ich etwas von einer Autorin – ich weiß nicht mehr, von wem – gelesen habe, die sagte, dass sie in New York nur zur Maniküre gegangen sei, damit jemand sie berührte. Wenn wir Frauen allein leben, schmerzt es, nicht umarmt oder geküsst zu werden. Ich hielt meine Grandma ein bisschen fester an mich gedrückt.

Die Fahnen um den Friedhof herum sind eingezogen worden, um sie vor dem Winter zu schützen, und es war nicht zu übersehen, dass an diesem Ort das Leben wirklich zu Ende ist. Hier ruht Grandpa so, wie Grandma es für ihn gewünscht hat, dachte ich. *In Frieden.* Blinzelnd blickte ich auf den Schnee und fragte mich, wer von uns beiden, Grandma oder ich, die Unterstützung des anderen wohl mehr brauchte. *Ich laufe in Grandmas Schuhen*. Ob sie sich in meinen Schuhen wohl jetzt sicherer fühlte? Wir standen ganz still am Grab, bis sie sagte: »Ich gehe nie alleine hierhin, weißt du?«

»Ja, ich weiß. Deshalb bin ich ja mit dir gekommen.«

»Und du?«

»Ob ich alleine hierherkomme? Ja, ständig. Manchmal überlege ich, ob ich hier nicht picknicken soll. Ich könnte mir auch eine Liege mitbringen und ein Sonnenbad neben seinem Grab nehmen.«

»Das wäre ziemlich merkwürdig!«

»Nun, ich habe es nie gemacht, aber ich habe darüber nachgedacht. Es ist so friedlich, hier mit ihm zusammen zu sein. Ich kann ihm immer alles erzählen.« Ich blickte Grandma an. »Machst du das auch?«

»Ich könnte es, aber ich habe es nie gemacht. Er hatte auch so schon genug Sorgen, ohne dass ich ihn noch mit meinen Problemen belästigen musste.«

»Oh, Grandma, das ist doch albern. Ihr wart euch doch wirklich nahe.« Unsere Beziehung zu Grandpa zeigt einmal mehr die Unterschiede zwischen Grandma und mir auf: ihre vorsichtige Art und meine Beherztheit. »Ich habe es wörtlich genommen, als er mir gesagt hat: ›Du kannst alles tun, was du willst.‹«

»Das weiß ich!« Sie lacht.

»Aber das mit dem Picknick muss ich noch machen.«

Als wir nach Hause kommen, stellt Grandma beide Paar Schuhe an die Heizung und holt mir warme Socken. Als mein Bruder mich abholen kommt, umarmt Grandma mich besonders fest und blickt mich ernst an. »Du hast mich heute gerettet.«

Dabei hat sie sich selbst gerettet, indem sie den Arzt angerufen und ihre Einstellung zu ihrem Körper verändert hat. *Alles für meine Gesundheit.* Eine Frau hat die Pflicht, sich körperlich und geistig gesund zu erhalten.

Grandma mag sich selbst gerettet haben, aber vielleicht hat sie heute auch mich gerettet.

11

Geht nie im Zorn auseinander

Durch den Spalt in meinen Vorhängen sehe ich, dass dies ein Samstag ist, auf den die meisten Leute das ganze Jahr über warten. Im Baum vor dem Fenster zwitschert ein Vogel.

Mein Wecker zeigt an, dass es fast Mittag ist, und als das Summen des Rasenmähers in der Nachbarschaft verstummt, höre ich auf dem See das Plätschern von Booten. Zehn Jahre war ich am Memorial Day nicht mehr zu Hause. Diese wenigen perfekten Wochenendtage, die den Beginn des Sommers am Treasure Lake einläuten.

Das Wetter passt nicht zu meiner Stimmung. Die letzten zwei Stunden habe ich weinend im Bett verbracht. Immer noch laufen mir Tränen übers Gesicht, und ich empfinde das Schluchzen als qualvoll und befreiend zugleich.

Ich kenne dieses Gefühl: Ich bin verliebt.

Am Vortag wusste ich nicht, wie ich reagieren sollte, als Chris' Partner Joe, in dessen Praxis er gearbeitet hatte, mich zu Chris' Abschiedsessen in seinem Haus eingeladen hatte. »Du bist herzlich willkommen. Du warst in den letzten Wochen eine wichtige Stütze in der Praxis.«

»Oh, danke, Joe.« Ich tat beiläufig, aber mein Blick glitt zu Chris. »Das ist sehr großzügig von dir.«

»Du kommst also?«, fragte Joe. »Oh, bitte, ich grille nämlich!«

Ich hätte gerne mit Chris darüber gesprochen, denn ich wusste wirklich nicht, ob ich zu diesem Essen mit allen Angestellten gehörte. Aber logistisch gesehen, machte es Sinn, schließlich fuhr Chris mich abends immer nach Hause. »Ja, schrecklich gerne«, erwiderte ich.

Einen Monat zuvor, als Chris von seiner letzten Asienreise zurückkam, hatte er gesagt, er wolle mir ein Gesichtspeeling machen. Das überraschte mich, weil ich wusste, dass seine Patientinnen dafür zwischen dreihundert und fünfhundert Dollar bezahlten. »Das ist ein großzügiges Angebot von dir«, sagte ich zu ihm. »Aber ich weiß nicht, ob ich es mir im Moment leisten kann.«

Er blickte von einer Röntgenaufnahme auf, die er gerade studierte. »Kris, du würdest mich beleidigen, wenn du mir Geld anbieten würdest.«

Er wollte es kostenlos machen! Als ich Grandma davon erzählte, zuckte sie mit den Schultern und meinte: »Dann nimm ihn doch beim Wort. Die meisten Frauen würden dafür Schlange stehen!« Ja natürlich, ich werde sein Angebot annehmen, dachte ich. Aber dann kam mir ein anderer Gedanke: Warum bot er mir ein Gesichtspeeling an? Hatte ich es so nötig, dass er keinen anderen Ausweg mehr sah? Ja, genau, wenn er mich ansah, bemerkte er nur meine Makel. Die Falten auf meiner Stirn, wenn ich zu lange am Computer gesessen hatte, und mein Kinn, das immer wieder anfällig für Pickel war.

Ich errötete vor Zorn, aber dann fiel mein Blick auf die Fotografie meines Großvaters. Lächelnd stand er da in Anzug und Krawatte. *Krissy, Krissy,* seufzte er. *Wie oft musst du dich noch mit Grandma unterhalten, bevor du endlich begreifst, dass es auch Männer auf diesem Planeten gibt, die dir einfach nur einen Freundschaftsdienst erweisen wollen?* Ich stellte mir vor, wie er wie ein typischer Italiener mit den Schultern zuckte und hinzufügte: *Es ist doch nur eine Gesichtsbehandlung! Du und Emma, ihr habt euch merkwürdigere Substanzen ins Gesicht geschmiert, als ihr acht wart!*

Das stimmte. Und so lag ich dann nach Chris' allerletztem Tag in der Praxis auf der Untersuchungsliege, während er mit einem großen Pinsel in einer Porzellanschale rührte. »Du wirst das Ergebnis lieben«, sagte er. »Es schält alle abgestorbenen Hautzellen ab und enthüllt deine gesündeste Hautschicht.«

»Meine jüngste Schicht, oder? Deshalb machen Frauen das doch auch als Anti-Aging-Behandlung?«

»Genau. Und wenn ich im Herbst zurück bin, beginnen wir mit dem nächsten Schritt. Dann kommst du unter die UV-Lampe.« Ich lehnte mich entspannt zurück, bis mir etwas klarwurde: Es herrschte ein unausgesprochenes Einverständnis zwischen uns, dass ich niemandem davon erzählen durfte. »Du hast dich vollständig abgeschminkt, oder?«

»Ja.« Das hatte ich nur ungern getan, weil ich mich eigentlich nie einem Mann ohne Make-up zeige, es sei denn, ich wache neben ihm im Bett auf. *Du bist ja ein ganz Schneller, Chris!*, witzelte ich im Stillen.

Leicht berührte er mein Kinn, um meinen Kopf nach hinten zu drücken. Langsam strich er mir die Haare aus der Stirn. Dann betupfte er ganz, ganz vorsichtig den Bereich über meinen Augenbrauen mit einem Wattebausch. Er befeuchtete einen weiteren Wattebausch für mein Kinn. »Ist das Hamamelis?«

»Ja. Gefällt es dir?«

»Mmh ...« Mehr konnte ich nicht sagen, weil er gerade um

meinen Mund herumwischte. Ich habe den Duft von Hamamelis immer schon gemocht, diese Mischung aus blumigem und therapeutischem Duft. Schließlich umfasste er mit beiden Händen mein Gesicht. »Bist du bereit?«, fragte er.

Ich lächelte ihn an. »Du tust so, als sei dies eine ernste Prozedur.«

»Nun«, entgegnete er ruhig. »Ich möchte ja, dass du dich dabei wohl fühlst.«

»Ja.« Ich lehnte mich weiter zurück. »Ich bin bereit.«

Er begann, mit seinem Pinsel die Lösung auf meiner Haut zu verstreichen. Ich tat so, als sei ich in Gedanken ganz weit weg, damit mich seine Nähe nicht so verlegen machte. *Entspann dich*, befahl ich mir und atmete tief ein. *Es ist nichts Bedrohliches, so umsorgt zu werden* ... Ich stellte mir vor, mein Gesicht sei eine Leinwand, und auf der Stelle empfand ich seine Pinselstriche als so beruhigend, dass ich am liebsten eingeschlafen wäre. Ich weiß noch, wie ich als Kind so lange bei den Erwachsenen blieb, die am Tisch saßen, Wein tranken und sich unterhielten, bis Grandpa mich schließlich auf den Schoß nahm. Ich legte meinen Kopf an seine Brust, und er fuhr mit der Spitze seines Zeigefingers Konturen meines Gesichts nach, bis ich schließlich einschlief.

»Ann, tun Sie mir bitte einen Gefallen«, flüsterte Chris. »Schalten Sie die Neonlampe aus.« Die Krankenschwester hatte in der Tür gestanden.

»Dr. Chris«, hörte ich Ann sagen, »Sie müssen noch die Papiere unterschreiben. Soll ich das Peeling weitermachen, damit Sie hinuntergehen können?«

»Danke, Ann, das ist lieb von Ihnen«, erwiderte er. »Aber ich kenne Krissys Gesicht gut, und ich möchte es lieber selber machen.«

Ich kenne Krissys Gesicht gut. Ich kenne van Goghs *Blick über Arles* gut, weil es über meinem Bett hängt und ich mich jeden Tag aufs Neue in seiner Schönheit verliere. *Ob er mir vielleicht doch mehr Beachtung schenkt, als ich mir eingestehen will?*

»Sehen Sie nur«, sagte Ann. »Sie hat überhaupt keine Falten.«

»Ihr Großvater war Italiener«, erklärte Chris. »Ich glaube, das ist der Grund.«

Er erinnert sich daran, dachte ich, und plötzlich sah ich es glasklar vor mir: Er versteht, wo ich herkomme.

Chris, ich liebe dich.

Was? Wo kam denn jetzt dieser Gedanke auf einmal her? Sein Drehhocker quietschte, als er aufstand, die Schale ausspülte und sie in das Sterilisiergerät stellte. Ich beobachtete jede seiner Bewegungen, lehnte mich aber auf der Untersuchungsliege wieder zurück, als er erneut zu mir trat. »Brennt es?«

»Nein.«

»Gut. Juckt es?«

»Nein.«

»Hervorragend. Entspann dich jetzt, okay?«

»Ja.«

»Ann, wir kommen hier alleine zurecht.« Ich hörte, wie sie hinausging. Chris rollte auf seinem Drehhocker dichter an mich heran. Ich spürte die Wärme seines Gesichts an meinem Ohr. »Möchtest du eine Entspannungsübung ausprobieren, die ich bei meinen Patienten mit Schlafapnoe anwende?«

»Ja klar.« Seine Nähe machte mich ganz nervös.

Wieder versuchte ich mich abzulenken. *Bei seinen Patienten macht er das ganz bestimmt nicht. Dann würde er angezeigt!* Aber warum kam er mir jetzt so nahe, wo er doch fortging? Ich atmete gleichmäßig und lockerte bewusst meine Hände und

Schultern. Ich stellte mir seinen Atem dicht an meinem Mund vor, seine Lippen auf meinen. Insgeheim wollte ich das. Unwillkürlich rückte ich mit meinem Kopf ein wenig näher zu ihm.

»Stell dir vor, du bist in hundert Decken eingewickelt«, sagte er. »Sie sind warm und leicht und so locker, dass du dich noch gut bewegen kannst. Kannst du sie spüren?«

Irgendwie kam es mir total normal vor, ja zu sagen.

»Gut, Kris. Über dir leuchtet ein sanftes Licht, aber mit jeder Sekunde wird es schwächer, und gleich wird der ganze Raum komplett dunkel sein.«

Als Großvater im Sterben lag, haben die Pflegerinnen uns erklärt, wir sollten Grandpa ins Licht schicken. Ich weiß noch, wie er aufhörte, sich vor Schmerzen und Missbehagen im Bett zu wälzen, als wir ihm sagten, es sei okay, in den Himmel zu gehen.

Chris fuhr fort: »Wenn dieses Licht verschwunden ist, wird es ersetzt durch einen gleichmäßigen, angenehmen Klang, der dich trägt. Sag nichts, sondern überleg nur, was das für ein Geräusch ist.« Ich hörte Wellen, die nachts gegen das Seeufer schlagen und sich mit dem Rauschen der Autos auf der Autobahn verbinden. Als ich klein war, glaubte ich fest daran, dass ich hören könnte, wie die Welt sich drehte. »Und jetzt stell dir vor, wie dieses Geräusch im Winter durch den Schnee gedämpft wird, und du schläfst, weil du nirgendwo sein musst. Sehr gut gemacht, Kris«, sagte er. »Da du dich entspannt hast, steigt jetzt deine Körpertemperatur, und deine Atemzüge sind tief. Sie bringen frischen Sauerstoff in dein Blut und deine Muskeln.« Ich fühlte mich fast hypnotisiert und brachte keinen Ton heraus. Ich konnte nur atmen.

»Ich lasse dich jetzt für ein paar Minuten allein. Aber ich komme gleich wieder zurück.«

Alles war schwarz, bis sich ein klarer Gedanke in meinem Kopf formte: Es gibt definitiv Momente, in denen es einer Frau guttut, sich von einem Mann umsorgen zu lassen.

Ich weiß nicht, wie lange ich dort gelegen habe – fünf Minuten? Zwanzig? Aber als er wiederkam, legte er mir erst ein warmes, feuchtes Tuch aufs Gesicht und wischte die Lösung ab, bevor er das Licht einschaltete. »Jetzt steh bitte auf und wasch dein Gesicht ab«, sagte er. »Fühlst du dich erfrischt?« Ich trat an das Edelstahl-Waschbecken und spülte mein Gesicht so lange mit kaltem Wasser ab, bis Chris mir ein Handtuch hinhielt. Als ich mich abgetrocknet hatte, gab er mir einen Spiegel. Im Spiegel sah ich, dass seine Krankenschwestern ebenfalls anwesend waren. »Es ist schön, nicht wahr?«

Ich machte ein Gesicht wie Mona Lisa, weil ich vor diesem Publikum nicht noch mehr Aufmerksamkeit auf mich ziehen wollte. Mein Gesicht glänzte auf diese durchscheinende Art, so wie früher in der Schule, wenn ich ein Peeling gemacht hatte. Die Haut wirkte so gründlich sauber, dass die winzigen Falten um meine Augen verschwunden waren und mein Hautton ganz gleichmäßig war. Zuerst wollte ich zu ihm sagen: *Du leistest gute Arbeit*, aber ich begriff instinktiv, dass er dies nicht für sein Ego, sondern für mich getan hatte. Deshalb stimmte ich ihm zu: »Ja, es ist wirklich schön.«

Als seine Assistentinnen gegangen waren, legte er mir die Hände auf die Schultern und drehte mich zu sich um, so dass wir ganz dicht beieinanderstanden. Ich hätte nicht sagen können, ob er nur meine Stirn studierte oder mir direkt in die Seele blickte. »Perfekt.«

Perfekt … meinte er mich oder seine Arbeit? Als wir den Flur entlanggingen, stellte ich mir vor, er hätte mich gerade erschaffen; dieser moderne Pygmalion hätte mich als makellos schöne Frau erschaffen. Ich empfand Dankbarkeit und Zuneigung.

So fühlt es sich an, von einem Mann geliebt zu werden. Bevor eine Frau sich verliebt, ist ihre Schönheit der Grund dafür, dass der Mann sie bewundert, er fühlt sich zu ihr hingezogen. Aber wenn sie sich erst einmal verliebt hat, wird sie noch strahlender. Ich weiß noch, dass meine Chefin an dem Montag, nachdem ich Adam Hunt kennengelernt hatte, an meinem Schreibtisch stehen geblieben ist und gesagt hat: »Du lieber Himmel! Sie haben jemanden kennengelernt, nicht wahr?« Als ich mich abwandte, sagte sie: »Sie brauchen es nicht zu leugnen. Sie sehen aus wie neugeboren.« Und in gewisser Weise hatte er mich in New York ja auch zu neuem Leben erweckt. Adam Hunt hatte die Spinnweben von dem warmen, liebevollen Ort in mir entfernt, den ich als junge Frau immer im Verborgenen gehalten hatte. Wenn eine Frau von einem Mann begehrt wird, dann ist es so, als ob er eine traurige, schlafende Prinzessin geküsst und ihr neues Leben eingehaucht hätte – so primitiv dieses Konzept auch erscheinen mag. Und dann beginnt sie sich durch seine Augen zu sehen; jede ihrer Bewegungen, jeder Blick und jedes Gefühl werden ihr leidenschaftlich bewusst, als ob sie die weiblichste Version ihrer selbst beobachten würde. Nie zuvor war sie schöner, und nie zuvor war sie mehr sie selbst.

Wenn Sie es aus diesem Blickwinkel betrachten, so ist es kein Wunder, dass Grandma Grandpa so sehr vermisst. In den letzten Wochen ist es wieder schlimmer geworden. Lassen Sie mich ein wenig ausholen: Ich glaube, ich bin selbstsicher genug, um ohne die Wertschätzung eines Mannes zu leben; ich fühle mich auch alleine liebenswert. Aber die Aussicht darauf, wieder von einem Mann beachtet zu werden – auch wenn es nur die subtile Aufmerksamkeit von Chris ist –, lässt mich morgens den Tag heiterer beginnen. Ich weiß, er bemerkt es, wenn ich mich für die Praxis ein wenig glamouröser als sonst anziehe; und an Tagen, an denen ich mich zurückhaltender kleide, schätzt er auch das. Ich kenne ihn jetzt seit einem Jahr, und ich habe mich lange gefragt, ob er mich überhaupt gesehen hat, selbst wenn ich direkt vor ihm stand. Deshalb hat mir sein Angebot einer Gesichtsbehandlung gezeigt, dass ihm etwas an mir liegt.

Und genau dieser Mangel an Aufmerksamkeit ist es, der Grandma jetzt zu schaffen macht. Noch zwanzig Jahre nachdem Angelas Mann gestorben war, sagte sie mit ihrem schweren italienischen Akzent zu uns: »Ich will sterben. Ohne ihn gibt es für mich keinen Grund mehr, zu leben.« Sie hatte auch ohne ihren Mann ein erfülltes Leben, doch für sie war es nicht erfüllt genug. Und meine Grandma Glo trägt jeden Morgen den gleichen Kampf aus … aber ich glaube, es belebt sie, wenn sie sieht, wie meine Weiblichkeit erblüht. Beim Brunch ein paar Wochen zuvor ist ihr das perfekte Zusammenspiel von Chris und mir aufgefallen, und wenn ich daran zurückdenke, so fällt mir auf, wie fürsorglich ich an jenem Tag mit meinen Großmüttern umgegangen bin und wie feinfühlig ich war. Ich spüre, dass Grandma stolz ist auf die Frau, die ich geworden bin, vor allem da ihre eigene Weiblichkeit schwindet.

Nach der Gesichtsbehandlung trug Chris die letzten Kartons in seinen SUV und ging dann mit mir die paar Blocks zu Joes Haus zum Abendessen. Bei diesem Spaziergang spürte ich die emotionale Verbundenheit zwischen uns so stark wie einen Stromstoß. Ich trug einen weißen Jeansrock und eine pinkfarbene Bluse im Mandarin-Schnitt mit kleinen weißen Knöpfen am Schlüsselbein. Langsam schlenderten wir den Bürgersteig entlang, und wieder einmal hätte ich am liebsten nach seiner

Hand gegriffen. Es fühlte sich an wie ein Date und nicht, als würden wir zu einem Geschäftsessen gehen. Plötzlich fragte Chris: »Weißt du, was ich wirklich gerne sehen möchte?«

»Was?«

»*Der Froschkönig.*«

»Echt?« Ich begann zu lachen.

»Ja.« Er senkte die Stimme. »Was hast du morgen Abend vor?«

Oh, was für ein Pech! Er wollte mich offensichtlich einladen, aber ich hatte schon andere Pläne. »Meine College-Freundin Celeste kommt. Sie hat mit mir in Italien gelebt.«

»Ah«, entgegnete er. »Dann vielleicht ein anderes Mal.« Er blickte auf meine pastellfarbenen Stoffpumps und erkundigte sich: »Sind die Schuhe okay für den Rasen?«

»Oh ja, danke, das geht schon«, erwiderte ich und blickte ebenfalls auf meine Schuhe, als hätte ich nicht mindestens ein Dutzend Paar anprobiert, um die zu finden, die perfekt zu diesem Outfit passten. Hastig traf ich die Entscheidung, mein Glück zu versuchen. »Du hörst dich so an, als ob du Erfahrung mit Damenschuhen hättest.«

Er lachte leise. »Schon seit einer ganzen Weile nicht mehr.«

Das war die endgültige Bestätigung: Er wollte mir zu verstehen geben, dass er Single war.

Joes Frau wies Chris und mir den Esstisch zu, weil der Terrassentisch bereits von den Praxisangestellten besetzt war. Joe und Claire setzten sich zu uns und machten eine Flasche Wein auf. Claire erzählte, dass sie letzten Herbst renoviert hätten, und ich fühlte mich bei ihnen sofort wohl.

Joe und Claire waren schon seit der Highschool zusammen, und sie hatte ihn während des Studiums unterstützt. Jetzt machte sie die Buchhaltung der Praxis. Sie erzählte mir, dass sie, seit ihr vierter Sohn das College abgeschlossen hatte, jedes Jahr eine Reise nach Europa oder in die Karibik machten. Außerdem hofften sie, dass einer ihrer Söhne sie endlich einmal zu Großeltern machen würde. »Oh, Sie müssen unbedingt meine Mutter kennenlernen«, erwiderte ich. »Sie wartet auch schon sehnsüchtig auf Enkelkinder.« Kaum hatte ich den Satz ausgesprochen, da wurde mir klar, was ich gerade gesagt hatte. Unwillkürlich blickte ich Chris an, der jedoch keine Miene verzog.

Während des Essens erzählten Joe und Claire von ihrem letzten Sommerurlaub in Frankreich. »Oh, ich *liebe* Frankreich«, schwärmte ich.

»Chris, du willst doch eine Wohnung in Paris kaufen, nicht wahr?«, fragte Joe, und sofort wandte ich den Blick ab. Ich hatte ihm ein paar Wochen zuvor erzählt, dass Paris meine absolute Lieblingsstadt sei.

Chris antwortete nicht sofort, sondern tat so, als sei er mit seinem Essen beschäftigt. »Ja, ich hatte daran gedacht«, sagte er schließlich.

Nach dem Essen bat Claire uns alle zum Dessert in den Garten. Als wir hinausgingen, fragte ich Chris leise, wie lange er noch bleiben wolle.

»Ich werde hier übernachten«, erwiderte er. »Joe und ich machen morgen früh eine Fahrradtour.«

»Oh.« *Und wie soll ich nach Hause kommen?*

»Du kannst mein Auto nehmen, wenn du willst.«

Ich schüttelte den Kopf. »Ich habe dir doch gesagt, dass morgen meine Freundin Celeste kommt. Ich hätte gar nicht die Zeit, dir den Wagen zurückzubringen.«

Chris' Assistentin warf ein: »Krissy, ich wohne draußen am See, und ich wollte jetzt sowieso fahren. Ich nehme dich gerne mit.«

Chris blickte mich an und gab mir zu verstehen, dass ich dieses Angebot annehmen sollte.

»Okay«, erwiderte ich. »Danke.« Ich kam mir vor, als sei ich gerade in aller Öffentlichkeit vor den Augen seines Personals abserviert worden.

Ich verabschiedete mich herzlich von Claire und Joe, die meinten, ich käme sie hoffentlich noch einmal besuchen, auch wenn Chris nächste Woche weg wäre. »Ich habe Ihre Karte«, sagte Joe. »Sie leisten gute Arbeit, und ich würde Sie gerne für einige Projekte diesen Sommer engagieren.«

»Ja, schrecklich gerne.«

Chris trat zu mir. »Entschuldigung, Kris. Wir haben den Ausflug erst heute geplant.«

»Du brauchst dich nicht zu entschuldigen«, erwiderte ich kühl. »Diese Lösung ist ja in Ordnung.«

Aber in mir rumorte es, auch noch, nachdem Chris' Assistentin mich an der Ski Lodge abgesetzt hatte, wo ich mit meinem Bruder und meinen Cousins und Cousinen verabredet war. Wir tranken Tequila, und mein Cousin Jake wirbelte mich über die Tanzfläche, aber jedes Mal wenn ich an Chris dachte, versetzte es mir einen Stich. War es so augenfällig, dass ich mich zu ihm hingezogen fühlte? Glaubte er, ich sei enttäuscht, weil er bei Joe übernachtete, weil wir somit nicht gemeinsam nach Hause gefahren waren? Nun, ich muss zugeben, ich hatte uns beide schon gesehen, wie wir auf dem Heimweg anhielten, um noch ein Glas Wein bei *Luigi's* oder auf der Terrasse des Country Clubs mit Blick auf den See zu trinken. Und jetzt konnte kein Alkohol der Welt etwas daran ändern, dass das Abendessen ein so armseliges Ende genommen hatte.

Ich kann mich noch schwach daran erinnern, dass mein Bruder mich den knappen Kilometer vom See nach Hause gefahren hat … und dass meine Mom uns an der Tür erwartet und mir ins Bett geholfen hat, denn nur so ist es zu erklären, dass ich in meinem Schlafanzug erwacht bin. In New York habe ich mich an solchen Katertagen mit meiner Freundin Lynne zum Brunch getroffen, und sie hat beim Anblick der Speisekarte den Kopf geschüttelt und ein wenig spöttisch gesagt: »Es muss sich etwas ändern!« Heute werde ich etwas ändern: Ich werde meine Gefühle für Chris in Worte fassen.

Ich werde ihm sagen, was ich empfinde. Ich habe Angst davor, aber ich kann nicht länger so tun, als ob diese Gefühle nicht existierten. Menschen werden krank, wenn sie ihre Gefühle verleugnen! Hier im Bett fallen mir die Worte mühelos ein, und je mehr ich weine, desto mehr löst sich die Anspannung, und auch meine Kopfschmerzen werden besser. *Das ist real*, werde ich ihm sagen. *Es findet ein emotionaler – nein ein spiritueller – Austausch zwischen uns statt, und ich kann spüren, dass es dir manchmal genauso geht. Und ich weiß zwar, dass ich dich vielleicht nie wiedersehe, aber ich muss das alles einmal aussprechen.*

Die nächsten Worte lauten: *Ich glaube, ich liebe dich.*

Erneut beginne ich zu heulen. Warum muss das alles so schwer sein? So viel Schmerzen und Elend! Ich bin ganz außer mir. Grandma wäre entsetzt, wenn sie mich so sehen würde. Sie würde die Hände über dem Kopf zusammenschlagen! So benimmt sich doch keine normale Frau! Bei einer gesunden Person hat die Liebe keine solchen Auswirkungen! Aber dann fällt mir ein, dass sie zugegeben hat, dass sie auch ab und zu in ihr Zimmer geht und um Grandpa weint. Selbst Grandma tut es also!

Ich glaube, Grandpa hat sich lange schwer damit getan,

seine Gefühle zu zeigen. Einmal, ich muss etwa sechs gewesen sein, habe ich im Haus am See einen Shirley Temple getrunken, während er auf der anderen Seite der Theke Gläser abtrocknete und einräumte. Ich biss in meinen roten Strohhalm und zeigte damit auf ihn, so dass er mich im Spiegel sehen konnte. »Ich habe eine Frage, Grandpa«, sagte ich. »Warum küsst du mich nie und sagst: ›Ich liebe dich‹, wie Grandma es macht?« Er gab keine Antwort darauf und tat so, als sei er sehr beschäftigt. Aber als ich an jenem Abend ging, umarmte ich ihn wie immer und sagte: »Hab dich lieb, Grandpa.«

Und zum ersten Mal antwortete er laut und deutlich: »Ich habe dich auch lieb!«

Mit Grandma ging er im Allgemeinen sehr sanft um, aber besonders liebevoll war er eigentlich nicht. Sie hat mir immer wieder erklärt, dass er so sehr mit seiner Arbeit beschäftigt war und sie deshalb nie seine volle Aufmerksamkeit hatte. Selbst wenn sie stritten, war seine Art, sich zu entschuldigen, zu sagen: »Und, bist du jetzt fertig mit dem Bösesein?«

Chris ist vielleicht etwas fortschrittlicher … aber in Sachen Beziehung hat er noch einiges aufzuholen. »Warum küsst du mich nie und sagst: ›Ich liebe dich‹?« Will ich mein ganzes Leben lang einem Mann diese Frage stellen? Oder ist es möglich, dass Chris sich ändert und meinen Hinweis versteht, wie Grandpa damals?

Vielleicht war ja die Frage der sechsjährigen Krissy in all ihrer Unschuld sehr weise: Wenn ich bereit bin, mich als Erste zu öffnen, dann könnte es doch immerhin im Bereich des Möglichen liegen, dass Chris seine Gefühle ebenfalls offenbart. Ich weiß nicht, ob mich das schwach oder stark macht, aber ich halte es einfach nicht für richtig, ihn aus meinem Leben gehen zu lassen, ohne ihm zu sagen, was ich für ihn empfinde.

Er muss mir nicht die Welt zu Füßen legen, nicht heute und vielleicht niemals. Er muss mir noch nicht einmal einen Ausblick darauf geben, wo das mit uns hinführen könnte, wenn es überhaupt irgendwo hinführt. Ich kann ihm sagen, wie viel er mir bedeutet, und ihn dann gehen lassen. Grandma hat das ja auch gemacht. Und ich habe dazu noch den Vorteil, dass ich schon weiß, dass ich auch alleine klarkomme.

Wenn ich ihm sage, was ich empfinde, und er empfindet nicht das Gleiche, dann habe ich es ihm wenigstens gesagt. Ich liebe ihn so, wie er ist, nicht unter der Bedingung, dass er mich auch liebt. Grandma würde die Ratschläge, die sie mir gegeben hat, so zusammenfassen: »Krissy, du hast keine Kontrolle darüber, wie ein Mann sich ausdrückt. Liebe ihn trotzdem.«

Vielleicht bekomme ich nie von ihm, was ich will. Das weiß ich. Aber trotzdem bedeutet er mir etwas. Es ist eine Art von Liebe, die ich noch nie empfunden habe: Ich habe nicht das Bedürfnis, etwas von ihm zu verlangen; und meine Liebe zu ihm möchte ich ihm mit meinem Leben und nicht mit meinem Körper beweisen. Natürlich würde ich ihn nicht auf der Stelle heiraten – dazu hat er noch viel zu viel zu erklären. Könnte er sich überhaupt binden? Würde er unserer Beziehung so viel Platz einräumen, dass wir genug Zeit miteinander verbringen könnten? Würde unsere gemeinsame Zukunft ihm je so wichtig sein wie seine eigene? Ich bin nicht sicher, aber es spielt vielleicht auch keine Rolle: In zwei Tagen geht er nach Asien, und wenn er zurückkommt, wird er nur kurz hier sein, bevor er wieder wegmuss ... und dann könnte ich bereits weg sein. Wenn ich es ihm nicht sage, wird er es nie wissen, und ich werde so oder so ohne ihn weiterleben.

Ich hole tief Luft und wische mir die letzten Tränen aus

dem Gesicht. Warum muss ich immer Männer lieben, die weggehen …

Unten klingelt das Telefon. Der Anrufbeantworter springt an. Mühsam rolle ich mich aus dem Bett: Ich trinke nie wieder, nehme ich mir vor. Das Telefon klingelt erneut, und als ich in die Küche gehe, stelle ich fest, dass Mom von ihrem Handy aus anruft. Ich kratze mich am Kopf. »Hallo?«

»Bist du gerade aufgewacht?«

»Nein.« Mein Mund schmeckt nach Pappe. »Mir geht es nur nicht gut.«

»Oh. Dad und ich sind mit Grandma in der Stadt.«

»Ach so, ja. Ihr wolltet ja heute Blumen für Grandpa pflanzen.« Ich muss mich setzen.

»Ja, das haben wir schon gemacht.« Ich habe es also verpasst. »Grandma hat uns etwas erzählt, aber das soll sie dir selber berichten.«

Ich setze mich. »Okay.« Oh nein, gar nichts ist okay …

»Liebes?«

»Grandma?«

Sie kichert. »Es ist wirklich albern, aber wir haben uns unterhalten, als wir Grandpas Blumen gepflanzt haben – ach, apropos, du solltest sie sehen, wunderschöne rote, weiße und violette Geranien, die deine Mutter entdeckt hat, und deine Tante hat frischen Rindenmulch aufs Grab gestreut –, ja, und als wir den Plastikbehälter mit den violetten Geranien umgedreht haben, rate mal, was herauskam!«

»Was?«

»Ein Frosch!«

Ich lache, kriege aber sofort Kopfschmerzen davon. »Grandpa wollte dir wohl einen Streich spielen, was?«

Sie kichert. »Ja.« Ich höre meinen Dad im Hintergrund.

»Ach, Liebes, dabei fällt mir ein, an dem Tag, als wir mit Chris und seinen Großeltern beim Brunch waren …«

»Ja?«

»Nun, da hatte ich das Gefühl, Dr. Christopher … er ist der richtige Mann für dich.«

Ich muss sie falsch verstanden haben. »Was hast du gerade gesagt, Grandma?«, flüstere ich ins Telefon.

»Ich habe das sichere Gefühl, dass Chris dein Ehemann wird.«

»Oh, mein Gott!«

Sie lacht. »Ich weiß, Liebes, es ist seltsam. Aber bei dem Brunch hat es sich eben so angefühlt.«

»Du meinst, du hattest eine Vorahnung?«

»Ich weiß nicht«, erwidert sie. »Es war nur so ein Gefühl.«

Vorsichtig sage ich: »Grandma, es ist merkwürdig, dass du das gerade jetzt sagst. Ich schäme mich, es zuzugeben, vor allem, da heute so schönes Wetter ist, aber ich liege schon den ganzen Morgen heulend im Bett, weil mir klargeworden ist, dass ich wirklich viel für ihn empfinde.«

Grandma kichert immer weiter. Sie hatte wahrscheinlich schon lange keine Gelegenheit mehr, sich so ausgiebig über etwas zu freuen.

Mein Kopf pocht, und ich bekomme Hunger. »Aber, Grandma, ich zögere noch.«

»Ja sicher, Liebes.«

»Ja? Ich habe nämlich nicht das Gefühl, dass er mir so besonders entgegenkommt.«

»Liebes«, sagt sie. »du hast wirklich eine Menge mit ihm durchgemacht, und ich finde … wie soll ich es sagen? Also, ich finde, es ist gut, dass ihr jetzt mal eine Weile getrennt seid.«

»Meinst du, dass eine Trennung die Liebe größer werden lässt?«

»Nein, nicht deswegen, sondern weil du dir erst einmal über deine Gefühle klarwerden musst. Er hat dir ja gezeigt, dass er nicht schnell zur Sache kommt, und, wie ich früher schon gesagt habe, ich finde das gut. Aber wenn er weg ist, hast du gar nicht erst die Möglichkeit, dich Hals über Kopf in die Beziehung zu stürzen ...«

»Was ich früher ständig getan habe.«

»Ja«, sagt sie. »Vielleicht hast du jetzt einfach die Chance, das alles in einem vernünftigen Tempo anzugehen.« Sie schweigt eine Minute. »Obwohl ich sagen muss: Irgendwie habe ich das Gefühl, dass du an deinem Geburtstag schon besser wissen wirst, wohin das alles führt.«

»Wirklich, Grandma?«

»So um deinen Geburtstag und die Feiertage herum. Geh es locker an. Ein Schritt nach dem anderen. Aber ich sehe wirklich etwas zwischen euch – und ich sage dir, er auch.«

Wenn jemand weiß, wie Liebe aussieht, wenn jemand beurteilen kann, ob eine Frau und ein Mann gut zusammenpassen, dann ist es Grandma. Sie und ich, wir haben beide gespürt, dass zwischen Chris und mir etwas Vielversprechendes vor sich geht. Ich lehne meine brennende, tränenverschmierte Wange an die kühle Ziegelwand in der Küche. *Grandma sieht es auch.* Mom kommt wieder ans Telefon, um sich zu entschuldigen, weil sie für Celestes Besuch nichts eingekauft hat, aber ich sage ihr, dass wir sowieso vorhatten, auf den Markt zu fahren.

Gegen fünf Uhr biegt Celestes Jeep in meine Einfahrt. Als ich hinausgehe, um sie zu begrüßen, sehe ich, dass auf Moms Verandabank ein Zettel liegt, der offensichtlich aus einem Spiralblock gerissen worden ist. Darauf steht: *Falls dein Com-*

puter diesen Sommer stirbt, wollte ich sichergehen, dass du das hier schon hast … auch ohne den Text mit dem F-Wort. Darunter ist ein Smiley gemalt, und daneben liegt eine CD-Hülle mit dem handgeschriebenen Titel »Songs für die Reise«. Es ist die Jazz-CD, die ich letzten Sommer für Chris gebrannt habe … und die er jetzt für mich gebrannt hat? Weiter unten auf dem Zettel steht noch: *Es war mein Soundtrack für mehr als eine OP. Vielen Dank und alles Liebe.*

Meine Verwirrung verwandelt sich in Fassungslosigkeit, und dann bekomme ich weiche Knie. Während Celeste ihren Wagen in unserer Einfahrt parkt, fällt mir ein, dass ich heute früh ein Auto gehört habe. Du liebe Güte, das war er! Ich lag wegen ihm heulend im Bett, und *er war direkt draußen vor dem Haus!*

Celeste steigt aus und umarmt mich. Dann tritt sie einen Schritt zurück und stemmt die Hände in die Hüften. »Deine Haare sehen gut aus«, sagt sie.

»Danke. Sie wachsen nach.« Ich bin immer noch völlig verwirrt. »Komm mal her, das musst du dir anschauen.«

Sie ergreift die CD und dreht sie hin und her, bis ihr klarwird, um was es sich handelt. »Und du hast gedacht, sie gefiele ihm nicht. Ich hätte gerne auch eine Kopie davon, aber meine nennst du bitte ›Portofino Nights‹.«

Auf dem Weg in die Stadt lassen wir die CD in voller Lautstärke laufen und fahren mit heruntergelassenen Fenstern. Während des Einkaufens bringe ich Celeste auf den neuesten Stand. Als wir vor den Tomaten stehen, flüstere ich: »Und dann sagt er zu mir, Giada und ich könnten Schwestern sein …«

»Oh Mann, er versteht es aber wirklich, immer das Richtige zu sagen.«

»Ja, das finde ich auch. Ach, warte mal: Wollen wir heute Abend kochen, oder sollen wir essen gehen?«

Wir stehen gerade an der Kasse, als mein Handy klingelt. Celeste nimmt mir eine der Tüten aus der Hand, damit ich es aus der Tasche holen kann. Ich starre sie mit weit aufgerissenen Augen an. »Es ist Chris.«

»Geh dran!«

»Hi, Chris«, sage ich leise, damit die anderen Kunden mich nicht hören.

»Hi. Hast du bekommen, was ich dir heute Morgen dagelassen habe?«

»Ja. Vielen Dank!«

»Gerne. Es ist mir gestern Abend eingefallen. Ich habe die CD beim Packen gefunden. Hör mal, Kris, hast du einen Moment Zeit?«

Ich zeige auf das Auto meines Vaters auf dem Parkplatz, und Celeste schiebt den Einkaufswagen durch die Eingangstüren. »Meine Freundin Celeste und ich haben gerade eingekauft, aber, äh, klar, eine Minute habe ich.« Celeste und ich räumen die Tüten auf den Rücksitz. Dann lege ich ihr die Hand auf den Arm. Sie versteht die Geste und hält inne. »Okay, was möchtest du mir denn sagen?«

Er druckst herum, und ich habe das Gefühl, er möchte sich noch einmal mit mir treffen, bevor er nach Asien fliegt. Vielleicht könnten wir uns Montagmittag, wenn Celeste weg ist, am Strand treffen. Wir könnten die Flasche Wein trinken, die ich für ihn aufgehoben habe, etwas Nettes essen, Baguette vielleicht mit Brie (aus Paris hat er geschrieben, wie verrückt er nach Baguettes und Brie sei) und zum Nachtisch Erdbeeren (er hat mir einmal gesagt, dass er jedes Mal, an mich denken muss, wenn er eine Erdbeere zerschneidet, weil ich ihm gezeigt habe, wie die Italiener sie schneiden: in vier süße Viertel). Seine nächsten Worte jedoch zerstören meinen Tagtraum. »Ich habe dir ja gesagt, dass ich deine Hilfe in der Praxis brauche, weil wir Freunde sind.«

»Ja, das stimmt. Wir sind Freunde.«

»Und ich habe dir auch gesagt, dass ich dir den ganzen Sommer über mein Auto überlassen möchte, weil wir Freunde sind.«

»Okay …« Ich werfe Celeste, die mich besorgt beobachtet, einen Blick zu. Sorgfältig verstaut sie die letzten Tüten auf dem Rücksitz und tritt zu mir.

»Aber, Kris, und es fällt mir echt schwer, dir das zu sagen. Ich habe beschlossen, ich will nicht beruflich mit dir zusammen sein.«

Ich habe das Gefühl, als hätte mir jemand einen Schlag in den Magen verpasst. Mir verschlägt es den Atem. Worte dringen aus meinem Mund, die in etwa so klingen: »Ich bin mir nicht sicher, ob ich dich richtig verstanden habe.« Seine Antwort bekomme ich nicht mit. Celestes blonde Haare leuchten in der Nachmittagssonne. Der Tag ist wirklich zu schön für diese Tragödie. Warum habe ich mir gerade den heutigen Tag ausgesucht, um diesen Mann in mein Herz zu lassen? Weil mir nichts anderes einfällt, folge ich Celestes Beispiel und setze mich ins Auto.

Er weiß, dass meine Freundin zu Besuch ist. Warum musste er das unbedingt jetzt loswerden? Ich sehe aus den Augenwinkeln, wie Celeste in meiner Tasche kramt. Dann drückt sie mir die Autoschlüssel in die Hand. Ich will nicht losfahren, während ich telefoniere. Aber ich will auch nicht hier sitzen bleiben. Ich will dieses Gespräch nicht führen, in dem mir derselbe Freund, der mich gebeten hat, ihm in der Praxis zu helfen, weil er so viel zu tun hat, mitteilt, dass er auf einmal beruflich nichts mehr mit mir zu tun haben will. Schließlich lasse ich den Motor an und fahre vom Parkplatz auf die Straße. Er will nicht, dass ich das falsch auffasse, aber ich weiß nicht, wie er es sonst noch gemeint haben könnte. Er nennt mir noch nicht einmal einen Grund, nur diese paar Worte: *Ich will nicht beruflich mit dir zusammen sein.*

Ich fahre um die scharfe Kurve im Industriegebiet, und am Stoppschild halte ich – links von mir seine alte Praxis und rechts die Fabrik meiner Familie – und lasse erst die anderen Autos vorbei, bevor ich selbst in die Kreuzung einfahre. Reine Freundlichkeit, denke ich. Chris hört sich immer noch beim Reden zu. Freundlichkeit habe ich hier in meiner Heimatstadt wieder neu entdeckt. Die Menschen hier gehen fürsorglich miteinander um. Sie lassen anderen den Vortritt und sind auf eine altmodische Art höflich zueinander. Diese Art von Freundlichkeit vermisse ich bei diesem Gespräch: Ich habe das Gefühl, er hat mich geohrfeigt, erklärt mir jedoch nicht, warum.

Als wir uns schließlich verabschieden und ich das Handy sinken lasse, brauche ich ein paar Sekunden, um wieder zu mir zu kommen. Dann hebe ich den Finger und sage: »Nun, wenn er nicht beruflich mit mir zusammen sein will, dann will er mich auch nicht in seinem Leben, denn in seinem Leben bin ich ja nur, wenn ich ihm in der Praxis helfe.« Celeste hört geduldig zu.

»Er sagt, er gibt mir am Montag meinen Gehaltsscheck, und dann bringt mir seine Assistentin sein Auto, nachdem sie ihn zum Flughafen gefahren hat. Das ist noch so eine Sache.« Ich sehe, wie Celeste auf eine imaginäre Bremse tritt, weil wir uns einem Stau nähern. »Er hatte *mich* gebeten, ihn zum Flughafen zu fahren! Und jetzt behauptet er auf einmal, er muss auf der Fahrt dorthin noch ein paar Dinge mit seiner Assistentin besprechen. Was zum Teufel soll das?«

»Vielleicht … vielleicht muss er tatsächlich noch ein paar Dinge mit seiner Assistentin besprechen?«

Ich blicke Celeste an. Sie meint es immer nur gut. Als ich nach der Beerdigung von Grandpa nach Italien zurückkehrte, stellte sie sich mit mir in Parma auf einen Parkplatz und ließ sich von mir erzählen, wie er gestorben war. Es war ein Samstagabend Anfang Februar, wir kamen zu spät zum Essen bei Freunden und saßen frierend in dem Fiat, den die Familie, bei der ich arbeitete, mir zur Verfügung gestellt hatte. Celeste hatte meinen Großvater nie kennengelernt … aber sie weinte mit mir. Es waren stumme Tränen, und ich sah ihr an, dass sie meinen Schmerz spürte. Es war einer der innigsten Momente, die ich je mit einer Freundin geteilt habe – und jetzt wollte ich ihr nicht schon wieder mein Elend zumuten.

Hatte ich mir alles nur eingebildet? Oder hatte er mit mir gespielt, mich ausgenutzt, damit ich ihm bei der Arbeit half? Behandelte er alle Frauen so? Ich bin wütend auf meine Eltern, weil sie mir geraten haben, ihm ein Freund zu sein, wütend auf Grandma und ihre albernen Vorahnungen. Er hat wohl auch sie manipuliert. Und jetzt, wo er mich nicht mehr braucht, lässt er mich fallen. Schämt er sich gar nicht, sich aufzuführen wie das letzte Arschloch?

Ich knalle eine Schachtel Corona auf die Küchentheke meines Bruders und lade wütend die Zutaten aus, damit wir Pizza Margherita auf seiner Terrasse backen können. Jeff ist der einzige Mann, den ich heute Abend sehen möchte, und aus der Küche höre ich, wie Celeste und er gemeinsam lachen. Sie sind beide so unkompliziert! Emma, deren Eltern neben meinem Bruder wohnen, ist genauso. Ich schneide Tomaten und Basilikum für die Pizzasoße und beschließe: Ich werde diesen Sommer neue Männer kennenlernen. Im August ist Zachs Hochzeit, und meine Freundin Joy will mich schon die ganze Zeit einem Onkologen vorstellen, der bei ihr in der Klinik arbeitet. Als sie es mir vor Monaten zum ersten Mal vorgeschlagen hat, habe ich nur gelacht. »Schätzchen, ich glaube ehrlich gesagt nicht, dass Ärzte und ich eine Zukunft haben!« Aber jetzt fände ich es gut, jemanden kennenzulernen, der seinen Patienten hilft, mit ihrer Krebserkrankung fertig zu werden.

Sobald Celeste weg ist, werde ich Joy anrufen. Diesen Sommer werde ich keine Reinfälle in Liebesdingen mehr erleben.

Sonntagabend setzen wir uns mit meinen Eltern in Korbstühlen auf die Veranda und schauen *Vater der Braut* – und als George Banks Annie dem Bräutigam übergibt, treten uns allen Tränen in die Augen, aber mein Vater bringt uns schnell wieder zum Lachen, indem er sich selber lachend die Tränen fortwischt. Grandpa habe ich zum ersten Mal weinen sehen, als er im Sterben lag. Ich frage mich, ob Chris schon einmal geweint hat.

Montagmorgen stehen wir früh auf und spazieren mit Mom zwei Stunden am See entlang. Die ganze Zeit analysieren wir Chris. »Terry, wie findest du denn sein Verhalten?«, fragt Celeste meine Mutter.

»Er ist sich einfach nicht sicher, was er will. Dabei ist er so ein schöner Mann. Es ist eine Schande. Er wäre ein großartiger Vater.« Ja, ich habe mir unsere Kinder auch schon vorgestellt, mit blauen Augen und dunklen, gewellten Haaren. Sie wären neugierig und besonnen, unglaublich selbstsicher. Aber ich habe mir auch gedacht, dass ihr Vater wahrscheinlich nie da wäre, wenn sie irgendwelche Spiele oder Schulaufführungen hätten. Natürlich könnte ich das alleine, aber würde ich das auch wollen? Meine Kinder haben ein Recht darauf, dass ihr Vater ebenso da ist wie ihre Mutter.

Als wir nach Hause kommen, schreibt Chris mir eine SMS, dass er am Nachmittag vorbeikommen will. »Nett.« Ich stecke mein Handy wieder ein. »Er legt sich immer auf einen genauen Zeitpunkt fest.« Während Mom Spaghetti zum Mittagessen kocht und Celeste sich duscht, hole ich mein dünnstes, am tiefsten ausgeschnittenes Sommerkleid mit Spaghettiträgern aus dem Schrank und bügele es. Fragen Sie mich nicht, warum.

Nach dem Duschen creme ich mich mit der nach Strandurlaub duftenden Bodylotion ein, die ich in Italien gekauft habe (die Italiener sind Experten für seidige Haut, das muss man ihnen lassen), und stecke die winzigen, schimmernden Perlenohrringe an, die so gut zu meinen Haaren passen. Dann schlüpfe ich in weiße Flip-Flops mit Strass auf den Riemchen. Grandma hat mir einmal erzählt, dass ihre Schwiegermutter ihr gleich nach der Hochzeit mit Grandpa geraten hat (damals war es wohl normal, dass Schwiegermütter ungefragt Ratschläge gaben), sich besonders schönzumachen, wenn man sich innerlich am wenigsten danach fühlt. »Du fühlst dich so, wie du dich kleidest«, hatte meine Urgroßmutter gesagt. »Und wenn du dich nicht gut fühlst, solltest du wenigstens gut aussehen. Dann wirst du dich besser fühlen.« Und sie hatte recht, denn als ich mich zu Celeste und meinen Eltern auf die Veranda setze, denke ich bei mir, wie gut ich zu den hübschen rosa Blumentöpfen passe, die Mom auf den Tisch und neben die Gartenmöbel gestellt hat. Beim Essen bekomme ich eine weitere SMS von Chris, in der er schreibt, er sei *en route*, ein französischer Ausdruck, bei dem mir normalerweise warm ums Herz wird … aber heute nicht.

»Wie willst du dich ihm gegenüber verhalten?«, fragt Celeste. Meine Eltern blicken mich an.

»Ich weiß es noch nicht. Ich warte einfach mal ab, was passiert.« Keiner widerspricht.

Ich esse meine Spaghetti auf und schiebe meinen Teller weg. Mein Magen krampft sich zusammen.

Als wir gerade den Tisch abräumen, höre ich ein Auto in die Einfahrt biegen. Ich gehe nach oben, um mir die Zähne zu putzen und Lippenstift aufzulegen, und als ich wieder herunterkomme, steigt Chris gerade aus seinem SUV und kommt in Jeans und weißem Hemd durch die Garage nach hinten. Mom und Celeste stehen hinter der Küchentheke und starren ihn an. »Hallo«, sage ich zu ihm und öffne die Fliegengittertür. »Komm rein.«

Ich schalte das Licht in der Diele an, als er sein Scheckbuch herauszieht. Wir beugen uns über meine handgeschriebene Auflistung der Stunden und meine Ausgaben-Belege. »Insgesamt sind es fünfhundertachtundachtzig Dollar.« Meine Stimme zittert.

Er schreibt einen Scheck über sechshundert Dollar aus. »Ist das fair?«

Ich blicke ihn an. »Ja, danke.« Ich könnte schwören, er spürt, was jetzt kommt.

Er bittet mich, ihn zum Auto zu begleiten, weil er etwas mit mir besprechen muss. »Aber bitte keine Überraschungen mehr«, sage ich zu ihm. »Ich habe es schon verstanden.«

»Nein, nein, keine Sorge.« Er will mir nur erzählen, dass er, als er heute früh aufgewacht ist, einen Kolibri vor seinem Fenster gesehen hat; das habe ihn daran erinnert, dass er wieder malen und bildhauern will. Dann erkundigt er sich, was ich mit Überraschungen meinen würde.

Ich versuche, ihm in die Augen zu sehen, finde es aber einfacher, über seine Schulter auf die Bäume im Garten zu schauen.

»Du hast mich gebeten, mich aus deiner Arbeit herauszuhalten.« Ich blicke auf meine Hände. »Ich habe es kapiert.«

»Ich versuche, Bereiche zu bilden.«

»Ja, wie du willst«, erwidere ich. »Tu, was du für richtig hältst.«

»Hast du gehört, als ich gesagt habe, dass es schlimmer klingt, als ich es meine?«

»Ich weiß nicht, Chris, weil es für mich ziemlich heftig klang. Und ich muss dir sagen, es ist nicht gut bei mir angekommen. Du sagst mir, du willst nicht mit mir zusammenarbeiten, und damit kann ich klarkommen. Aber was mich beunruhigt, ist die Tatsache, dass ich nur etwas mit deinem Leben zu tun habe, wenn ich für dich arbeite, und wenn ich nicht mehr für dich arbeite, bin ich auch nicht mehr in deinem Leben.« Ich halte meine Emotionen so sehr unter Kontrolle, aber ein falsches Wort von ihm könnte dafür sorgen, dass ich in Tränen ausbreche. Doch noch bleibt meine Miene unbewegt. Auf einmal kommt er mir zu wenig vertraut vor, als dass ich ihn mit seinem Namen anreden könnte. »Denn ich sehe dich doch nur bei deiner Arbeit. Aber wenn wir unsere Freundschaft erhalten wollen, dann müssen wir auch anfangen, uns als Freunde zu sehen.«

»Das ist doch genau das, was ich meine«, antwortet er.

Ach, Quatsch, würde ich ihm am liebsten antworten, aber ich bleibe ruhig. »Ach ja? Meine Angst ist einfach … wir verbringen so selten Zeit miteinander, und jetzt reist du ab. Ich habe nicht mehr von dir verlangt, weil ich deinen Freiraum respektieren wollte, und ich weiß ja auch, dass du so viel gibst, wie du kannst … aber manchmal hat es gar nichts damit zu tun, was du sagst, sondern wie du es sagst. Und wenn du also sagst, du willst nicht mehr mit mir zusammenarbeiten …«

Er blickt sich in der Einfahrt um und ringt nach Worten. Schließlich stößt er hervor: »Können wir einen Spaziergang machen?«

12

Sei aufrichtig

Ein Spaziergang.

Ich hoffe, Celeste muss nicht fahren, bevor ich zurück bin.

Ein Windstoß fährt durch die Baumkronen, und mein Kleid wirbelt hoch. *Bitte, lieber Gott, mach, dass er nicht hört, wie laut mein Herz schlägt, und dass sein medizinisch geschultes Auge nicht auf meinen Hals fällt, wo meine Schlagader heftig pocht.* Aber dann bleibt mein Herz fast stehen, weil mir einfällt, dass ich nichts unter meinem Kleid trage. Doch das Kleid ist gemustert, beruhige ich mich, und es wird ihn schon nicht umbringen, wenn er meine Silhouette sieht. *Ich bin nicht perfekt.* Mit einer Schicht mehr unter diesem Kleid würde ich mich sicherer fühlen, aber es kann eigentlich nichts damit zu tun haben, wie ich mich innerlich fühle.

»Ich versuche, mich von meiner Arbeit nicht zu sehr vereinnahmen zu lassen«, beginnt Chris. Mittlerweile liegen meine Nerven blank, und ich muss mich ungeheuer konzentrieren, um seine Worte zu verstehen. Zum Glück kommt meine Antwort automatisch, und sie hört sich auch noch intelligent an. Grandma wäre stolz auf mich.

»Ich kann nur sagen, dass sich die Menschen wie magisch zu dir hingezogen fühlen, wenn du arbeitest, Chris.«

»Aber du bist anders, Kris«, sagt er. »Du bist eine ganz besondere Person, und … ich möchte mehr von dir hören.«

Mehr von dir – so etwas habe ich noch nie gehört. Es fühlt sich schön an, so etwas gesagt zu bekommen. »Danke.«

Wir lehnen uns an den Holzzaun vor dem sandigen Ufer. »Aber als du bei Joes Essen dabei warst … das hat sich irgendwie nicht ganz richtig angefühlt.«

»Weißt du was, Chris? Das Gefühl hatte ich auch.« Ich achte sorgfältig darauf, dass ich nicht die Arme vor der Brust verschränke, damit ich nicht so abweisend wirke … aber ich will auch nicht die Hände in die Hüften stemmen und auf Konfrontationskurs gehen. Zum Glück schlägt er vor, dass wir uns auf die großen Felsen am Ufer setzen, ein Stück weg von der lärmenden Memorial-Day-Menschenmenge am Strand.

Er überlässt mir den großen Felsen und setzt sich auf einen kleineren. Ich hieve mich vorsichtig hinauf, und als einer meiner Flip-Flops dabei zu Boden fällt, streife ich den anderen auch von meinem Fuß. Ich fühle mich wohler als vorher und beschließe, auch etwas zur Unterhaltung beizutragen. »Habe ich beim Abendessen irgendetwas falsch gemacht, das bei dir den Eindruck geweckt hat, dass ich nicht dazugehöre, Chris?«

»Nein, Krissy, nein. Du hast nichts falsch gemacht, und ich habe auch nicht gedacht, dass du nicht dazugehörst …« Er blickt zum Himmel und ringt nach Worten.

»Na ja, zumindest sind wir uns ja jetzt einig«, sage ich.

»Ja, das sind wir.«

»Aber wenn du mir vorher gesagt hättest, dass du bei Joe übernachtest, dann hätte ich seine Einladung zum Abendessen gar nicht erst angenommen, und dieses Missverständnis stünde jetzt nicht zwischen uns.«

»Genau«, erwidert er. »Manchmal denke ich, es herrscht

deshalb Verwirrung über das, was wir füreinander sind, weil wir einander so gut kennen.«

Und was ist daran so schlecht?, würde ich am liebsten fragen, aber meine Antwort fällt diplomatischer aus. »Ich liebe es, so viele Facetten von dir zu kennen. Ich habe dir ja schon gesagt, dass ich dich für einen besonders fürsorglichen Arzt halte. Ich kann mir gar nicht vorstellen, dass jemand dich gut kennt, ohne dich auch bei der Arbeit zu sehen.«

Er blickt mich aufmerksam an und sagt nach einer kleinen Pause: »Und wir sind beide Single, das ist auch so eine Sache.«

Ich lasse die Beine baumeln und schaue auf meine rosa lackierten Zehennägel. »Das ist auch so eine Sache.«

»Und ich wollte dir ein bisschen Geld zukommen lassen, weil ich ja weiß, dass du zurzeit keinen Job hast – nein, das ist es nicht allein, es ist viel mehr, Krissy.« Er stützt die Hände auf seine Knie. »Kris, ich … ich denke nicht so an dich wie an die anderen Leute, mit denen ich zusammenarbeite.«

»Das will ich hoffen.«

Er blickt mich verblüfft an.

»Wir kennen uns doch gut, und ich hoffe wirklich, dass meine Beziehung mit dir sich von der zu deinen Angestellten unterscheidet.«

»Ja, ja, das ist auch so. Wir haben uns ja zuerst privat kennengelernt, und ich fand dich … faszinierend, Kris. Aber ich musste mich auf meine Arbeit konzentrieren, und vor allem wusste ich ja, dass ich weggehen würde.«

Ich nicke sanft. »Das weiß ich mittlerweile.«

»Aber ich habe natürlich gesehen, dass du viele wundervolle Eigenschaften hast, und ich habe nach einer Möglichkeit gesucht, wie wir uns gegenseitig helfen können. Ich habe dich gebraucht.«

Einen Moment lang blickt er auf seine Hände. Sein Benehmen ist untypisch für ihn, aber auch … erfrischend. »Alles in meinem Leben ergibt einen Sinn, wenn du da bist.«

Mein Herz macht einen Satz. *Ruhe. Geduld. Bring ihm bei, wie er dich behandeln muss.* »Chris, ehrlich, ich bin dir dankbar, weil du mir Arbeit gegeben hast, aber ich muss dir etwas sagen.« Unsere Blicke treffen sich. »Du bedeutest mir mehr als ein Gehaltsscheck … oder ein Gesichtspeeling …«

»Und was?«

Ich möchte gerne lachen, um die Situation zu entspannen, aber kein Ton kommt heraus. »Äh … wow.«

Er zieht seine Augenbrauen hoch, als wolle er sagen: *Und?*

»Okay.« Ich stoße die Luft aus. *Er macht es mir nicht leicht. Aber ich muss es tun, für mich und für ihn. Ich weiß, was ich empfinde.* »Ich will dir sagen, dass … äh … Chris, Frauen wie ich – junge, alleinstehende Frauen – haben nicht häufig Gelegenheit, unternehmungslustige, warmherzige und *gutaussehende* Männer zu treffen. Und, äh …« *O Gott, mach es mir bitte leichter!* »Es gab Zeiten, da habe ich geglaubt, ich wäre vielleicht zu wählerisch. Aber seit ich dich kenne, weiß ich, dass … dass es Männer gibt, auf die zu warten sich lohnt. Denn manchmal glaube ich, dass du …« Ich wähle meine Worte mit Bedacht. »… dass du alle Eigenschaften besitzt, die ich je bei einem Mann gesucht habe.«

Er sieht mich hoffnungsvoll an.

»Wirklich alle Eigenschaften«, sage ich. Einen Moment lang sitzt er ganz still, dann beugt er sich vor. Seine Körpersprache sagt, dass er mehr hören will. »Aber dann gibt es auch wieder Augenblicke, da machst du mich völlig fertig, Chris. Und ich komme mir albern vor, weil ich jemals auf den Gedanken gekommen bin, du könntest mich in dein Leben lassen.«

Er will etwas sagen, aber ich muss erst zu Ende sprechen.

»Und morgen gehst du für mindestens fünf Monate weg … und wenn du wiederkommst …«, ich schaue ihn an, »… bin ich vielleicht nicht mehr da.« Chris steht auf und tritt auf mich zu. »Und selbst wenn ich noch da bin, fährst du wieder weg.«

Er setzt sich neben mich, legt die Hand auf meinen nackten Rücken, auf die Stelle zwischen meinen Schulterblättern und den Spaghettiträgern meines Kleides. Er berührt mich auf eine so vertraute Art, dass ich nur denken kann, wie fremd es sich anfühlt. Ich blicke zum Himmel. »Bitte sag etwas.«

»Komm, wir setzen uns ins Gras.« Er ergreift meine Flip-Flops und führt mich zu einer Stelle im Schatten einiger Kiefern. Die Wellen plätschern leise. Ich hocke mich auf die Fersen. Zunächst habe ich die Hände verschränkt, aber dann pflücke ich ein Gänseblümchen und drehe es zwischen den Fingern, um etwas zu tun zu haben. Als ich aufblicke, betrachtet er mich aufmerksam.

Seine Augen sind so blau … so kristallblau …

»Kris«, sagt er. »Ich spüre doch, dass du mir noch mehr sagen willst.« Das macht er bei seinen Patienten auch, wenn er weiß, dass sie ihm nicht die ganze Wahrheit erzählen. Vielleicht haben sie Angst vor der Diagnose, oder sie fürchten, dass die Behandlung über ihre Kräfte geht … aber wenn er so auf sie zugeht, sind sie jedes Mal erleichtert über sein gutes Gespür. Er möchte mir das Gefühl geben, dass ich dieses Gespräch in der Hand habe, und so schwer es auch ist, es ist genau das, was ich von ihm brauche.

Na los, sage ich zu mir, *er kann dir nicht helfen, wenn er nicht weiß, wie dir zumute ist.*

»Was auch immer es ist, Kris.« Er greift nach meiner Hand. »Ich will es wissen.«

»Okay, aber es ist schwierig, Chris.« Ich schweige, und einen Moment lang blickt er mich besorgt an. »Ich muss dir einfach sagen, dass ich in den letzten Wochen …« Ich zupfe an den Blütenblättern des Gänseblümchens. »… während ich dich bei der Arbeit gesehen und dir geholfen habe, dich auf die Abreise vorzubereiten … dass ich dabei eine engere Beziehung zu dir entwickelt habe als zu jedem anderen, für den ich je gearbeitet habe.«

Er macht eine Kopfbewegung, als wenn er sagen wollte: *Sprich weiter …*

»Chris, ich habe erkannt, dass ich ein tiefes Gefühl der Zuneigung für dich empfinde …«

Er sagt immer noch nichts.

»Und … ich spüre, dass … dass diese Gefühle … unter den richtigen Umständen … sich … in Liebe verwandeln könnten.« Als ich ihn anblicke, lächelt er leicht. »Und ich möchte wissen – ich meine, ich würde gerne wissen – aber du musst es mir natürlich nicht sagen, obwohl ich es wirklich gerne hätte, wenn du mir sagen würdest, ob …« *Sprich es doch einfach aus!* »Ob du das Gleiche empfindest.« *So.* »Vielleicht nur ein bisschen.«

»Wenn ich so etwas empfinde, Kris, dann ist es mehr als nur ein bisschen.«

Das unterscheidet ihn von anderen Männern, denke ich. *Er ist eben einfach vielschichtig.* Ich lege ihm die Hand aufs Knie, um ihm deutlich zu machen: *Ich möchte auf Augenhöhe mit dir sein.* Ich spüre, dass er darauf vertraut, dass ich ihm alles sage.

»Wenn du jemals etwas für mich empfunden hast«, fahre ich fort, »und wenn du je daran gedacht hast, es mir zu sagen, dann ist jetzt der richtige Zeitpunkt. Morgen fliegst du auf die andere Seite der Welt, und ich weiß nicht, wo ich bei deiner Rückkehr sein werde. Und jetzt hast du die Chance, mir zu sagen, ob du etwas für mich empfindest. Später will ich es nicht mehr wissen.« Ich drehe das Gänseblümchen zwischen den Fingern und flehe ihn insgeheim an, dieses quälende Schweigen zu brechen. »Nach dem heutigen Tag ist es zu spät. Und, Chris, wenn du nichts empfindest, ist das auch okay, denn …«

Plötzlich wird mein Gestammel unterbrochen, und ich realisiere, dass sich seine Lippen auf meine gelegt haben. Die Berührung seines Mundes ist wie eine Rosenknospe – es hat sich gelohnt, darauf zu warten. Eine Zeitlang hatte ich mich wirklich gefragt, ob sein medizinisches Wissen darüber, was zwei Menschen bei einem Kuss austauschen, in ihm eine Abneigung gegen diese (höchst angenehme) Aktivität ausgelöst hatte … aber das ist wohl nicht der Fall. Dies ist der natürlichste Kuss, den ich jemals mit jemandem erlebt habe. Es gibt keine Scham, nur Schönheit. Nichts Medizinisches, nur Emotion, und dass er Arzt ist, merke ich nur daran, wie behutsam er mein Gesicht mit beiden Händen umfasst. *Seine Berührung ändert das Leben von Menschen*, denke ich. *Und heute ändert sie meines.* Er drückt sein Kinn dichter an meines, aber statt mich der Einladung zu einem weiteren Kuss hinzugeben, lege ich meine Wange an seine. Jetzt bin ich diejenige, die erst einmal alles verarbeiten muss. Ich weiß nicht, wie lange wir Wange an Wange, schweigend, dasitzen.

Schließlich blicke ich ihn an. »Chris, was …?«

Schscht, macht er. »Kris, bitte.«

Was fühlst du?, will ich ihn fragen. *Und hast du es vor mir geheim gehalten?* Ich denke an Grandma, die Grandpa nie gedrängt hat, seine Gefühle preiszugeben. Ich versuche zu lernen, dass Liebe nicht jeden Gedanken, jedes Gefühl, jedes Detail wissen muss. Mir fällt ein, was Grandma zu mir gesagt hat, als ich ihr am Valentinstag erzählt habe, dass ich unserer

Freundschaft Raum geben will: »Ich bin stolz auf dich. Du hast alles richtig gemacht.«

Schweigend sitzen wir noch eine Weile da. Die Wellen plätschern, und die Kiefern rascheln im Wind. Dann sagt Chris: »Es ist eine solche Ehre, diesen Moment mit dir zu teilen.« Meine Wimpern gleiten über seine Wange, als ich die Augen schließe, um seine Worte zu begreifen.

Weitere Minuten vergehen, und ich möchte jetzt entweder küssen oder reden. »Chris, was kommt als Nächstes?«, frage ich leise.

Lächelnd blickt er auf meine Lippen. »Kris. Sag jetzt nichts.«

»Okay.«

Er kann meine Frage nach der Zukunft nicht beantworten, weil keiner von uns weiß, was vor uns liegt. Kein Mann kann meine Zukunft bestimmen … das war eine der ersten Lektionen, die Grandma mich gelehrt hat. Chris drückt seine Lippen an meine Wange und lässt sie dort verweilen, ohne mich zu küssen. Oh, mein Gott, mein Herz. Ich versuche, still zu bleiben … aber es gibt Dinge, die ich einfach wissen muss. »Wann hast du bemerkt, was du für mich empf…«

»Kris!« Er beginnt zu lachen, aber dann wird seine Stimme wieder leiser. »Du willst immer reden. Was würdest du nur machen, wenn es keine Worte gäbe?« Ich blicke ihn an. »Hm?«

»Ist das eine rhetorische Frage?«

»Schscht …« Ich lege meine Schläfe an sein Gesicht. »Vertraust du mir?«

Ich löse mich von ihm und blicke ihn an. Ob ich ihm vertraue? Du liebe Güte, das weiß ich nicht. Bedeutet das schon, dass ich ihm nicht vertraue? Ich blicke zu Boden und dann wieder in sein Gesicht.

»Warum hast du dich dem Kuss entzogen?«

»Das habe ich gar nicht.« Diese Aussage erstaunt mich. »Oder?«

Er nickt. Seine Hand liegt auf meinem Schlüsselbein.

Wirklich?

Erneut sucht er meinen Blick. »Du hast heute so etwas Melancholisches an dir.«

Ich löse mich von ihm. »Etwas Melancholisches …«

»Ich wusste gleich, dass dir etwas auf der Seele liegt.«

»Ja, das denke ich mir. Und weißt du, du …« Aber erneut verschließen seine Lippen die meinigen und machen eine liebende Frau aus dieser Plaudertasche. Er legt mir die Hand in den Nacken und zieht mich zu sich heran. Es wirkt, als würde er mich brauchen.

Als wir uns schließlich voneinander lösen, bin ich ganz benommen vor Glückseligkeit – ich habe das Gefühl, zu schweben. »Ich habe so viel gelernt in dem Jahr, seit ich dich kenne«, sage ich zu ihm. Er war zwar nicht derjenige, der dafür gesorgt hat, dass ich gewachsen bin, aber er war doch der Grund dafür. »Und willst du etwas wissen?«

Er blickt mich fragend an.

»Ich bin jetzt ein besserer Mensch.«

Er nimmt mein Kinn zwischen Daumen und Zeigefinger. »Zum ersten Mal seit langem habe ich nicht befürchtet, dass meine Arbeit zu kurz kommen könnte … und ich wollte dir zeigen, wie viel du mir bedeutest.«

Dann habe ich ihm die ganze Zeit das gegeben, wonach er sich gesehnt hat? Ich hatte ja keine Ahnung. »Du hast es mir so gut gezeigt, wie du es eben konntest.«

»Ich möchte dich vollständig kennenlernen … und ich möchte mich dir mitteilen.«

Oh, mein Gott, endlich, das ist es. Grandma hatte recht. Ich lege meine Schläfe wieder an seine Wange. »Das will ich auch.«

»Ist dir klar, dass es mich gerade sechshundert Dollar kostet, dich zu küssen?«

Ich zucke mit den Schultern. »Na, hoffentlich ist dir das, was ich dir gerade gegeben habe, ein Vielfaches davon wert.«

»Ja«, flüstert er und fährt mit dem Finger meine Armbeuge entlang. »Ich weiß, wo ich dir im Notfall eine Infusion legen könnte.« Ich lächele, als er die dicke blaue Vene betrachtet, die sich deutlich unter der zarten Haut abzeichnet. Mir treten Tränen in die Augen. Auf ganz unterschiedliche Art haben wir beide eine Vorstellung davon, wie wir dem anderen das Leben retten könnten. Ich streiche mit meinen Fingerspitzen über seinen Nacken.

»Kris, glaubst du wirklich daran, dass Gott dafür sorgen wird, dass wir uns wiederbegegnen? Ist dein Glaube stark genug?«

Ich blicke auf den See. Der Wind fährt mir durch die Haare, und ich schiebe eine Strähne hinters Ohr. »Ja. Es muss so sein.«

»Glaubst du *wirklich* daran?«

Ich blicke ihm in die Augen. »Mir bleibt nichts anderes übrig.«

Wir wissen nicht, wie das Ganze bei dieser Entfernung funktionieren wird. Aber die Unsicherheit in meinem Herzen begegnet der ruhigen Gewissheit in seinem Blick, und als wir schließlich aufstehen, lege ich den Arm um seine Taille.

»Fährst du noch im Krankenhaus vorbei, um dich von deinen Großeltern zu verabschieden?«, frage ich ihn.

»Ja.«

»Bist du spät dran?«

»Ja.«

»Werden sie böse sein?«

»Nein.«

Ich werde später zu Grandpas Grab gehen, mich still dort hinsetzen und mit ihm feiern, was gerade passiert ist. Er ist schließlich ein Teil davon. Ich blicke Chris an. »Sie haben sich das für dich gewünscht, nicht wahr?«

»Wer?«

»Deine Großeltern.«

»Was haben sie sich für mich gewünscht?«

Ich zucke mit den Schultern. »Liebe?«

»Ist das Liebe?«, fragt er amüsiert. »Das ist höchstens der Beginn von Liebe.«

»Ja.« Ich löse meinen Arm von seiner Taille und verschränke meine Finger mit seinen. Vorsichtig zieht er meine Hand an seine Lippen und küsst meinen Handrücken.

»Nein, sie sind bestimmt nicht böse. Ich erzähle Grandpa einfach, dass ich mich mit einem Mädchen im Gras gewälzt habe …«

»Das stimmt doch gar nicht!«

»Aber es könnte sein.« Er zieht spitzbübisch eine Augenbraue hoch.

»*Wenn* es Liebe ist.«

Er bleibt vor unserer Einfahrt stehen und legt die verschränkten Hände an die Lippen. Dann schließt er die Augen und verbeugt sich vor mir, so wie wir es vor seiner ersten Reise nach Asien geübt haben. »Ja«, sagt er, »*wenn* es Liebe ist.«

Nachwort

»So, Grandma, jetzt weißt du, dass ich in den letzten Monaten schon ein bisschen besonnener geworden bin.«

Sie zieht eine Augenbraue hoch. »Ach ja?«

»Ja! Jetzt komm schon, Grandma, das hast du doch gemerkt.« Sie setzt sich in den Sessel in der Ecke, während ich mich in Grandpas Computer einlogge. »Aber ich muss dir etwas erzählen: Gestern hat er vom Flughafen aus angerufen und mir gesagt, dass er wirklich froh über unser Gespräch sei. Unser Gespräch!« Ich schmunzele, um anzudeuten, dass da wesentlich mehr war als ein Gespräch.

»Mm-hmm ...« Warum ist sie so zaghaft? Wie kann sie mit der Situation nicht zufrieden sein? Alles, was sie vorhergesagt hat, ist doch eingetreten. »Und ich muss dir unbedingt etwas aus der E-Mail vorlesen, die er mir heute früh geschickt hat. Keine Sorge, die ganze lese ich dir nicht vor. Aber dieser Teil hier ...« Ich lege mir die Hand aufs Herz; ich kann die Zeilen schon auswendig. »... ist so schön.«

Sie lacht. »Na los«, ermuntert sie mich und wedelt mit der Hand. »Lies.«

»Also, er schreibt, dass er einen guten Flug und bereits einen wichtigen Termin hatte ... aber jetzt kommt das Gute.«

Da war diese liebenswerte, aufrichtige Frau, die mich mit an ihren See genommen und mich sanft geküsst hat. Könntest du sie von mir umarmen und ihr sagen, dass ich ständig an sie denke?

Ich drehe mich langsam um, um den Moment nicht zu zerstören. »Ist das nicht wunderschön, Grandma?«

»Ja, sehr schön.« Sie blickt zur Decke. »Aber ich bin ein wenig verwirrt. *Du* hast *ihn* geküsst?«

»Nein, du lieber Himmel, nein, Grandma. Er hat definitiv den ersten Schritt gemacht. Und den zweiten und den dritten. Und er hat mich geküsst, als er in seinen Wagen gestiegen ist. Es ist alles von ihm ausgegangen.«

»Ah.«

Ich rolle mit Grandpas Schreibtischstuhl näher zu ihr heran. »Und, Glo? Na komm, das ist doch eine große Sache! Du hast gesagt, das würde passieren.«

»Liebes, ich weiß, was ich gesagt habe. Und es würde mir sehr gefallen, wenn du eines Tages den Mann finden würdest, der etwas so Schönes wie dich verdient hat.« Sie hebt warnend den Finger. »Aber es ist möglich, dass ich mich irre. Und wenn er bis Weihnachten nicht ganz in deinem Leben ist oder bis zum nächsten Jahr … bitte, halt dich nicht damit auf.«

»Weil dann noch jemand anderer kommt.«

»Vielleicht. Aber, Kristine …« – Meine Familie benutzt meinen vollen Namen nur bei ganz ernsten Gesprächen – »… die Einzige, auf die du dich immer zu hundert Prozent verlassen kannst … das bist du selbst.«

Ich sehe sie an.

»Ganz gleich, ob du mit jemandem zusammen bist oder ob du Single bist. Und unabhängig davon, wie viel Zeit wir im letzten Jahr miteinander verbracht haben, es ist nicht meine

Aufgabe, dir zu sagen, wie du sein sollst, wenn du einen Mann in deinem Leben haben willst. Richtig?«

Ich höre aufmerksam zu.

»Du bist eine Frau mit Zielen, eine Frau, die weiß, was sie will. Das ist für eine Frau am allerwichtigsten im Leben. Und das, mein Mädchen, hast *du* mir beigebracht.« Tränen treten ihr in die Augen. »Ich kann dir gar nicht sagen, wie viel es mir bedeutet hat, dies zusammen mit dir zu erleben.« Sie zieht ein Taschentuch aus dem Ärmel (ein weiterer Großmutter-Trick, den ich mir abgeschaut habe). »Du wirst dein Leben leben. Wir finden alle früher oder später heraus, wie es geht.«

»Wenn es Liebe ist«, sage ich.

»Wenn es Liebe ist.«

Danksagungen

Mein Dank gilt zuallererst meinen beiden Großmüttern, die mir alles, was sie über unsere Familie und unseren Glauben wissen, nahegebracht haben.

Ich danke Janet Rosen und Sheree Bykofsky für ihre brillante strukturelle Führung. Sie waren die Ersten, die das Potential dieser Geschichte erkannt haben, und sie haben mir bei dem starken Team von HarperCollins, mit denen ich so gerne zusammengearbeitet habe, ein Heim gegeben.

Ich danke dem Team von HarperCollins, unter anderem Amy Bendell, Lisa Sharkey, Cal Morgan, Jennifer Hart, Carrie Kania, Alberto Rojas, Mary Sasso, Maggie Oberrender und der wunderbaren Pressefrau Kateri Benjamin, den Leuten in Graphik, Verkauf und Marketing, der Programmleitung und der Herstellung und all den Menschen, die an der Entstehung dieses Buches beteiligt waren: Vielen Dank für Ihre Unterstützung an jedem Tag.

Und Amy, ein besonderer Dank an dich – mit keiner anderen Lektorin wäre die Zusammenarbeit so inspirierend und angenehm verlaufen. Du hast mich durch die Geschichte geführt, als ich noch nicht genau wusste, wo sie hinführt. Du warst meine Traumpartnerin für mein erstes Buch.

Dank an Joelle Watt für deine Zeit, deine Begabung und die besondere Verbindung, die durch unsere gemeinsame Arbeit entstanden ist.

Danke, Bethany und David Johnson, weil ihr an der Entstehung des Umschlags beteiligt wart – ihr seid Superstars.

Bob Hanak und Matt Taladay gilt mein Dank, weil ihr mir in der frühen kritischen Phase geholfen habt.

Danke an all die wundervollen Menschen, die mit dem Unternehmen unserer Familie verbunden sind, für ihren Glauben und ihr Interesse an meiner Arbeit.

Allen Lehrern, die ich in meinem Leben gehabt habe, gilt mein besonderer Dank, weil sie mein Schreiben und meine Faszination an der Menschheit gefördert haben: Mrs Barbara Stephens, Sr. Kathryn Preston, Mr Bill Wright, Mrs Maureen Kane, Mrs Star Young, Mrs Mary Mike Sayers, Mrs Lisa Blasdell, Mrs Kathleen Kunkle, Mrs Carol Korthaus, Fr. Ed Walk, Dr. Jacqueline Schmidt, Dr. Peggy Finucane, Dr. John Yost, Sr. Mary Ann Flannery, Dr. Nick Santilli, Dr. Denise Ben-Porath, Dr. Paul Thomson, Dr. Scott Bea, Dr. John Vitkus, Dr. Paul Levinson; Mrs Roz Pete, die mir das Zehnfingersystem beigebracht hat (was sich als sehr wichtig erwiesen hat!); Mrs Donna Chollock, der ich meine erste Reise nach Europa zu verdanken habe, was jetzt mein zweites Zuhause ist.

Danke meinen Freunden bei YourTango.com, BustedHalo.com und LimeLife.com und allen Lektoren, die sich meines Werks angenommen haben.

Danke an die Branchen-Elite, die mir als Erste das Verlagsgeschäft nahegebracht haben: Suzanne Murphy, Bill Gaden, Carisa Hays, Martha Levin, Dominick Anfuso und vor allem an meine liebe Suzanne Donahue. Danke, dass ihr mir so eine hervorragende Grundlage gegeben und meine Liebe zu dieser Branche geweckt habt.

Danke an Tante Eva, die mich mit unseren Verwandten in Rom und Castelnuovo in den Abruzzen zusammengebracht hat. Es hat mein Leben verändert und diese Geschichte entstehen lassen.

Alla famiglia Massimi … vi adoro!

An die Spaggiaris – ihr seid wahrhaft meine Familie, *grazie di tutto.*

An Eddie und Heather Tate bei *Luigi's* und George und Kimberly Moore in der *Treasure Lake Ski Lodge* – ihr wart schon immer meine Lieblingslokale in meiner Heimatstadt, und ich hoffe, es macht euch nichts aus, dass ich gerade der Welt mitgeteilt habe, wo ihr zu finden seid!

An Joel Weinstein für seinen Rat, diese Geschichte über das Buch hinauszuführen.

An Katie Bressack für ihren unerschütterlichen Enthusiasmus und dafür, dass sie mich mit Freunden in der Branche zusammengebracht hat, wie der wunderbaren Megan McKeever, und für ihre inspirierende Freundschaft.

Dank an E. Benjamin Skinner, meinen Freund und Autor von *Menschenhandel*, der mir Material zur Vorbereitung dieses Buchs zur Verfügung gestellt hat. Danke für deine unglaubliche Arbeit für die Rechte der Frauen in der ganzen Welt.

An Marty Beiser, der mir erklärt hat, es würde meine Chancen, publiziert zu werden, nicht schmälern, wenn ich New York für ein Jahr voller Abenteuer verlassen würde. (Marty, du hattest recht!)

An Leslie Meredith, die mir als Erste gesagt hat, dass diese Buchidee vielversprechend klinge.

An Andrew Paulson, der den Kontakt hergestellt hat … du hast die Dinge in Bewegung gebracht.

An Lynn und Alphie McCourt, die den Artikel zur Verfügung stellten, der die Idee zu diesem Buch in Gang gesetzt hat (und an Ashley Davis, die mir Lynn, Alphie und Allison vorgestellt hat!).

An meine lieben Freunde, die mich ermutigt und unterstützt haben.

An die Männer, auf denen die rätselhaftesten Charaktere in diesem Buch basieren – ihr habt mein Leben bereichert, und ich habe euch wirklich geliebt.

An Sr. Kathryn King, die einfach magisch ist.

An meinen Bruder, weil er mich immer wieder auf den Boden der Tatsachen zurückholt.

An meine Eltern, definitiv die liebenswertesten und fürsorglichsten Menschen, die ich kenne. Ich weiß, welche Opfer ihr für mich gebracht habt. Ich liebe euch.

Und danke an Gott und Grandpa: Ohne euch wäre dies hier nicht möglich gewesen. Ihr seid beide Könige meines Herzens.